U0462718

imaginist

想象另一种可能

理
想
国

imaginist

信天翁要发芽

李宏伟 著

云南出版集团

云南人民出版社

目 录

第一场

情势表演

1. 命令

将军说。你，率先表演。

2. 从赞美开始

赞美您，将军。赞美您天庭饱满、地阁方圆，赞美您形容坚毅、目如点漆，赞美您安坐如山、行动如风。赞美您一举手一投足都是这城市的模板，都是模板的至高标杆，都是标杆上的旗帜迎风招展。赞美您出生时的三声啼哭，您知道市民倒悬，知道他们在匪帮的治下水深火热，您以哭哀泣他们的不幸，以哭表明与他们同在，您以哭明志——要替他们做主。您哭泣三声而无眼泪长流，那是您在向宇宙试探自己的嗓子，它们洪亮如号令，坚定如磐石，它们出自您的口，它们赋声您始终如一的形象。

赞美您，将军。赞美您未雨绸缪、运筹帷幄，赞美您行动果决、心细如发，赞美您意志坚定、不屈不挠。赞美您立下宏愿而脚踏实地，由小学而中学而大学，由求学而抗议而斗争，步上一条完整的效果越发显著的道路，一路行来，聚集一切可能聚集的人群，积攒一切可以积攒的势能，说服一切原本抱持怀疑的阶层。赞美您，将军。当您在鲜花广场冲天鸣放三枪，事情的结局就已注定。市民都明白，您似海深的仁慈那帮贼匪不配领受。市民都看到，您是为了这座城市，为了它恢复往日的繁荣、生机，才愤而举枪。

赞美您，将军。赞美您胸怀宽广、品行洁净，赞美您功成身退、退隐林泉，赞美您义不容辞、舍我其谁。将军，在容易被历史误读的此处，必须十倍百倍千倍万倍地赞美，必须无休无止没完没了滔滔不绝地赞美，必须千秋万代永无断绝地赞美。将军，您已经履行诺言，驱逐匪帮，将城市还给我们，您不再亏欠我们分毫，您本可以悠哉乐哉，安度余生，是我们不争气，是我们无能，没人有资格成为您的继承者，没人能够维持城市的安定。如果不是您，放下闲适，拨乱反正，这城市早就乱作一团，早成为东边城市与西边城市的垃圾堆，早成为它自己避之不及的粪坑。

赞美，将军，鲜花赞美。赞美，将军，绿草赞美。赞美，将军，碧空赞美。赞美，将军，白沙赞美。赞美啊，蝴蝶拍动翅膀，离开鲜花的蕊，蜜蜂嗡嗡地响，采撷花蕊的粉，鸽子在草丛间踱步，露珠在叶子边缘滑落，风掠过长空，白云变幻色彩，这世间的一切因您而在，这一切可见的事物因您而动，赞美啊，将军。

赞美您是这城市的新生的原因，是我们在此安定的根本，赞美您是现在的开始，赞美因为您，所有的开始都不再终止。

3. 重复猜谜

狮子、狼、狐狸、鬣狗同行，来到茂密的丛林。阳光斑斑点点，草木繁茂，野菌遍地。鹿的家族在那里，雌鹿啃嚼草，幼鹿在玩耍，雄鹿正在走向高处的岩石。眼看雄鹿即将发现他们，狮子停下脚步。这时，狐狸会说什么？狼、鬣狗会做什么？风将从哪个方向吹过丛林？

狮子、狼、狐狸、鬣狗同行，穿过草原，进入沙漠。阳光如针尖泼下，沙子似齿轮滚动，每走一步都备受笞刑。眼看又到一个正午，远方仍旧没有尽头，近处仍旧没有活物，狮子终于停下脚步。这时，狐狸会说什么？狼和鬣狗会做什么？

狮子、狼、狐狸、鬣狗同行，穿过丛林，来到洁净的水潭。山泉潺潺注入，白石散列岸边，游鱼在水中嬉戏。正当他们要上前饮水，鸣叫在空中响起，一群天鹅向水潭飞来，她们的羽毛洁白胜雪，但要是先行落下，将搅浑泉水，妨碍低头饮水的眼。这时，狮子停下脚步，他将望向谁，狐狸、狼，还是鬣狗？

　　狮子、狐狸、鬣狗同行，沿着沙漠，深入沙漠。阳光如针尖泼下，沙子似齿轮滚动，每走一步都备受割刑。眼看又到一个正午，远方仍旧没有尽头，近处仍旧没有活物，狮子终于停下脚步。这时，狐狸会说什么？鬣狗会做什么？

　　狮子、狼、狐狸、鬣狗同行，饮饱了水，来到辽阔的草原。一阵劲风适时掠过，现出一群群绵羊，她们裹着一身的白云，心思都在草上，没有一只抬起头来张望，但狮子仍旧卧下。这时，狐狸、狼、鬣狗会做什么？

　　狮子、狐狸同行，深入沙漠，怅望沙漠。阳光如针尖泼下，沙子似齿轮滚动，每走一步都备受火刑。眼看又到一个正午，远方仍旧没有尽头，近处仍旧没有活物，狮子终于停下脚步。这时，狐狸会说什么？

　　狮子独行，怅望沙漠，穷尽沙漠。阳光如针尖泼下，沙子似齿轮滚动，沙漠寂静的声响若有若无落在幻觉上。眼看又到一个正午，绵延的黄沙终于在近处有了尽头，那是一道狭窄的门。门后有一片水，水前有一条大蛇，大蛇正吐出信子。狮子终于停下脚步，他为什么停下脚步？

4. 千层衣仪式

　　那些衣服就在城市博物馆。城市的建设者、奉献者、统治者……他们亲手挑选一件自己的衣物，放入博物馆，数百年来始终如此，就连数十年前残暴的匪帮大统领也不例外。没人知道这些衣服平常怎么保存，没人知道这些衣物如何熬过数百年时光而不朽坏，反正需要时它们就会被搬运出来，展示在市民的眼前。反正，这千层衣的仪式，一年方才一度。

仪式历年的顺序都不重合，仿佛开始的一刻，即自动落成顺序。总有一个起点，由此着衣。一个十二岁童子，端坐在市政大厅前临时搭建的高台上，城市的耄耋老人从博物馆至高台，排成间距半米的长列，凭靠颤巍巍的双手，向前传递那一件件衣物。童子面无表情，目光在这老人的队列中迷失，他的家族则恭敬地跪在高台另一侧，一男一女两位礼仪官互相配合着，接过递来的衣物，一件件穿在童子的身上。

这是一桩精密的事，虽然至高的目标——一千件衣服全部穿上身，从来没实现过。可能够穿得比上一年多，至少说明城市仍被历代祝福；至少说明，这一年城市的运转正常，城市的统治仍旧合格。如果能够多上两件，或者打破一个时间段的纪录，则城市的欢呼声必将云霄响彻。

市民反对刻意培养，反对前期训练，但童子仍非随意择定。博物馆有专人负责，他们游走在城市的大街小巷，目光搜罗至每一个十二岁童子可能在的地方。数百年的仪式，足够总结出有效的经验，口口传递并经过检验。他们只需一眼，就能看清童子各方面的比例，衣物上身的件数范围——但往往相差的就是范围内跳动的一两个数字。尤其重要又秘而不宣的，是衣物件数增加的空间不能太大，以免堵住来年的出路。与件数相比，童子的耐力更为重要，层层衣物包裹，他们无法动弹。不能说话，不能哭喊，不能睡去，不能吃喝，不能便溺，违背任何一项，都将为城市与他的家族招来灭顶之灾。

　　最大的禁忌是，童子不能死去，那意味着城市要变换天地。因为这些限制，大多数市民可能艳羡千层衣童子的家族，却不愿亦不敢冒险让自家的孩子上到高台。因为这些限制，极少数疯狂的市民，更加渴望自家的童子能被选中。敢与不敢，今年的千层衣仪式，我都将在现场祈祷，祈愿我退回十二岁，成为唯一候选的童子，那样我将为将军穿上所有，一千件被城市历史浸泡的衣服。

5. 一支手枪的发射机制

　　史密斯·威森 M500 转轮手枪。口径十二点七毫米，全枪长四百五十七毫米（枪管二百六十六毫米），全枪高一百六十五毫米，全枪净重两千三百二十克。装五发点500 马格南子弹，子弹（JHP 型）弹头重约二十二克，初速六百零二米每秒。这一支底座手心紧握处，黑色塑料上，烙有金色字母 G，标志将军专属。

　　第一发，四十年前八月五日，十八时二十分十一秒。八月上旬刚好过半，新增赋税三种，且呼吸税终究出台，每人每天第一件事，是前往征税所，缴纳当日税金，才有资格存活。拒不缴纳并在征税所抗议者，一律处死。上午过去，已有十人丧命。午饭后，愤怒的人群在鲜花广场聚集，他们戴着口罩，彼此沉默以示。十七时，匪帮第三大队出现，封锁广场，禁止出入。区隔聚集人群后，第三大队队长登上牡丹雕塑，喊话众人有序离开，并保证所得赋税将全部用于城市建设。人群沉默以待，匪帮第三大队队长耐心渐失，抓住面前三人予以恫吓，相持不下时，他掏出了枪。这时，将军大喝一声，登上百合雕塑。他发表十分钟演讲，历数匪帮暴虐成性、倒行逆施、敲骨吸髓，号召广场内外的人，行动起来。不待匪徒有所反应，将军即掏出 M500，冲天开出第一枪。手炮般的炸裂，震惊所有人。

　　第二发，四十年前八月五日，十八时二十五分一秒。匪帮第三大队队长指着将军，大呼"叛乱"，要求匪徒"击毙他"！枪声大作，子弹穿梭，要么擦肩而过，要么击中身体而将人摔倒在地。将军开响第二枪，说出一句将永远铭刻在城市历史上的话：战斗得自由！

　　第三发，四十年前八月五日，十九时三分十七秒。市民大受鼓舞，内外夹击，冒着横飞的子弹，流淌着热腾腾的鲜血，以一百三十七人死伤的代价，解除匪帮第三大队的武装，第三大队队长被众人掼在牡丹雕塑底座上，头骨破裂、脑浆涂地，先前开枪伤人与仍旧顽抗的匪徒，当场被打死，死状无法直视。随后，众人高喊"战斗得自由"，大肆庆祝。仍在百合雕塑上的将军适时打响第三枪，再次发表演讲，要求众人一鼓作气，彻底将匪帮解决，解放自己的城市，解救自己的家人。

第四发，三十六年前九月二十九日，十一时十八分十八秒。九时许，将军走出日常居住的橡皮街，一身戎装宣告复出，右手提着的 M500 让人期待。所有人屏住呼吸，眼含热泪地注视着将军，远远地追随着您。将军走过破碎的街道，绕开恶臭的垃圾堆，先来到鲜花广场，注视百合雕塑良久，然后回身，向围拢的人群行礼，一言不发。人群让开一条通道，默默伴随他走过五个街区。来到市政大楼前，整个城市三分之一的人都走出家门，放下工作，遥望将军要去的地方。登上市政大楼九十九级台阶后，将军回身注视黑压压的人群，挥挥手，迈步进入市政大厅。市长的卫队早已得到消息，但无人敢拦阻。将军上到二楼，进入市长办公室，与他的老部下对视三分钟，对方低下头，旋即心有不甘地抬起。又十秒钟。将军上前三步，右手举起，枪口对准市长前额，但在开枪前枪口右移，子弹掠过市长左耳，击碎他身后的墙。"还有一发。"将军说。枪没再响起，市长就此成为前市长，他的左耳永久性失聪。

第五发，现今完好如初地躺在转轮里，和空空如也的四个弹膛为伴。M500擦拭一新，放在将军的床头柜上，一旦需要，它将握在将军的手里，枪口将对准城市的敌人，毫不迟疑地射出那颗子弹。将军，枪在您手里。四十年来，它始终在您手里。

6. 演示消息

A：八月五日，鲜花广场"战斗得自由"庆典，七十五岁高龄将军抱恙出席。近年来，在高血压、高血糖、痛风等慢性疾病综合作用下，将军身体机能下降，饮食、睡眠受影响严重，自身免疫力低下，肝肺等脏器工作勉强，大量时间躺卧床上，无法露面，只能以声音出现于广播，以画面出现于电视。长期无法获知将军的健康信息，市民心急如焚，以各种渠道打探消息，以不同方式祈福祷告。适逢四十年"战斗得自由"庆典，市民纷纷请愿，希望能见将军一面，矛盾由此引发，逐渐导致市民与市政管理人员对立。将军得知这一消息，强烈表达和市民在一起的意愿。经过一段时间调理，八月三日将军做出决定，八月五日例行服药外，连打三针，提振精神状态、保障身体运转。于十四时整，在医护人员陪同及卫队保护下，出现在鲜花广场。纪念人群轰动，争相向将军拥去，挥手致敬、高声呼喊，几乎重现四十年前沸腾景象。为防止事态失控，卫队长三次提醒，将军勉强同意离去。离去之前，将军在搀扶之下，登上百合雕塑，深情注视下面众人，露出微笑，并缓缓举起手臂，连说三遍"战斗得自由"，声音嘶哑，但气壮山河。众人涕泗交流，血脉偾张，纷纷宣誓终身追随将军，效忠将军的部队，并再次让出一条通道，目送将军离开。

B：八月五日，鲜花广场庆典，七十五岁高龄将军出席。近年来，将军睡眠受到严重影响，市民心急如焚，以不同方式祈福祷告。将军得知这一消息，做出决定，十四时整出现在鲜花广场。人群轰动，挥手致敬、高声呼喊。将军登上高台，深情注视台下众人，举起手臂，连说三遍"战斗得自由"。众人涕泗交流，血脉偾张，纷纷宣誓终身追随将军，效忠将军的部队。

C：八月五日，鲜花广场庆典，将军出席。众人宣誓追随将军，效忠将军的部队。

7. 最高级

词语：（1）专属。"将军"特指城市的解放者、市民精神的定义者、日常生活的指引者，可用 G 代指。别的城市及本城历史上单纯的军事指挥者，不得使用这一称谓，一律用 g 代替；（2）关联。全体市民公认之尊号，体现将军五大品质的"志士""勇士""谋士""骑士""隐士"，不得用于他人；（3）附属。不得以姓与名指称将军，不得

加姓与名于"将军"前；不得称呼将军父母姓名，以"城
市大学第八任校长"指称将军父亲，以"匪帮占据时期邮
政部长之三女"指称将军母亲。

形象：（1）静态。将军之静态形象由市政大厅每月挂
出新油画构成资料库，城市所有悬挂、张贴之将军形象，
必须从资料库内选取，新近优先；（2）动态。将军之动态
形象以市政管理当局推出之新闻报道、纪录宣传等影像资
料为准，未经市政管理当局将军随从室批准，不得以截取、
私存等方式另作他用；（3）其他。将军形象必须出现在洁
净、神圣之处，人体乃最优之选，但文将军形象于身体时，
必须文于肚脐之上，必须文于人体自然站立可被阳光照射
之处。

声音：（1）特定。市政管理当局指定的电视、广播、
网络等放送渠道外，不得有将军之声音传播，未经市政管
理当局将军随从室批准，不得以截取、私存等方式另作他
用；（2）例外。市民可毋须批准，而使用将军"战斗得自
由"之声音，但必须注意场合之洁净、神圣，不得与市民
及市民团体之声音混合。

8. 面包颂

城市本是面条的城市。几百上千年前，城市尚且是广
袤沃野，村庄散落，居民稀少，即以小麦为主要种植物，

　　麦熟时节，百里金黄、千里飘香，收得的麦粒堆满粮仓，石磨、水磨作用下，麦子由粒成粉，由粉成团，再切、削、拉、挂、扯，成长短不等、宽厚有异的面条，向左邻右舍输送，亦招徕四方不果腹或果腹而不解馋的人。久而久之，人口密集，散落点成聚集处，人人追求新鲜味道，个个尝试新奇手艺，形成远近闻名的面食节。每年麦收后，持续一个月，不同城市、地区的面食手艺人赶来，各显身手。各种面条轮番上场，各种做法争奇斗艳，各种吃喝此起彼伏。城市里的每个人都游荡在一口口面锅前，观望着一碗碗汤汁饱满、配料独特的面条，吃得肚儿滚圆，醉倒在面粉堆里。那时，没听说还有别的食物，也不需要。馋虫都在面条上产出，在面碗里解决。

　　八十年前，匪帮占领城市。没人清楚他们来自何方，但他们的胃显然和东边城市里的人一样。他们喜欢大米，一碗白色的冒着热气、胖得能分辨一粒粒的米饭，才能让他们抵达"饱餍"。面条，只是小吃，是闲暇时的玩意儿。为此，匪帮进城第一天即宣告，本城告别面食，一律食米。降低产量没关系，反正城市早不以种植为生，陆路、水路，是米还是面，交易都一样做。抗议声不断，直到在鲜花广场枭首七位面条师傅，此后仍旧有人偷偷摸摸，来碗面条作为纪念，兼安慰空虚的胃。十年后，城市的饮食结构被彻底改变，连米粉这种近似面条的食物，都被摒弃。对大米的改造，到饭团为止。要不是做法太过单调，想必会有米食节隆重登场。城市里不再飘荡葱姜蒜辣椒香菜的味道，衣袖上也没有面粉供人们见面时掸掉。传言那之后出生的新一代居民，身高、长相、皮肤都与前人不同，亦有传言，他们的情感、智商得以优化。

　　四十年前，将军收复城市，首先着手的也是城市的胃。将军向市民致歉，为不到百年里的反复，为不是他该负的责任。将军强硬说明，大米是匪帮的指定，食米是匪帮对城市的改造，必须更正，去除匪帮一切痕迹。以三个月为期限，没有枭首，没有绞刑，在那之后，仍旧以大米为主食的人，在鲜花广场，一人抽皮鞭二十下。将军忘却了，他不是要人们放弃米饭，回到面条，而是由米饭改成面包，可这个城市的人，记忆里面粉只有面条一种去路。皮鞭抽打声中，众人给出哀号，收获面包，形状怪了点、味道独特点，不管是蘸着果酱、黄油，还是就着胡椒、辣酱，城市更换面貌。城市的胃，是将军的胃。我们的心，经由面包，交到将军手中。将军毫不讳言，他是从西边城市的前女友那儿，品尝到面包，爱上这个味道。将军申明，并非因为爱情，而是西边城市更为文明，面包是文明的象征。更何况，他早已和她分手，他的情感百分百属于市民，他的爱永远只和他的心和这座城市，合一。我们咀嚼的面包，吞咽的面包，是他奉献的，现代文明的灵魂。

9. 卫队无处不在

A。将军老友，两人一起长大，同赴西边城市求学。将军前往政治大学，A 就读军事大学。期间，将军交游广泛，与本城流亡者、西边城市当权者、各城市使团来往密切，织就强大关系网。A 以军事大学为核心，结识奋发有为青年，以当地为主，本城流亡者为辅，延揽各城市俊彦。回到城市，鲜花广场一举事成，A 率先示范，以将军为首脑，为城市之主，甘居卫队长，誓言护卫终身。将军隐退、复出，A 追随左右不渝。不到十年，眼见将军成为城市的化身，魔鬼入驻 A 内心，他图谋推翻将军，另起炉灶。施压、笼络结合，A 得到卫队承诺，遂在雨夜，率队闯入将军卧室。不料，将军早已离去。众卫兵亮明立场，"我们是将军的卫队"，枪口齐刷刷对准 A，将他打成筛子。

B。将军早年下属，十八年前，被任命为橡果街区管理长。橡果街区作为城市最发达地段之一，商业众多、物流繁盛，各城市冒险者麇集，贿赂求利者络绎不绝，原本忠诚、质朴的 B，由此变得贪图享受，生活奢侈糜烂。深知自己所作所为不为将军容忍，设若事发，必然死无葬身之地，为求得后退余地，B 不惜将各种情报暗地里送往东边城市，并私下联络被推翻的匪帮残余势力。于是，街区的财富源源不断流入 B 的腰包，城市的防卫、将军的健康状况、各位要人的秉性等情报，滔滔不绝传送到敌人手上。

眼见将军深得市民的心，城市固若金汤，自知搜刮的财富足够全家挥霍终身，B携妻带子准备连夜逃离，不料被早已察觉的助手偕三位友人堵在门口。面对B"同去享福"的诱惑，助手表明态度，"我们也是将军的卫队"，当场勒死其一家三口。

　　C。银杏街区居民，中年丧子，晚年丧妻，独自居住七年。身为前工人，退休金尚能温饱，日子平淡、安定。六年前，C爱上喝酒，时不时在家抿上一口，日渐沉溺，终于不可一餐或缺，退休金无法支撑。通过朋友在街区找点闲事，酒的品质一降再降，至于最劣，才可勉强维持。两年前，见其终日浑浑噩噩，更担心其出事，街区不再让C过去。C自己开悟，四处搜寻垃圾，卖了买酒，收入反而略有增长。好景不长，不到两年，将军要求整顿市容，垃圾统一收拾、处理。C断了酒钱，戒酒不得，只好变卖家中物什。这一日，C卖掉亡妻留下的银质相框，手攥全家福，换得的一瓶好酒一口气下肚，对着妻子、儿子的笑容，诉说思念。诉说之余，骂起市政管理当局，怨他们无能，让他如此不堪。酒劲上头，由市政管理当局骂至将军，对着围观人群叫嚣，将军是个懦夫，有能耐让卫队来找他。话音未落，众人宣告，"我们就是将军的卫队"，将他踹倒在地。嘴里余下的五颗牙齿，全给踢落。

10. 镜子说

说将军下令，城市的关键处，全部装上镜子。市政大厅外墙，广场花坛平面，商场扶梯两侧，超市天花板，学校大门口，机关办公桌，卧室床头，十字路口，街道拐角，所有人影闪动的地方，每个人员聚集的场所，都有角度不同的镜子。上端是将军的头像，主体擦得明净如新。待在城市里，如同待在洗过的新世界，没有任何秘密需要藏匿，没有任何地方容纳得下污垢，人人笑颜如花，个个踏实满足。只有将军，凭肉身，承担城市的阴影、肮脏。他坐在市政大厅的高背椅上，躺在将军府里的雕花床上，在任一时刻，从任一角度，都可以看到城市的每个角落。如发现不轨，或心有不满，将军掏出他的强力手电，一束光从他手里出发，几经周折，必然迅速抵达。这要么是对事主的警告，要么是给卫队的命令，总之很快得到处理，再度让城市安静与干净。

说将军下令，每个人的身上，全部装上镜子。成年男性、女性镜子正方形，可以装在左胸或者右胸，成年女性还可选择长方形，装在腹部。小孩与老人的镜子，小小正方形，装在额头。镜子的背面是将军的头像，正面保持明净，如同清水。这样将军就和在每个人在一起，每个人都能看见他人和将军在一起。成人的肺腑与心思，由此在互相映照中，彼此敞开、一目了然。小孩与老人的思想对外敞开，以方便被人照拂。尤为关键的，是众人无论坐卧行走，只要身处某个空间，就会向他人开放，特别对将军毫无隐瞒。将军随时随地注视着大家，每有异常，手电筒的光芒即随之到来，给予提示、给予保护，被留意到的人，自有卫队前来，擦拭他们的镜面，焕然一新。或者，干脆取下来，更换成面积更大，映照更好，将军的画像更为亲切、清晰的，镜子。

说将军下令，让上述有关镜子的说法在城市广为流布。对此，只是听与说，并无真凭实据。城市，制造不出那么多的镜子。有关镜子的说法，却也从未消失。

11. 风和风声

风起于何处？将军之风起于其家庭教养，起于其父母之正直、严谨、谦和，对人与人事的同情、悲悯。将军的父母早年求学于西边城市，归来后执教于城市大学。夫妇二人超脱尘世，全力投入研究，不必谆谆教导，只需耳濡目染，将军自然熏陶得完整的待人处世之道。真实成为将军毕生追求之最高准则，理性成为将军处理纷繁世事之最重要原则。没有将军的父母，就没有将军，更没有今日之城市，的非虚言。

风起于何处？城市之风起于将军以身作则。将军正直，则城市疾恶如仇；将军严谨，则城市一丝不苟；将军谦和，则城市虚怀若谷；将军共情、悲悯，则城市众生平等、世界大同。更进一步，将军以真实为准则，城市以求真为目标；将军以理性为原则，城市以缜密为前提。将军执掌城市后，要求城市整齐划一、令行禁止，去掉奢靡、懒散、柔弱，奉行节俭、勤劳、强硬。不求索取，奉献先行，不以爱为追求目标，只以真作效忠对象。不私下做判断，以将军的准绳为公开标准。以将军为微风，众人草偃；以将军为强风，众人折服；以将军为旋风，众人起舞。

听，风起处窸窣作响，风过处飞沙走砾，风止处一派祥和。听，风带来风声，风声中有热的血在漫延。听，在风的阳台，有一人独立于城市的心脏。

12. 来孚。狐狸，抑或狗

来孚进入一片甬道密集、交错的地段，即是说，进入一座迷宫。来孚对此不以为意，他是一只狐狸，岂会被这区区迷宫难倒？他甚至不需要调动记忆库里储存的迷宫地图——那是先辈代代相传的圣物，单纯凭着嗅觉，凭借对危险与安全的直觉，依据地面的潮湿与干燥，他就知道在岔道上如何选择。再多的花样，不外乎向左、向右、向前，或者后退的细分。

要说有什么不同，这座迷宫很明显。隔上一段距离，甬道两侧就悬挂一面镜子，呆板的长四宽一的比例，没有镶边，距地面二十厘米，间距、角度与朝向随意；镜子旁边，张贴一张告示，白底上一条狗的剪影，耳朵弯折、尾巴上翘，双目直视过来，红色圆圈将狗限制住，顺着圈的直径，横着狗的身子，是一道红色的斜杠。禁止狗出入。这意思来孚看得懂，但他知道自己是狐狸。照照告示旁边的镜子，看着里面尖尖的耳朵、火红的皮毛、蓬松下垂的尾巴，这毋庸置疑。

再往前行进，似乎来到迷宫的尽头，或者只是暂停歇息处。六块镜子圈出一块范围，内有一把椅子，来孚跳上去，椅面上写"歌唱或演讲"。前者他不擅长，后者他现在没兴致，但又不好完全违抗。于是，来孚在椅子上转了两圈，看着镜子里的自己，鸣叫起来。那婴儿啼哭、水壶报警、雏鸟唤食几种声音杂糅而成的狐狸的鸣叫响起，随叫声而至的，是陡然增强的无由的光，它打在六面镜子上，折射在四周的镜子上，照亮所有的镜子。

来孚继续转圈，继续鸣叫，在喧亮的迷宫里，他眼看着镜子里的自己，耳朵弯折、皮毛变色，尾巴上的毛慢慢收紧，并且竖起来。从他的喉咙，传出令他陌生而畏惧的声音：汪，汪，汪汪汪，汪汪……

13. 群蛇之海

群蛇之海，肇因于城市徽章再酌定。有城市以来，即有徽章，除了微调，基本维持不变。是黄色背景上的蓝色波纹，象征城市海陆两个方向的立足空间，象征市民如永不停止的海浪生生不息。是有些复古的波纹，如祥云似堆雪，偏内敛重宁静。赶走匪帮后，将军即动议审议徽章，重新酌定。"城市丧失了活力，是逆来顺受之水，波浪失去了力量，只能被动接纳一切，特别是不应得的暴力与统治，无能涤荡""改装饰性的波纹为饱满的能量，以涌动的生命替换死寂的表象"。要求的提出鼓动起市民的热情，审视城市与观望世界之后，市民们确认，城市的精神需要投射在具体的生命上，必须是强力的有震慑力的动物。几经斟酌，拟定狮子、狼、狐狸、鬣狗为备选。狮子不言而喻，威风凛凛、统治百兽，城市并无称王称霸的野心，但雄狮之形令人神旺。狼以团队至上，恰好扭转城市的散沙一盘，只要市民如狼群合力一处，遭逢雄狮也不在话下。狐狸的智慧值得效仿，夹在猛兽之间，恰如城市邻东近西，偏能以最小的耗费，得最实在的利益。鬣狗让人厌恶，却胜在执着的纠缠，那疯狂的劲头，那不挑剔的贪婪，正是生命永不放弃的自我保存、谋求发展的意欲。

将军听着分析，对四种动物频繁点头，末了却放下方案。"不是另起炉灶，放弃原有的根基""狮子、狼、狐狸、鬣狗各有对应，但这与城市的历史与目标并无直接关联"。黄色的土地不能去掉，城市的根是丛林开辟的耕地，先辈到来时，这里群蛇盘踞；蓝色的海浪世代翻滚、拍打，不只是送来海里的出产，更是对城市精神的磨砺。在将军的指挥下，徽章的构图一仍其旧，只是黄色更为浓重，由土地而倾向为黄金，起伏的海浪细化成一条条舞动的蛇，它们蓝色的躯体中，蕴藏着火焰，彰显吞噬一切、毁灭万有的力量。它们躯体上斑斑点点，胜过阳光的刀尖。是群蛇之海，可以视作海的升级，每一个细小的构成都是蛇的蠕动，可以视作群蛇的合一，每一条蛇都是巨蟒身上的鳞片，吐出信子，捕捉来自风与时间的消息。巨蟒之巨，衬托狮子的渺小；群蛇合一，让狼群心生畏惧；蛇的每一次滑动，戳破狐狸的一条诡计；单是它的冰冷，鬣狗永远都得回避。市民欢呼雀跃，为城市旧日精神仍在，并随世易时移得以更新。徽章如水漫延，铺张在每一所房屋、每一个角落，衬底于日常的用品，显赫于正式的场所。面对东边城市、西边城市的第一次联合恐吓，谈判选址市政大厅，他们的代表还没进入场地，首先被大厅悬挂的徽章震慑，群蛇之海密密匝匝，仿佛随时都能向他们拥去，将他们撕成碎片，唾弃在地。

14. 广场会客厅，鸽子咖啡杯

高八米，宽四米，通体黝黑的铁座椅，上面是通体黝黑的您。将军，值得庆贺，那时您没有拒绝众人的请愿。将军，值得欢呼，那时您没有把这当成个人崇拜。将军，值得欣喜，我们集资从东边城市请来的雕塑师，居然摆脱了海港的咸味的风，居然天然懂得鲜花广场的意蕴，塑造了这样的您，超过一万座须弥山重量的您。就这样坐在带棱的铁座椅上，就这样沉默地守候着鲜花广场，守护这城市的象征与它的群众。

那时候，人群多么激动，他们纷纷捐出家里的铁具，而您睿智地希望，只需要多余的凶器。谁能想到，市民们藏着如此多的带尖的带刃的带刺的带钩的家伙，您望着它们，脸上的欣慰我们都懂。看到大家能自我保护，您对匪帮时期我们的生活悬着的心，终于放了下来。现在不用了，有您的羽翼，市民毋须再为安全担忧，毋须再为家人操心。他们献出最原始的武器，就是给予最实在的信任。看看他们携妻带子，呼朋唤友，相约来到鲜花广场，放下武器，听着它落在成堆的家伙上，发出当啷的声响，然后再从您的士兵的手里，接过绽放的鲜花，将它插在妻子的帽子或者发束上，也有的直接交给孩子，让他们一嗅再嗅。将军，那是有这座城市以来，最温馨动人的画面，那是有人类以来，最微妙恰切的隐喻。

雕塑师要将它们熔铸成您的塑像，所有人对这个决定欢呼不已，雕塑师要将雕塑完全做成黑色，最深沉的夜晚将要进入黎明墨水将要浸透纸张的那些临界时刻的黑色，所有人对这个决定摇头不已。大家想要看清您的五官，想要知道您的表情，如果您隐身在黑中，我们该怎么办？当我们知道这是您的决定后，我们的泪水自动回到来处，我们的欢笑自动浮上脸颊，还有什么比您的决定更正确的呢？还有谁能比您更知道更照顾我们内心真正的需要呢？从此以后，我们安然来到鲜花广场，坦然在您注视下行走。虽然看不清铁座椅上的您，心里却一清二楚，我们是来到了您的会客厅，每一只飞来落在您手边的鸽子，都是我们奉上的咖啡杯。

15. 沉默是神的德性

开始，只是一片林子。一家逃离战火的人偶然闯过来，男人看土地贫瘠，但远离嚣嚷，决定在此定居。搭起棚屋，采摘果实，就算是扎根了。方圆几百里没有人烟，一切都只能靠双手，好在心里的惊惶日渐退去。男人带着儿子磨锋利随身的长刀、箭镞，在可能的关口布下陷阱，女人带着女儿寻找更多的果子、野菜，将水引入棚屋。春季快要来临，他们烧出一片荒地，在雨水落下前播下携带的种子。日子有了模样，脸上有了笑意。林子中间搭出另一个棚屋，终于可以让男人记忆中的神安顿下来。空空的棚屋，木刻的牌位，木石泥合力而成的形象，神开始具体。神始终沉默，不回应不拒绝，在又不在。唯其如此，当男人被猛兽所伤，临终前托付女人整个家庭时，她才能彻彻底底在神的形象前痛哭三天。

后来，另两户人家到来。他们惊讶这里居然有人，继而欣喜万分，恳求女人允许他们留下。女人带着两户人家的男人进了棚户，祈求神的恩准。神始终沉默，不回应不拒绝，在又不在。两户人家就这么留下来，三家人互相扶持着，狩猎、采摘、耕种的范围都在扩大，日子的模样越发周正。再后来，经过反复商量，并得到神的沉默祝福后，两个男人定期轮流前往远方的集市，出售兽皮，购买铁器、食盐等，这里终于和世界再度联结起来。正值外面进入和平状态，这联结远没有他们猜想的那么危险。三家的孩子各有爱慕，组成的家庭进一步扩大生活范围。喜悦并没持续多久，女人有了身孕，局面微妙起来，她不吐露丝毫有关孩子父亲的讯息。最后，只好在神的面前，予以沉默的宽宥。

后来，三户人家变成村子，村子变成镇，镇变成城市。东边城市希望它成为跑马的城市，西边城市希望它成为靠船的城市，市民同时抵挡两边的声音。最艰难的时期，他们每天早晚都到神的面前敬拜、祈祷。神的居所位于城市的中心，早扩建成一百零一所房间，蜂巢一般。每一个房间都有一尊神，沉默的只能称呼为"神"的神，一百零一个形象不一，一百零一个名字同一，一百零一实际上是一，分身只是为每一个人都能亲自在其面前。他们敬拜、祈祷，神始终沉默，不回应不拒绝，和他们在一起。靠着这无穷尽的沉默的力量，他们抵挡住东边城市与西边城市的喋喋不休，将两边强加的希望退还为漫长的失望，他们决定城市成为自己的样子。

后来，匪帮闯入。他们横行无忌，杀人立威，城市里到处都是残缺的尸体，血液遍地流淌，如同小溪，乌鸦出没于各个角落，秃鹫在天空盘旋。市民退无可退，进入神的居所，得到的仍旧是沉默，不回应不拒绝，在又不在。但他们看懂忍耐与等待的默示，纷纷退回家里，与老少相拥，瑟瑟发抖中，学习接受匪帮的方式。颠簸中，日子缓慢稳定，人心逐渐枯萎。将军的枪声吹响号角，神许诺的等待的尽头终于到来，他们打破沉默，走上街头，跟随前行的步伐。匪帮溃逃，众人再次来到神的居所，修葺房屋，重塑形象。膜拜最盛那日，将军忽然来到神的居所，他否定受到启示，坦言一切都出于爱、勇气、责任，一切都只是出自，他的心。神是虚妄，是做作，是苦难的源头。说完，将军掷出一把火，一百零一间房屋化为一百零一堆灰烬，神再也没了形象，只留下灰烬的沉默。

灰烬早已散去，市民日益确认，将军是神在这一世轮回中的现身，是神之本尊。

（16. 将军的话：唯有表演。唯有恐惧）

唯有表演可以显影真实，在时间、地点、人物的虚拟中，在情节亦真亦幻的铺展中，演员出入量身的世界，勾

连其中的空间与空间里的关系，将一切和盘托出，任观者自取所需，随需要而阐释而认定。唯有恐惧

唯有表演是融洽的契机，势同水火的双方或几方，视若仇雠的势力或信念，在递出一句台词接下一句念白的瞬间，在可阐释表情浮出的那一刻，所有坚固的东西都开始松动。唯有恐惧

唯有表演提供即时的交换，演员、观众、舞台三方，各就各位，各擅先天所得的所长，在全神贯注中领会自身角色的要义，同时通感于另两方的喧哗，揣想他们的痴梦，在日影移动中，看守不断更替的界限，代入无尽的梦想、欲望，代入绵延的生存、毁灭，做好迎接必然到来的兴衰的准备。谁能在乱哄哄吵嚷嚷的氛围中，默定自己只是舞台？唯有恐惧

唯有表演能够释放，节制不再是美德，它先验地关闭必要的大门，而尽情是表演的基本道德，是参与者无法推卸的义务，以一场表演彼此认清，辅以一时平安地归去。唯有恐惧

唯有表演提供角逐生死的门槛，那些浑浑噩噩的追随者那些领不到角色的盲从者那些不知道出离自身替他人代言的死心眼儿那些不断翻动硬币始终只能看见一面的无本的赌徒，他们所得的不过是生死的影子的影子，没有一只脚能踏在舞台的影子的影子之上。唯有恐惧

唯有表演让人穿梭于时间，与空间无碍，仿佛一切的

一切都是裹在身上的虎皮裙。唯有恐惧

唯有表演让触及之物敞开，一切无须掩饰，亦无处掩饰，因为表演以掩饰去掉了一切的掩饰。所有能够纳入时间的过程与所有溢出时间的元点，都在表演面前露出可以层层下剥的笋壳，并念念不忘节节生长。唯有表演去掉隐私，无阴影的光芒照射下，内里尽数外翻。唯有恐惧

唯有表演不受限度的控制，翻过表演背面仍旧是表演，表演存在又不存在，既没有顶也没有底，过与不及一体笼罩、吸纳，表演是失控的预先豁免。唯有恐惧

唯有表演是默契最舒适的场域是心照不宣的活体解剖，唯有表演时时都能调整而时时都直取准确的核心，在善于辨认的眼中，表演即是永恒，即是轮流转动中的不转，因为唯有表演才能让人处在不断削减芜杂，时刻纯净纯粹而不减自省自警。唯有恐惧

唯有表演能承载二维的平面的直白，赤裸裸的背叛、投靠，众多的恶与恶心，都掩盖这一层妆容的油彩。唯有表演要求直白，唯有表演之下的直白能被幽玄之光笼罩。唯有恐惧

唯有表演能安全放心地托底，表演面具下，掩藏着投诚的心。表演在场的各方，尤其是舞台之外相向的相角力的相互绞杀的各方确信，这面具随时可能摘下，剧情随时都能转换，但唯其如此，一时的托底方才坦坦荡荡，没有长远的义务就是临时坚如磐石的责任。必须如此，方得

安宁。唯有表演能托底恐惧，唯有恐惧能支撑表演。唯有恐惧

唯有表演以人称切换为本质，从现实脱落的我，超脱现实的我，下一秒就是过或不及的你。唯有恐惧

17.阳光分配法

阳光照在将军身上，阳光照在市民身上。阳光按照表面面积，均匀地照在将军身上，均匀地照在市民身上。阳光照这一个将军，阳光只照这一个将军。阳光照好市民，阳光照坏市民。阳光照活人，阳光照死人。阳光照生物，阳光照非生物。

在能够照到的地方，阳光始终均匀，历经千年万年亿年而不变——直到镜子及其运用的出现。

18.肠胃何以痉挛?

儿子五岁生日那天开始肠胃痉挛，十年了。症状不算严重，每次发作，都是有规律的腹痛，伴随三五天的腹泻。他在成长，腹痛变得能够忍受，腹泻不造成太大困扰，他自始至终都排斥治疗，愿意终身携带这痉挛。十五岁生日那天，在腹痛与腹泻的间歇，他向我吐露了缘由，缘由的缘由。

　　每年生日，我会给他做一碗面条。这是犯禁，但久而久之，也被默许。一来，市民只在一年中的重大日子，才享用一顿；二来，每个人都配合着，掩盖这桩事情，不会邀请外人，也不会向他人提及。市民表现出了畏惧，市政管理当局也就睁一只眼闭一只眼。儿子要求在面条上压一个荷包蛋，得到满足后笑出了声。吃过面后，他要求出去玩会儿，我们能趁机午休，自然答应。

　　后来的事，是他十五岁生日说出来的。出了门，他去另一个街区，想找到小伙伴，把前两天输掉的一局棋复个盘，再来两局新的。没想到那个街区封闭了，周围的街道、商铺、房屋各处都站有将军卫队的人，他的小脑瓜一下想到：将军可能来了。路旁有棵十来米的杨树，乘卫队的人没留意，他双手抱树，噌噌噌上到第二个枝丫，岔腿坐下。封闭街区里人不少，个个都像定在原地，他们冲着一个方向站立。不一会儿，一队人从一间房屋走出，奔向另一座院落。他一眼认出，走在前面的，正是将军。

　　将军！儿子喊了声，并不高亢，树下的人都没听见，但将军听见了。他停住脚步，摘下墨镜，抬头望过来。儿子和他四目相对，儿子说，像是我和我的父亲还有他的老师他的好朋友，同时望着他。他正不知道该说什么，将军开口了，你是不是吃面条了？是那四个人之外的人，唯一的人，他确定是将军本人，在问。我们没有明确告诉他，禁止吃面条，但说了不能告诉任何人。儿子顿时眼泪涌出，他不能对将军撒谎，但又说不了实话。

没关系。将军说，我允许你吃，但要留下个记号，让你记得是我同意的，让别人知道是我同意的。说完，将军举起右手，在几百米开外，比成手枪，冲着儿子开了一枪。同时，他还冲儿子眨了眨右眼。儿子觉得脑袋被击中了，他晕晕乎乎地，双手双脚把着树，滑到地上。肚子绞扭着疼，不由自主地开始排泄。

现在，你知道我为什么不治疗了吧？这是将军做的记号，是我和将军的纽带，只有我有。儿子最后说。

19. 第二次赞美

赞美您，将军。第二次赞美胜过第一次，第二次赞美是最根本的赞美。赞美您，将军。赞美您带来第二次赞美，赞美您让第二次赞美真正成为第二次，它不是重复，它是深入，是在第一次赞美的基础上建立、反思，是以本能为根据，是让赞美之所以成为赞美。赞美您，将军。因为您引导的第二次，赞美与崇拜区分开，与感恩区分开，甚至与发自内心区分开，它是灵魂燃烧的辐射又是理性光辉的沉积。赞美您，将军。

赞美您，将军。拯救了城市与市民之后，离开权力的枢纽又返回之后，您带来了秩序，秩序确保安定。人生如蚁，人生如蚁而不得，赞美您，将军。此前市民念叨这两句，是自感在匪帮统治下，生命微贱、尊严扫地，时日如蝼蚁爬过，人低伏于尘埃，永远抬不起头来，窥望生而为人的意义。蚁群卑微但却成群，每一只自有其位置，自有其使命。赞美您，将军。您以威严统合城市，以安定滋养市民，这无差别的滋养提供明确的序列，如同光照下来，市民依据自身的阴影确定其位置。他们行动如蚁，他们有序如蚁群，各司其职，各安本分。毋须额外的操心，一切都在您的关怀之下。

赞美您，将军。安定只是今生事业的前提，尊严只是蝼蚁生命的表层，日益强化的秩序将市民引领至终极的森林，深思死亡的面孔，以行走之躯筹划提前的碰面，在思想上可以一再复盘的不断看清而反复纠正的，碰面细节。赞美您，将军。东边城市、西边城市，从未有过如此超拔的日常，从未有过如此额度的清醒剂，喜怒哀乐的表情与心情，统统从市民身上剥离，秩序，只有秩序，是城市唯一的本真的明镜。赞美您，将军。以钢铁般的意志，以雷霆般的手腕，不断地擦拭它，不让它沾染一粒尘埃，不让它渡过一缕白云，不让市民在它面前有一瞬错目，您就是秩序本身。

赞美您，将军。您更新了秩序的定义，它不是失位与对失位的想象以及由想象引发的担忧的镜像，它是巨大的从您内在喷涌而出的，浇筑性的实体。赞美您，将军。您缩短了城市与秩序的距离，您增强了市民感受到的秩序的分量。这强烈的照射啊，没有人能够偏开头、闭上眼，脱离它分毫。这强烈的照射啊，没有人愿意偏开头、闭上眼，在任何分辨得出的时间单位里，脱离它的庇佑。脱离您的庇佑。

赞美您，将军。这第二次的赞美承接第一次，升华第一次。在它后面，是无限次的赞美在等候。请赐予我灵光，让我对秩序有更深的领会，让我对赞美有剀切的表达。

20. 裸体 · 感冒 · 海报

一男一女，静静站立，在鲜花广场。一个站在百合雕塑前，一个站在将军雕塑旁。他们身着同款的风衣、长裤、鞋子——这是人们后来看到的，很长一段时间，没有人注意。广场上人太多，各有各的关注点，鸽子头顶绕飞，或者停在人们手上、脚下啄食。后来，两人动起来，他们相向而行，路线笔直，只在将要撞上的那一刻，侧身相让。然后，占据对方不久前的立身处，静静站立。这六百米的距离，拉长他们行走、相遇的时间，依然没人留意。事后，人们佩服他们极佳的目力。

十八时二十分十一秒，他们解开风衣，扔在地上，相向猛跑。是在他们白皙的身体被确定为裸体后，人们才意识到，他们脱掉了衣服。长裤与鞋子外，他们一丝不挂。如同两位自然之神或者刚刚走出母体的人，他们晃荡着外露的零件，向对方跑去。当他们相遇，就紧紧地拥抱，四分五十秒后，两具身体分开，继续奔跑。到了对方之前站立的地方，转过身，看着对方，静立四分五十秒后，再次相向奔跑。他们在奔跑，同时在玩命，他们用尽一切力气，用最大的速度。他们的相遇更像是相撞，他们的拥抱更像是刹车。能听见嘭的声响，肉体撞上肉体，骨骼透过肉体撞上骨骼，毛发绕过肉体纠缠上毛发。

　　广场上的人起初目瞪口呆，看清发生什么后，面面相觑。这是在做什么？询问的目光缠乱，谁都不敢轻易出口。是抗议，目光在回答；是行为艺术，目光在驳斥；是发疯，目光在结论。是暗地交流，是各自猜测。大家让开道，让他俩站立、冲刺、碰撞、交错、再度站立。过了一会儿，大家夹出一条道，当然，足够宽，可也足够厚，成为人墙之间的甬道。两个人的速度不减，但开始呼哧带喘，碰撞的一刹那闷响越来越大，身体开始发红甚至瘀青，但就像互为藤蔓与树，他们一碰上就紧紧抱住，仿佛要把对方摔倒，仿佛又要保护对方以免摔倒。汗水洒在沿途的路上，摔在人墙的脸上身上甚至伸出去接的手上，汗水还溅在他们站立的地上，抹在彼此的皮肤上。

　　当两人脱去衣服，奔跑起来，广场上的卫兵就注意到了，他们走过来，试图干涉。男的说："是将军让我们这样做的。"女的说："我们是为将军这样做的。"卫兵手足无措，只好闪立一旁，眼看人群越聚越多，队长必须向上反映。他反映到卫队长，卫队长再反映给市政管理当局，市政管理当局反映给将军侍从室，将军侍从室联系不上首席幕僚，直到人墙被汗水湿了大片。得到的回复是，将军罹患感冒，正在休息，不能打扰。

卫队长得到最终的结果后，眼看广场上人越来越多，不知道如何是好。这时，一个老人走上前去，在男人和女人这一次拥抱静立至两分三十二秒时，抖开手里的物品，将两人裹住。那是一张丝绵纸的海报，上面纵横整齐地布满了将军的头像，他紧紧贴着这一男一女。

一排排的将军，正整齐地挂在他们身上；一排排的将军，正整齐地亲吻他们每一个毛孔。

21. 地图绘制师之死

早在匪帮进入城市之前，地图绘制师即开始绘制城市地图，完全的私人行为。他为一家旧书店工作，平常走街串巷，吆喝收购，为此熟悉了城市的每一寸肌肤。夜里，他在台灯旁，蘸着紫色的药水，在棕黄色的纸张上，绘制。每有疑惑，他就推开窗户，凭借月光或星斗确定、校正。

五十九年前，他在十字路口左侧道路尽头的石桥上，等候时年十六岁的将军，将绘制完成的地图交到将军手里。他说，我把城市交给你，好好待它。据说，将军在那一刻，下定决心，推翻匪帮统治，给全体市民带来新生。有人说，此后将军随身携带地图，最危难时刻全凭它支撑。有人说，拿到地图的当晚，将军就将其烧为灰烬，和着烈酒，吞进肚里。有人说，将军参透了地图的机密，对之长泣三天，找到最好的文身师，地图文毕，连夜离开城市。

所有说法，没有一个得到证实。地图与绘制师，将军闭口不提，没人敢问。只听说，绘制师回归本行，继续收购旧书为业。又听说，三十六年前，老人重拾笔墨，开始在深棕色纸张上，绘制包括东边城市与西边城市在内的世界地图。城市无论大小，统统在纸上。前几日，老人毙命家中，胸口插着一把纯钢匕首。墨水瓶打翻，紫色洇掉一大片深棕。

关于凶手，有三种猜测。是其他城市的人干的，或者是将军的反对者干的。也有人猜测，是将军让部下干的。

22. 被书写的，不被书写的

历史是被书写的，神话是不被书写的。

匪帮长久残忍的统治及其统治下城市的全面退化是被书写的，匪帮统治下人们依然能找到缝隙露出短暂的全然放松的笑脸是不被书写的。

将军抬手放出的四枪是被书写的，开枪的副作用尤其是第二枪击穿了一个九岁小女孩的左手掌是不被书写的。

在时间里奋发有为以造福市民为人生目标是被书写

的，这时间不过短短一拃即使放在城市的历史也不值一提是不被书写的。

面孔朝外威严肃穆是被书写的，面孔朝内栖栖惶惶是不被书写的。

人生的点状是被书写的，人生的线状是不被书写的。

依据认知与理想进行改造是被书写的，认知与理想拼凑而成的蓝图由一张破破烂烂的外文报纸剪成是不被书写的。

雕塑的建立和推倒是被书写的，雕塑上落满的灰尘、鸟粪，满结的蜘蛛网是不被书写的。

疾患是被书写的，疾患的公共性阴影是不被书写的。

将军卫队的辉煌存在是被书写的，将军卫队的历任卫队长与他们的下落是不被书写的，第一任卫队长继任市长后被罢免投狱死于牢中第二任卫队长被指控谋杀勒令自杀第三任卫队长在东边城市操控的刺杀行动中护卫将军而死第四任卫队长看中将军其中一个女儿不被获准自杀抗议不成而变为植物人第五任卫队长上任三个月即患病去世第六任卫队长不能接受新变更的双卫队长制不辞而别另一位第六任卫队长因同僚离去而自愿成为第七任卫队长他总算平安到退休有关第八任卫队长的流言已起，所有这些是不被书写的。

面包更改了市民的饮食结构营养结构是被书写的，城市缺乏小麦种植条件每年花在进口上面的财力人力是不被书写的。

歌唱是被书写的，叹息是不被书写的。

将军独自走进一条小巷是不被书写的，将军在那条小巷里待了多久是不被书写的，但将军离开小巷时做的一个决定是被书写的，是被抽象书写的。

将军的血液在他体内流淌生发无穷精力让整个城市受益是被书写的，将军的骨血倾注在男男女女身上外化成一张张相似的面孔占据城市的各路要津是不被书写的。

将军对啤酒的推崇进而使得城市成为远近闻名的啤酒畅饮之地是被书写的，将军酩酊大醉后喜欢点燃面前的一切并不允许任何扑灭直至它们被烧为灰烬是不被书写的。

人们举起的手手指的朝向朝向的尽头尽头站立的人是被书写的，那个人究竟是谁是不被书写的。

城市、花园、广场是被书写的，乡村、耕地、棋牌室——痰液、口水、牛粪与辛辣旱烟雾堆积的地方，盘旋的空间，是不被书写的。

虚无是被书写的，空无是不被书写的。

23. 时钟提取

市民列队，在鲜花广场，等候将军的卫队从他们体内提取时钟。广场上有七顶帐篷，依照北斗七星的阵势排列，市民从天枢而入，一顶帐篷内未能完全提取，则进入下一顶帐篷，如果完全提取，则自行离开。

每顶帐篷里的机器形状相差不大，主体都是一个逆时针旋转的圆托，如磨盘如砂轮，只是越来越小，中间供人把持的立杆越来越细，帐篷里的光越来越强烈。在天枢，机器启动后，市民听到的是轰隆隆的石子滚动的声音，或者噼里啪啦的筛掉沙子的声音。在天璇，是树叶掉落的声音，落在地上、水上、石头上……因人而异。在天玑，是水滴滴落的声音，要么落在石头上，要么落在汪洋里。在天权，是器物碰撞的声音，有人能听到纯银的乐器相撞，有人能听到两只狗头相撞。在玉衡，则是纯粹的风声，柔和的温煦的初夏才有的风的声音，它在树梢刮过。在开阳，是静默的声音，是的，并非空旷的虚无的静默而是可以确认方向辨明重量的静默的声音。

到了这里还有时钟可以提取的人寥寥无几，他们将步入摇光。摇光里由卫队长带领六名卫士，复以北斗七星站位，待他站上圆托，机器启动后，齐声向他诵读，那是一部只有卫队才有权接触的经典，那是一种只有卫队才能听清的语声。正是这样，诵读声的威力才超乎想象，寄生在市民体内的时钟再根深蒂固，都将随声音而落水出石。

据说，摇光之后仍有市民体内的时钟无法被提取净尽，他将被带至将军的严守北极星位置的帐篷内。据说，将军的目光是最高等级的提取装备。但一切都只是据说，因为迄今为止，需要将军亲自提取的人屈指可数；毫无例外的是，走出将军的帐篷，他们都保持沉默。

时钟提取以"一城一人一时间"为前提为目标。据说，待所有市民的时钟提取完毕，将军会把它们聚合一处，铸造一座城市历史上前所未有的独一的时钟。但这仍旧只能是据说，因为新的市民总在出生。

24. 肖像一幅

牙齿先看清。当然是在下面，但仍旧是肩胛骨遮出的一小片阴影，让它率先被看清。所谓看清，是看到横着的一道白。随后，到了树荫下，确定那道白是牙齿。上下各露出三只，张嘴幅度不大，看不到牙床，但牙齿洁白、整齐。顺着牙齿往两边去，是紧绷的嘴角。往上是法令纹，往下是收缩的含紧的下巴，再往下是横着几道皱纹的脖子，再往下一点点，肩膀虚化消失在皮肤里。回到上面，肖像的拥有者此刻抱肩站立，仿佛正为展示。肖像完整呈现，法令纹外扩，是薄的颧骨，在年轻人的背上，瘦削还是无法遮掩。耳朵薄薄的，仿佛会被风吹翻过来。头发极短，白发夹杂，辅助性地提振了肖像的精气神。重点在眼睛，眼白略多眼黑略少，却毫无刻薄之意，它们的凝视是下午四五点钟的阳光，完美地糅合了警醒、睿智、从容，以及与他人的适当距离。围绕着眼圈的皱纹，特别是鱼尾纹的深长，又把那点距离拉回来——这不过是个被漫长岁月削尖后稍稍磨钝的老人。没法再细看，年轻人走进阳光里，并穿上手里拎着的 T 恤，完全挡住依据市政大厅当月挂上的将军肖像油画而来的文身。

25. 特权

死亡授予特权，未经将军同意，无人能够死去。将军行使特权，分市民十三个等级，人人依照等级决定死因、死法、死亡地点以及什么时候，死去。

26. 游动旋转门

市民都知道，城市有九座旋转门，游动旋转门。没人知道门何时何地会出现，但所有人都知道，这是赋能的门，要是能窥破它的出现并进入门内转上一圈或者几圈，人将拥有强大的能量或者千载难逢的机运，小则富甲一方，大则……大则没有上限，至少……能主宰城市的命运。

没有两个人能同时看到一扇门，但所有人都知道门真实存在。因为创建者正是识破这一天机，见证了九座旋转门在眼前如旋风摆动、就位，然后销匿，才定下城市的疆域。真正振作城市，让它摆脱来自东边城市与西边城市的控制，成为城市历史上数一数二豪杰的第十一位城市之主，是在前后进入两座旋转门，得到双重的祝福之后，成就这番伟业。就连城市屈指可数的钻石家族，其创始人也声称，是在一次登山中，跌入谷底，恰巧进入落叶示显的旋转门，在门内受到祝福，发现的矿藏。与此同时，整个家族坚称："先祖福薄，只在门内转了半圈，勉强能荫庇后人。"有人说，匪帮大统领在率领手下进攻城市时，曾在登录的海滩见到流沙翻滚而成的旋转门，他毫不犹豫地踏入其中。这一说法被很多人驳斥，但也有不少人深信不疑。

而将军，尽管他绝口不提，但所有市民都确信，早年他离开城市、之后学成归来，都曾有旋转门为他示显，让他进入。甚至有传言，多年前，在鲜花广场，将军是经由第三道旋转门，才登上百合雕塑，扣动史密斯·威森的扳机。异乎寻常又言之凿凿的是，那第三道旋转门正是由在场的人群示显，他们的拥挤、来去，他们的神情、目光，无一不成为旋转门的一部分，不只是沉默的抗议者，包括前来镇压的匪帮。进入鲜花广场的每个人，都成为天机的一部分。

唯一的疑问，是旋转门的数量。翻遍城市所有书卷，拼凑市民口耳相传的所有片段，都只有八座旋转门。它们数十次的示显，借助了落叶、流沙、人群、单纯的风、孩子的笑声、足球、羽毛的盘旋、鸽子、器乐团、楼梯、交通事故……一切日常之事之物，都会在偶然间敞开，但亲历者的口述、记述者的文字、旁观者的猜测，种种迹象很容易归纳，这数十次是八座旋转门的示显。那么第九道门呢？既然它的存在毋庸置疑，为何始终未能被见证？除了亲历者的笃定，市民对它的信心来自何处？这些无从考证。市民们知道的是，将军最新的讲话"城市将迎来特别的机运，开启千年未有之盛景"正是对第九座旋转门的确认。他们猜想，八座旋转门同时示显时，将合为一座巨大的，足以容纳整座城市、所有市民的旋转门，第九座旋转门。或者，这八座旋转门同时示显又消失之后，才可能新生一座旋转门。

27. 弹簧孩子

弹簧孩子爱吃糖，吃完就往花里藏

红的糖，绿的糖，黄的糖，妈妈给的牛皮糖

花儿甜得张开嘴，一条大蛇在化妆

孩子孩子快过来，我的身子比你长

请你进到里面去，里面有蜜你端详

弹簧孩子并不慌，慢悠悠，手里拿出纸两张

一张画着小蜜蜂，一张画着弹簧床

妈妈让我见到你，给你一根棒棒糖

说完孩子矮下身，缩成一颗炮弹糖

炮弹打进蛇肚里，嘴里喊着我的娘

弹簧孩子睁开眼，看清四周蓝又黄

放出蜜蜂打开床，弯弯曲曲的蛇肚不够人忙

蜜蜂采尽腹中蜜，床上孩子浴血长

一蹦一跳三尺高，疼得大蛇喊投降

求你快快放过我，给你一把小手枪

弹簧孩子不理他，继续蹦跳继续长

撑破蛇皮见阳光，露出头来大声唱

弹簧孩子爱吃糖，吃完不擦手，还往花里藏

28. 修正一次血统

旧日记载：将军为城市大学第八任校长之次子，母亲为匪帮占据时期邮政部长之三女。

修正结果：将军为城市大学第八任校长之长子，母亲为校长流亡期间结识之匪帮占领前之财政部长之长女。

事实陈述：前财政部长同为流亡者，因掌握城市庞大的秘密财富而为匪帮持续追杀。第八任校长与财政部长之长女于双方家庭流亡途中，相识相爱。将军诞生之际，匪帮追杀人马赶到，财政部长毙命街头，三天后追杀者找到第八任校长与财政部长长女藏匿处。激战中，校长携新生儿侥幸走脱，但财政部长长女走失。校长遇上在当地生产并休假之邮政部长三女，因旧日渊源，三女接纳新生儿，对外声称乃双胞胎之次子，并带回城市抚养。

事实核准：昨日，几经辗转，城市专项小组找到财政部长长女，得以核实将军从邮政部长三女即其养母遗言中获知之后事实，并有校长当年留下信物为证。

记录补充：城市档案馆之特别档案内有相关记录与物证，市民可向市政管理当局申请开具特别函件，持之前往查询、复核。

29. 鞭声

女人站在将军府邸门前，接受感激与祝福，她是被召唤的第二十七个，却是八年来的第一个。市民看着她饱经风霜的脸与凋残的身躯，有人猜想将军已超脱情欲的煎熬，只是想单纯地施惠一个可怜的女人，将军已超凡入圣；有人猜想将军只是老之已至，暮年丧失追捕激情的能量，连形式上的遮掩都力不从心——还有人，他们声称从女人身上体会到非比寻常的性感，由衷赞美将军进入了特殊的境地。不管怎样，市民纷纷将矢车菊扔在女人脚下。

到黄昏，卫队长打开府邸大门，迎接女人入内。整座城市屏息敛气，聆听来自震中的消息。"亲吻她的额头""拥抱时间持续四秒""谈到她的童年""面包屑从她嘴角掉到餐桌上""卫兵离开""她牵起了……将军的手""灯光关闭，蜡烛亮起"……市民都在等待，等待前戏的结束，等待就是前戏。但府邸静默，时间演进为默片。在市民的口耳之间，两具残损的躯体，无声地互相舔舐，每一次舔舐都撕扯掉一块皮、一块肉，伸进骨头的缝隙，搜刮对方的内脏；两具即将熄灭的火在互相助燃，以灰烬搅扰灰烬，在干瘪的火焰下彼此搅扰为一。

并不足够，城市的夜晚意犹未尽。终于等到。那时隔八年的鞭声，过了午夜，迟迟降临。它是清脆的、羞怯的、短促而起，最留神的耳朵也没猜到。第二声，第三声，孩子咳嗽一般。总算有着落，在皮肤上，入肌肉里，总算被捕捉到。城市瞬间宁静，灯光更见喧亮。鞭声更加密集，急促的、沉闷的、爆破的、挥动的。节奏带动城市共振，声响让市民无声嘶喊。鞭声放缓，进入可以持续的悠长，每一下肯定都抽在了心脏之内、灵魂之上。皮鞭声声，将军的府邸百兽率舞。鞭声处处，整座城市雨疏风骤。

第二天，女人在晨光中走出府邸，目光迎向众人，她说："唯有鞭子，能赶出冬眠。"

30. 一段楼梯的素描

拐弯处的一段楼梯，一端向上，一端向下，交接处有近一平米扇形平台。来自东边城市的实木楼梯，深红色的漆已有年月，渗透到木质的深处，反过来成为木质的一部分，成为不可剥落的表皮。已没有最初的光华瓷实，深红缓慢向内沉淀，表面开片般绽出一层层细密的纹路，增添了岁月的证据，同时也不再强烈反射因位置及平台上方窗户的狭小而黯淡的光线，而仿佛在悄无声息但力量强劲地向内吸纳。由平台往上数有七根，往下数也有七根，一共十四根木柱，直径八九厘米，高度七八十厘米，下端直接固定于阶梯状大理石，上端以榫头形式，进入倾斜的把手。木柱光滑，除了开片的红漆纹路，别无雕饰。把手表面是浅浅的菱形与圆形交错而成的图案，两侧则排列着手持号角与弓矢的童子，可以认为是天使，他们的右脚规律地勾向木柱榫接的位置。由上至下，楼梯都铺着深灰色地毯，它随弯折而弯折，随平面而平铺，随扇形而展开，看不见拼接的痕迹，没有半丝绽开的线头。不妨说，这也长在了楼梯身上，是楼梯的肌肤。如果略有遗憾，不过是平台处的木柱与上下两根的距离比其他均匀分布的，差了两三厘米。也可以说，正是这一点差池，破除了整段楼梯的呆板，让典雅更见典雅。请注意由平台往下数第三根立柱。依据一则预言，将军从平台往下摔倒时，右手会紧紧握住它距下端六点五厘米处，他的拇指指甲会在立柱上划出一道深一厘米长二点五厘米的痕迹，他的掌心会握掉一片红漆。然后，在楼上楼下攒集人头的注视下，将军逐渐失去力气，翻滚而下。

31. 密

将军的铠甲深藏府邸最高处，那是一身密切关联的铠甲，只要它仍在最隐秘的角落，永远不为任何光线照射，就同时覆盖于将军的肉身及灵魂，护全他不受来自任何方位的伤害。同时，只要将军仍在世上行走，那铠甲就不会停止生长，它在时间最黑暗浓郁的地方，越来越严密结实，越来越透明薄轻，它的覆盖正不断从肉身蔓延至整座城市，护全体市民于其卵翼之下。

那铠甲由市民的声音织就。清晨、正午、黄昏……市民的目光、思绪从一己的独立的封闭的事物上溢出，他们的嘴唇微启或者嘴巴大张，吐露有关市政管理当局的只言片语，说出对于将军的赞美崇敬，表达大大小小的祈愿，那声音自动抽离出蛛丝般的能量之线，向着铠甲立身的地方而去，附着其上，织入其内。这是铠甲的外面，是华丽的无形的缀满可以示人的公共的丝线的话语面。铠甲更有内面，它不断生长、强化的根源，力量的渊薮，无垠的深潭。这一面由私密的不能为人道的话语织就，那些在深夜、凌晨……所有暗室里的时刻，一切背对人的场合，市民向隅而立或匍匐在地，喃喃而出或写于纸张，所有怨恨、欲求、算计的墨汁，只要从他们嘴里喷出，一律被铠甲自动吸纳。

每个失眠的夜晚——将军几乎没有一天不失眠，他都会来到铠甲藏匿的地方，隐身于铠甲的笼罩之下，在那里细数这一日声音的织就，查考可有偏差，可有遗漏。这一天，将军照样发现一个方位的弱化，那里不但铠甲表面的织线减少，仿佛所有人约好般减去了必要的会被监察的份额之外的赞美与祷告，更完全停止向铠甲内面输送能量的恨意，照此下去，铠甲将在这里迅速消耗，被沉默磨得越来越薄，甚至对穿，出现不可预知的漏洞，并迅速感染周边的部位，连成一片。将军坐下，让铠甲与肉身合一，向那个方位发去严厉的讯问之网，果然和以往一样，沉默中捞到一根细小的怯懦的针。一个加密的声音断断续续呼告了十个小时，它希望直接与将军以及将军的铠甲关联，它的主人想要把自己从密谋的以沉默为武器的叛乱中摘出来，它的主人祈求更好的各个方面都能让他满足的条件。

将军脱下铠甲，让它继续盘旋，他回到府邸最明亮的地方，招来卫队长，给出解析的信息——自然，来源可以透露，内容只有局部——要求他率领人马，向那个方位扑去。将军知道，卫队长能把握最佳的时机与分寸，让那个地方恢复如初，继续为铠甲的表面、内里提供源源不绝的能量。

这时，铠甲再度轻柔地覆身，将军向府邸深处走去。他知道，时隔二百三十一天后，他将解除所有衣装的束缚，仰面躺在那最柔软的天鹅绒的床上，迎来又一次婴儿般的睡眠。

32. 蜜

那一年，将军签署命令，同时驱逐东边城市与西边城市的使团。命令执行的当天夜里，整座城市陷入完全的失眠，所有人枯坐家中瞪着干涩的眼睛，或者僵卧床上闭上眼睛，却等不来睡眠的降临。开始，都以为只是自己一时不适，第二天早上交谈、打听之下，得知这是普遍状况后，失眠在当天夜里来得更加严重。持续至第四天，城市濒临崩溃，更让人焦虑的是，谁都不知道崩溃将往什么方向行进。

　　将军备受特别的折磨，不是失眠同等的发作，那几天恰好是他难得的持续好睡眠时期，但每天夜里，他都会被一个声音吵醒。窸窸窣窣的小动物行动声后，跟着一阵叮叮咚咚的水流声，然后是铮铮嘟嘟的弦声与号角声，这声音的序列稳定，强度适中，足够将他唤醒，也只在唤醒中保持幻觉的剂量。因此，将军连续三夜都要在安睡中挣扎着醒来，寻觅一圈找不到声音出处而再度睡去，将余音代入冰冷的梦里，以至于第二天早上真的以为那就是梦。第四天，将军在呈上来的报告中，确认全体市民陷入药物无法解决的失眠，他也无能为力，但决心枯坐整夜。于是，他捉住了那声音。

　　是悬挂在将军府邸议事厅那把长剑发出的，它是城市历史与权力的见证，亦是象征。确认是它时，长剑正进入弦声阶段，将军拔出它来，剑身依旧如玉，锋刃更胜新雪，只是剑尖处，灯光下有一丝金黄。凝神看去，那光芒在增长，渐渐凝成一粒。将军检视再三，确定那粒状的光芒是无中生有，仿佛径直由空中得来，等它再胀大一些，脱离光而有了实体，确证不是光本身而是反射后，他洞察到，那是一滴最初的无始无终仅此一次的恰好疗愈失眠的蜜，它完全就是为此而来。明确这一点，将军持着长剑，向市政大厅走去。陆续得到消息的市民，走出家门，迎着或者跟随，往市政大厅麇集。

将军来到市政大厅三楼阳台，悬垂长剑，剑尖上的蜜已有小指么大，那么大的一滴。它悬挂在那里，摇摇欲坠又稳妥如恒，仿佛在等待，仿佛在酝酿。人群越聚越大，越挤越紧，将军越站越稳。将军知道，这蜜能让众人都舔到，那是唯有他才掌握的秘技。看着拥挤的人群沉入水底般，一刻胜过一刻地安静，将军伸出空的左手，掏出腰间的史密斯·威森 M500 转轮手枪。

33. 网与梦

在将军的梦里，他是另一个人，有他从又一个人辨认出自己的脸为证。在将军的梦里，他是另一个人但仍旧是将军，没有显明的证据，他只是知道，出现的人都是将军。但那些人并非都有他的脸，不然网就没了意义。是一张黑白色的网，经线为黑，纬线为白；或者，仅仅是黑白在经线纬线上轮番出现；甚或，仅仅是黑白在线与网眼间交替。反正是一张变化的网，一张矛盾兼容的网，实在又虚无，狂热又冷淡，持久又短暂……停！将军喊一声，就算梦里的时间可轻易逾越，仍旧容不下无限制的列举。他喊停，同时止住思绪的衍生与网的变幻。

现在，网固定住了。它平铺开去，落在无垠的空间，上下皆无实物，或者上下皆为毋须亦无从辨认具体的实物，可以是雾是水是沙，也可以仅仅是意识的托盘。网就这样横在作为另一个人的将军的面前，它的各个方向都消失在目力所不及的深处，假如将军愿意转身，他就能确认是否全方位如此。暂时不需要在将军面前缀以特定的词语以作区分，即使他自己在梦里，确定在他处看到自己的脸外，也尚无一个稳定的能与他对立的人，别的将军。将军意识到这与之前判断矛盾，然而梦就是这样实有的。所幸，他不用等待太久，网有轻微的颤动，从深远的一处传来，如同一只肥大的蜘蛛，一个人毛手毛脚地走过来，一个来自过去的将军。自此，需要辅以"我们的"以指明"这一个"作为梦的源泉的将军。随后是另一阵，然后又一阵，一阵一阵不停歇，将军不断出现。

停！我们的将军又喊一声，止住将军们的出现，他们统统来自过去，作为他此刻的同僚，站在同一张网上。我们的将军不担心网会破会坠落，他担心它会站不下他们，即使它能像围棋盘那样，逐个空格数量翻番以摆上古往今来的全部麦粒，也摆不下不断由颤动繁殖的将军。将军们应声而止，望向我们的将军，他们居然人人有面孔，个个有表情。现在，我们的将军提醒自己，这是在梦里，只需要调快进度，不需要讲究语法。于是，我们的将军说，现在，我要一个从未来而来的将军。没人响应，他动了梦里所有意念的能量，依然如此。真是一个傻瓜的问题，一个将军面对众多将军必然会有的短路。我们的将军领悟到，只要他们在网上站立，未来的经线与纬线就无法生成。这是一张过去的网，这全部是过去的将军，只需要将网收起来，让他们一个不剩，就能结束这个梦。进入下一个有来自未来的将军的梦，问题是，他将如何不脱离网而将它收起？就算他愿意，他收网时，又将站在哪里？

34. 箴言

要扶植你内里的将军，要斥退你内里的市民。只要数量足够，面包屑也能完美充饥。不要仰望雕像，坐上它的头顶。比枪响早一秒捂住耳朵，比日落晚一秒闭上眼睛。跟随将军读书，跟随卫队唱歌。选定了蛇，就不能担忧潮湿与冰冷。一条狗朝东叫，十条狗朝东叫；十条狗朝西叫，一条狗不能叫。再狭小的巷道，两个建筑师都能并肩而行。蜜蜂死前，必蜇在将军的额头。

35. 根

将军原地站立，屈腿下蹲，越过马步时，脚掌、脚踝、小腿、膝、腰等部位爆炸式发力，身体如向上的子弹，出膛、下坠，在他离地的 0.5 秒，全体市民衰老 1 秒。将军助跑，以三级跳远与腾空扣篮相结合的动作，右脚蹬地而起，空中左脚右脚左脚踩踏三步，向前飞行 0.8 秒，全体市民衰老 1.6 秒。也就是说，将军离开地面的时间，加倍落在市民身上。

第二十个"战斗得自由"日，庆典的某一刻，全体市民欢呼雀跃，跳起、落地，空中交集 0.1 秒。在那 0.1 秒内，除了将军，市民全数脚不沾地；婴孩被母亲抱在怀里跳起，病患搀扶着医护跳起，坚守岗位者在岗位上跳起，就连卫队也都荷枪实弹跳起；在那 0.1 秒内，时间落空，城市进入悬置的被吞噬的状态。将军莫名心悸，扶着主席台度过前所未有的 0.2 秒。他听见时间加速在自己身上流过，他知道市民加速了自己向终结时刻的行进。

36. 普遍命令

将军站起，面容肃穆，目光灼灼。他环视整个大厅，待所有人静下来，穿堂的风半途而废，只有枝形吊灯仍一丝不苟地往地上投射影子。待时间静默流淌，仿佛历史已经完成，仿佛新的篇章毋须开启。然后，将军双手前伸，托着千钧重担一般庄重，举着一片羽毛般轻易，抬过头顶，再放下。如是三次，整座城市都静下来。

将军说。市民们，全体开始表演。

第二场

立身表演

主题一：尊号

六张面具等距虚悬，如被光线吊起，被空气托住。从右至左，依次是狮子、狼、大蛇、鬣狗、狐狸、鹰，它们散发出鲜活的柔光，以虚有的吊线为轴，缓慢旋转。脚步声起，大蛇面具上升，至吊灯下方，几乎与吊灯一体，旋转加速，仿佛为这个房间发光发热，仿佛俯瞰一切，无所遗漏。这是一间常见的会议室，一张条形会议桌居中，两端各摆一把椅子，两边各有五把。两侧各一张长条桌，桌后各六把椅子。

一声轻响，会议室左侧门开。卫队长一身戎装，静立片刻，走进室内。他扫视一遍三张桌子，走到条形会议桌上首，放下文件夹，拉开椅子。卫队长并没坐下，他走到对面左侧窗户边，拉开窗帘，张望一眼，嘀咕一句"也太着急了"，随即拉上纱帘。他又走到右侧窗户边，拉开窗帘，望上一会儿，没说话，也拉上纱帘。回身的瞬间，卫队长看见五个缓慢旋转的面具——它们已重新调整，间隔等距——他紧上两步，随即恢复正常的步幅，走过去，目光死死落在狮子面具上。狮子面具随即停止旋转，以空的眼眶与他对视。

"面具背面的深处，召唤的声音永无休止。"卫队长对着狮子面具说，说完即后退两步。"你听到的，不过是内心自造的词语；你看到的，不过是内心滋生的幻境。"他继续说着，向狼面具走去，目光仍旧落在狮子面具上。狮子面具跟随他的步子，转过来，继续盯着他，而狼面具以及他继续上前，先后面对的鬣狗、狐狸、鹰三张面具，并没停下，更没与他对视。"噢，致命的启示！你太过强大，我喘不过气。"

哀叹尚未结束，卫队长快步退至狮子面具前。这次没有对视，他直接捧起面具，戴在自己的脸上。会议室四壁打开，脚下更新成无边原野，绿草夹着野花，蔓延至视线无法穷尽的远方。天花板、吊灯、大蛇以及其余的面具，仍在狮子上方，但狮子无心这些。他凝神站立，仿佛一位新王注视着新的领土，他如此专注，以致看到了庞大的羊群，正在温驯地低头啃食。他们很快感受到他粗重的呼吸，禁不住抬起头，向他望来。

"不——不——不——，这已经不够满足我。这人间的尊号，陆地上的纸鸢，如何能够系住一颗雄阔的心？如何能够喊停蒸腾的欲望的烈焰？这无尽的渊深，一定潜藏

着成排的血肉的箭矢，由远古张弓射入，我要踏碎他们已
经臣服的锋镝，让他们迎着风，吹响声震八荒的号角，重
新迎接我的到来。"

　　说完，狮子挺立身躯，以山岳的气势，对着草原，对
着草原背后的羊群，发出澄清宇宙的咆哮。草原与羊群回
以战栗的寂静，寂静如内凹的鼓面，吸走一切重锤的力。
狮子很满意，他抬起右前爪，准备巡行。他以统领万物的
雄姿，落下右前爪，却在触碰到第一根草时猛地往回一缩，
同时止住欲要抬起的左后爪。狮子试探着再度落下右前爪，
草尖锋利如针刺，直扎在爪下肉垫上。狮子低下头，用右
前爪小心翼翼地拨开草尖，更为谨慎地踏向贴地的浅草，
成排的尖针以更密集的疼痛拒绝了他。

　　狮子呆立原地，待最初的惊惶过去，前后左右分别试
探，已无可以落脚的地方。他竭力回忆右前爪之前踩踏之
处，试图原封不动地落回去，再次以失败告终。狮子顿时
如山岳委顿，气势全失，周遭的水汽加速凝结在他的鬃毛
上，并弯坠之。很快，狮子的躯体缩小了一圈，这让他顾
不上多想更顾不上颜面，抬起悬在草上的右前爪，慌乱地
扒向自己的脸。失败数次，脸上添几道血痕后，狮子猛然
醒悟，他抬起左前爪，双爪扒住脸的两侧。单凭两只后爪
难以保持平衡，在狮子整个身躯扑向草地瞬间，面具从他
脸上抠了下来。

　　毋须处置，绿草、野花、羊群退去，草原再度以墙的

四壁竖立，会议室恢复原样。面具自行上升，回到原初的位置，继续与另四张为伍。卫队长则以狮子的方式，在地上翻滚一圈，恢复戎装。好一会儿愣怔过后，他站起来，脸色苍白。

"这显然不是我该窥望的。"他说完，急忙摆手，被自己的话吓着似的，"从来没窥望过。只是好奇，仅仅是好奇。但显然，应该对好奇的边界心中有数，好奇的那端，深渊正如油锅沸腾——每个人都要严守好奇的本分。"

说完，卫队长整理一番——抚平衣服上的折痕，扶正略微歪斜的帽子——然后走到条形桌的上端，在椅子上坐下。他拍拍文件夹，拿起笔在上面写下些什么，随即端正坐姿，咳嗽一声，喊道："都进来吧。请你们——都进来。"左右两扇门同时推开，进来一群人。他们步履松垮，仿佛被打搅的幽灵，不情不愿。金融家、男喜剧演员、指挥、诗人、模特、医生、女喜剧演员、记者、小提琴手、化学家、船长、护士……很多人卫队长能一眼认出，还有些人看着面熟却无法准确记起。

"都请坐吧——"卫队长以夸张的亲切语气说，"随便坐。座位不同，但共处一室，没有尊卑。"

金融家当仁不让，径直坐在卫队长右手第一个位置。诗人摆一摆手："推让大可不必，争抢更没必要。谁的屁股下有黄金？追溯到他拉稀的时候就能知道。但谁能当众扒开所有的裤子，逐一查验痕迹，谁又有这个耐心——为了一次临时的座次？"

"争夺吧，你抢先一步，离断头台就更近一分。"男喜剧演员帮腔一句，他倒没有躲闪，拉开离得最近的一把椅子，坐上去。

卫队长恨恨地看男喜剧演员一眼，招呼仍在观望者："请坐请坐，就近坐吧。"小小的哄闹、推让后，众人终于坐下。二十三个人，除了条形桌与卫队长对望的下端，每一把椅子刚好坐下一个，中间条形会议桌的两边都坐着卫队长方才认出的人。

"骷髅给自己画上浓妆，对着围观的人讲述古老的笑话，谁要是不乐出声，他就使劲一掐，掐出一条瀑布一样的水花。"男喜剧演员率先开口。

"别嬉皮笑脸，浪费时间。"金融家呵斥道，他理理裤子的背带，双手放回肚皮上，"咱们的时间什么都不是，别忘了卫队长还在等着。等着你们——呃，咱们这草芥般的人。"

"哈——"诗人指着金融家，"口误代表——"

他终究没再说下去，金融家没理他，冲卫队长弯了弯不可见的腰。金融家说："秩序片刻不能少。您别客气，尽管吩咐。"

卫队长点点头，扫视一圈，待所有人安静下来——连男喜剧演员都低下头，玩起两根大拇指——这才开口："请大家来，有件要紧的事。将军近来身体欠佳——这不是秘密，毋须隐瞒——我们得知，市民情绪涌动，多次聚议，希望能为将军奉上一个尊号，以为祈福。我们想——"

"卫队长——"男喜剧演员甫一开口，卫队长的目光即已掷去，男喜剧演员马上说"好的"，并低下头。

"卫队长，恕我直言——"诗人迎上卫队长的目光，"目下最重要的，是请医生诊治——当然，任何时候给将军上尊号都是应该的——当然，我们和市民的心同在——"

"你闭嘴！"金融家咆哮完马上再冲卫队长弯弯腰，"没有'我们'，你难道不是市民？反正我是市民中的一员。"

"请冷静。"指挥插话，"他仅仅是说，在这里的'我们'。"

"好啦，诸位。"卫队长摆摆手，"不纠缠这些。卫队邀请你们，希望大家作为城市的精英，替市民完成这一愿望，找到最适合的那个词。"

"将军知道吗？"男喜剧演员咕哝一声。

"祈福没有事先大张旗鼓的！"卫队长斩截道。随即，他放缓语速，放低语调："这是全体市民的敬爱之心，将军不会拒绝的；就算拒绝，也绝不会怪罪。大家不要担心，畅所欲言。我们唯一期望的，是尊号早一点议定，早一点奉上，将军早一点康复。这是城市之福，是全体市民之福。"

"卫队长——"化学家举手示意，待卫队长点头后，站起，"城市不是永久性地为将军上了五个尊号吗？'志士''勇士''谋士''骑士''隐士'，而且——而且得到

将军的首肯，现在——当然，我不是说不应该再给将军奉
上新的尊号，只是……只是……似乎再也……"化学家不
知道该怎么说下去，脸通红地坐下。

"词语，你作为杯盘碗碟，什么样的桌面摆放得完？
词语，你寿终正寝之时，是谁在一旁哀哀啜泣？谁能将满
身泥泞的词语，从历史的陷马坑中拖出？谁能让凋零干枯
的词语，在少女的双唇上恢复生机？"诗人吟哦时，举目
望向天花板，让卫队长新掷去的目光落空，"来吧，堆砌
吧。用词语堆成一堵墙，用墙筑成一座堡垒。往里冲的人
抬头仰望，往外冲的人低头俯视，他们以为能看见彼此。"

"可以了。"小提琴手的男中音让会议室静下来，诗人
的目光也应声低下来，落在桌面上。小提琴手向着化学家
说："您是担心这件事给将军造成困扰吧？但它主要是祈
福，是人心的凝聚，凝聚生成共识。无论将军是否接受，
一定能够体谅。"小提琴手又向着卫队长，"考虑将军是否
怪罪，隐含着美好的前提——将军已康复。"

"是这样。"卫队长郑重地点点头，用目光向化学家表
达宽慰，"请大家来商定尊号，不是要替市民决定，而是人
心首先在这里凝聚，共识首先在这里达成。现在的五个尊
号当然会保留下来，但是——可以从它们再往前走一步，
让尊号和将军和城市更贴切，让将军对城市的丰功伟绩更
彪炳显明，让市民让我们对将军的爱戴之情更热烈深重。"

"我对我的尸骨说，现在你说什么我都不反对，你打

扮成什么样我都承认那就是我。"男喜剧演员说着，站起来，推开椅子，向后走去。所有人都盯着他。卫队长身子紧绷，扶着桌面的双手迅速握成拳头。坐在卫队长右侧长条桌第二张椅子上的女喜剧演员站起来，迎向男喜剧演员。两人相遇时，右手击掌致意，男喜剧演员坐上女喜剧演员之前的位置。

女喜剧演员走到条形桌前，再把椅子往外拉动一些："但你得先说。"说完，绕到椅子前，双手抓住椅子两侧扶手，拖到桌子前，坐下。

"说！"金融家说。

"说。"挨着金融家的模特说。

"说？说吧。"指挥说。

"说是容易的。"诗人止住准备开口的医生，"但你们能签字画押，做出担保，我接下来的所有的话，也是你们的？如果没人负责，词语就无法落地；如果无法落地，词语就不能破碎；如果不能破碎，就没人可以拾起，佩戴在自己的胸前，标榜独占了它。你们能够担保吗？你们敢吗？你们有资格吗？"

"如果你现在破碎，我马上缝合。"女喜剧演员搭腔，"说不定能多出一块，做个纪念。"

"可以了。"卫队长紧握的拳头已然松弛，他举起右手，但瞬间惊觉，就势往下压了一压，这个动作镇住了全场。卫队长看看右手，露出一丝微笑，"不用这么漫无边际。既然是征求意见，我们不想不近人情。我们主张市民之间——看看，你们所有人都是市民，我也是，就别自外了——没有猜忌，坦诚面对，但来到这里毕竟是解决问题。所以，现在，我们就切入正题吧。大家对尊号有什么想法？提出建议的同时，最好能加以解释。"

会议室瞬间安静下来，人人都低头看着桌面，任随卫队长以目光刺挑。终于，指挥开了口："我们就别瞎议论了。您跟随将军多年，对他最了解，他的功勋，他对城市与市民的爱，一切的一切……您肯定早就准备好了最合适的那个词语，请说出来，我们自然全心赞同。不是为我们，而是为将军，毕竟……不能浪费将军的时间。"

卫队长摇头："不行，恕我不能代劳。祈福需要全体市民的诚心，你们检视内心，最真实实在的地方，得到的启示才可能与全体市民共振。"

"我提议——"金融家确定卫队长说完后，迅速接上话，"'守护者'。为将军奉上'守护者'这一尊号！四十年来，将军守护城市的繁荣，守护市民的幸福。对外，守护着城市强敌虎视下的独立。对内，清除匪帮残余势力，铲除内部罪恶力量。数十年如一日，无一日有懈怠。除了'守护者'，还能有什么尊号适合将军？除了将军，城市历史上，遍访所有的城市，又有谁还能配得上'守护者'这一伟大、仁慈的尊号？"

金融家似乎把自己说感动了，双手扶着桌子，要站起来，但看见正对面医生的脸憋得通红，看出其余四人一脸的不自然，再望望自己这边的四个人四张异样的侧脸——模特更是低下头，不敢看他——金融家双手忍不住缩回桌下，他看着卫队长。卫队长脸色铁青，直视着会议桌另一端的空椅子。

"难为您了。"船长说，他一直沉默地坐在金融家这一排的末座。

"难为他把时间当成大餐，囫囵吞下去，点滴不剩，长成一身炫耀的勋章。"诗人睨一眼金融家，"但凡对城市有所了解，但凡是真正的市民……"

女喜剧演员截住他："踩进已有的脚印，是最高超的步履……"

"不是。"诗人这一侧最末座，同样一直沉默的护士忽然开口。她怯怯的声音里含着罕见的坚决："他多半只是一时忘了。人这么多，又这么紧张。"

金融家手再放回桌面，撑着站起来，冲护士弯弯看不见的腰，然后掏出手绢擦去额头的汗，认命地看向卫队长。

"不必这样。"卫队长的脸色和缓下来，摆摆手，"护士小姐说得对，你只是情急之下忘了，这件崇高的事让大家太紧张。况且，'守护者'确实是至高的尊号，假如将军知道有人把他与城市历史上最伟大的人物之一相提并论，一定会深感荣幸并谦逊地声称，愧不敢当。当然，出于私人感情，我相信将军对城市的意义是胜过'守护者'的，因为时势不同，他们完成伟业的难度、意义也不同。"

"金融家提供了一个思路。"指挥说着，冲卫队长颔首致意，"不是要模仿'守护者'的词语架构，而是从这个角度，来思量将军对城市的庇护，对咱们的恩佑。"

"'庇护者'。"坐在卫队长左手长条桌第一把椅子上的教授并没有站起来，"或者'恩佑者'，当然也可以是'庇佑者'。不必介意和'守护者'同构，这恰巧说明，将军在城市的传统内，将军和他的伟业不是无根的。"

又是一阵集体沉默。金融家观察再三，看向卫队长，得到目光许可后，再度站起："教授说得对。怪不得刚才'守护者'三个字一直在嘴边，几乎强迫着我说出来。是城市的传统，是城市本身，在说话。虽有冒犯，实属无心。当然，我不是要赞同就这样仓促地确定为'庇护者'或者'恩佑者'或者'庇佑者'，我是要对教授表达敬意，讨论终于有效起来。"

又一阵集体沉默。卫队长示意金融家坐下，自己站起来："各位，就让我们借助教授的话，暂时歇息。我不赞同这三个词语，对沿着'守护者'往前走的思路更存疑。'守护者'固然伟大，他的伟大甚至因为临终要求，因为永远以塑像跪在城市最低处而无人可比。但那种伟大只能有一次，将军的伟大则是无远弗届，后人永远可以追随的。因此，我们不能接受任何让人联想到'守护者'或与之作比的尊号。但仍旧感谢教授，打开了思路。既然气氛如此冷淡，让我们暂时停止讨论，转换一下头脑。"

卫队长说着，看向金融家、诗人、女喜剧演员、指挥，待他们站起后，指着五张面具："让我们借助他们的身体，他们的眼睛、嘴巴，转换一下思路。女喜剧演员，请你跟从鹰。指挥，请你跟从狐狸。诗人嘛，委屈一下，跟从鬣狗。我跟从狼。"

变化太过陡峭，众人全都木在那里。诗人率先反应过来，他迈上两步，走到鬣狗面具前，面具随之停住，与他对望。诗人笑笑，说："他人的舌头在我的口腔里伸缩，说出的竟然是神的意旨。他人的尸体就在我的眼前，焉知我不是尸体？"

"有可能是痴儿的意旨，或者，一个打滚的老头子的意旨。他翻滚着喊，重复一遍，重复两遍，重复三遍……就这样一直重复下去。"女喜剧演员说着，走到鹰面具前，"飞吧，别忘记爪子上的死亡就好。"

指挥没有说话，径直上前，正对着狐狸面具。卫队长也走过去，双手捧着狼的面具。

金融家看看他们，四个人与四张面具，他甚至回头看看长条桌后的那几个人，一片沉默。最终，他只能看向那虚悬的早已停止转动的面具，狮子在那里凝望他。

"僭越是世上最大的错误，僭越是世上唯一的错误。"金融家摊摊手，迈着方阔的步子，向狮子面具走去。

主题二：密语

狮子咆哮了一夜，百兽震怖，原野上的万物瑟瑟发抖。咆哮中的怒意如此强烈，没有谁敢上前半步，探听缘由，进言献策，连狐狸也不能。群兽和他们的家人围在一起，面如死灰地互相看着，半句宽慰的话都说不出来，唯一能做的，就是不时紧紧拥抱一下彼此。

第二天早晨，咆哮停止。晨光里能望见狮子，平常发号施令的山丘顶上，是他望远的身影。经过愤怒一夜的催逼，他的身躯似乎更加刚硬，体内的力量似乎更加强大，随时都可能张弓射出死亡的闪电。旭日浮出的那一刻，狮子用一声轻吼，通知他的臣民前来山丘脚下。群兽蜂拥而至，战战兢兢又争先恐后。狮子默许了狼、鬣狗、狐狸如往常那样，站在群兽的前列，更默许了鹰盘旋一周后，落上离他几步之遥的斜坡，这让大家暗地里松一口气，但狮子目光中蕴含的不可开解，仍旧见者心慌。

狮子凝视脚下的群兽良久，终于开口："我们要离开这片草原，往西北方向迁移。"群兽静默片刻，随即低烈度炸开。交头接耳，骚动难安。狐狸咳嗽数声，场面逐渐静下来。

"尊敬的王，什么时候动身，我们要做什么准备？"狐狸恭敬地问。

狮子看他一眼，狐狸后退两步，但狮子只是提高声音：

"不需要准备，马上动身。本来不必解释，但还是说两句，以免你们以为我心血来潮。昨天傍晚，我丢失了我的王冠。那缀满祝福与希望的王冠，指引我们来到这片土地，定居、繁衍、享受长久的安宁。可能是谁窃走了它，可能是我巡行时弄丢了它，更可能是赐予者收回了它。不管怎样，王冠的丢失都意味着，我们不能再在这片土地上生活，必须找到新的领土，得到新的王冠。"

"王，我们从来没见您戴过王冠啊。"年迈的公羊说道，他是原野上最古老的活物之一，他说没见过就一定——就一定要遭遇死亡的闪电——不等狮子给出指令，狼箭矢般扑上去，咬破公羊的咽喉，夺走他的性命。狼拖着公羊的尸体，献在狮子脚下。

狮子抬起右前爪，踩在公羊盘曲的角上："你的心像你的角就好了——王冠不一定要让你们看见，但它真实存在，现在它真实地丢失，其中的意味准确无误——必须离开这里，即刻起程，往西北方向去。不要问我什么时候停止，需要知道时，你们自然会知道。"

说完，狮子迈开步子，下了山丘，穿过群兽海水分开般让出的道，往西北方向而去。原本站在最后面的野牛家族顿时成为最前列，他们毫不犹豫地抬起脚，亦步亦趋地跟在狮子后面。跑的、爬的、奔的、跳的……有腿的都跟了上去，最后是数量庞大的羊群——他们迅速选出一只新的公羊，代替老公羊的位置。狼和狐狸跟在群兽的两翼，看护着整体的秩序，防止有谁掉队。鬣狗则跟在最后面，盯住那些犯懒的或者不情愿的。鹰盘旋在上空，不时飞向狮子，报告远方的情形。

偶尔，鹰也落在其他的地方，甚至落在狼、狐狸、鬣狗以及别的动物中间。他们都问她看到了什么，胆大的还会问，她和狮子说了什么，得到什么样的回应。大多数时候，鹰都用"水草丰美"来回答前一个问题，极少数时候，她会说"超乎你的想象""新的家园"；后一个问题，她则简略地说，"王不语""王点头""王以翔"——最后这句话着实难解，追问下去，鹰就冷冷看过来，再度冲向天空。

起初一段时间，群兽毫不慌张，他们甚至比以往更加和谐、友爱。他们还在这片原野上，丰足的食物、熟悉的生活，家人、朋友都在身边，赶路似乎是顺带的事，再说谁没有星夜兼程过呢？尚未成年的小崽子们更是在行进中奔跑欢呼，把它当成节日。唯一让群兽心绪不宁的，是狮子越来越焦躁，他行进得越来越快，每赶上一段路就回头张望，期待大家跟上，狼和狐狸就必然催促，鬣狗就必然忙活。这还不算，狮子偶尔还掉过头来，扑进兽群，冲他断定没有严肃对待这次迁徙的动物发作。有一次，他直接撕碎一只没有及时低头的鹿。虽然作为臣民，群兽生来必须做好的准备，就是献身为王，但像那样仅仅作为死亡的道具，陈列于道旁用以威吓后来，大家还是觉得不值，因而忧虑惊惶。

这一天傍晚，来到一个峡谷地带，听完鹰的低语，狮子让狐狸告诉群兽，就地歇息，养足精神后迎着晨光出发。连续行进这么长时间，群兽已疲惫，没再对这个指令回以欢呼。更何况，峡谷里丛生带刺的灌木，只有新长出来的嫩尖可供啃食，草更是只从石缝中露出一点儿尖，难以下嘴。当然也没什么可抱怨的，按照早就默定的原则，牛羊马鹿各自留下供狮子与他的属下享用的同胞，然后分散开去，顺着脚下啃食。狼捕杀群兽的牺牲后，将最肥美的部分献给狮子，招呼鹰与狐狸共同享用。鬣狗带着前几日的剩余，来到挨他们不远的地方，同样吞食起来。

"今天为什么歇息得这么早？"进食间歇，狐狸问。

"这有什么可问的？王让进就进，王让歇就歇。"狼说完抬头，看明白狐狸是冲鹰问的。

鹰专注地撕扯一块肋下肉，将它分成数份，逐一吞咽后，又在石子间摩擦两下喙，才说："尽量享用吧，肚子里所有的缝隙都用肉用油脂填满，艰难明天就要降临。不对，用王的话说，明天就要踏上真正的道路，通过它，我们就能到达新的福地。王说，他隐隐见到王冠的光芒，比丢失的那一顶更加华贵。"

鹰说完，又挑中一块腹部的肉。狐狸耐心等她吞咽完，擦净喙，又问："那你呢，看到了什么？你比王……"

鹰歪头看着狐狸："打住吧！我有什么资格和王并论？我飞得再高，看到再远，都是些实在之物，都是现有之事。

王看到的，是实在背后的预兆，是将行之事。"

　　鬣狗嘴里叼着一条前腿凑过来，大家皱着眉头避开，他颇为尴尬地停住，返身将前腿送回去，再奔过来。大家又回到那牺牲面前，但仍不免因鬣狗的到来而掩鼻。鬣狗满腔愤恨："新鲜，不过是死亡尚未咽气。你们的牙齿和爪子伸进的恶里，腥臭更加张扬。学学我吧，做时间的腌制者，予死亡以陪伴以等待。"

　　狐狸看鬣狗一眼，目光中有异样的色彩，但他仍旧冲着鹰："王的事是最高的事，我等哪敢与闻。就想知道，你看到的实在之物是什么，现有之事怎么样。"

　　"说吧。"狼看一眼鬣狗，目光更冷，"就我们几个知道——"

　　鬣狗急了："我带着现在的耳朵过来，没想带着将来的嘴巴回去。"

　　"没什么不能说的。"鹰终于饱餍，目光完全离开牺牲，"前面不多远，拐过弯，是条大河，峡谷里这条小溪也将汇入其中。河面宽阔，浪高水急。河对岸不多远，荒漠茫茫，看不到尽头。"

　　"我们要渡河，去荒漠那头？"狐狸难以置信。

　　"沿途可够我忙的——点数与捡拾，谁能相信居然如此频繁？"鬣狗往回退几步，不确定夜色是否能完全遮住自己的形色，他站立一会儿，索性回到前腿那里，不再探听这边的消息。

"王看明白了一切。"鹰说。

"我相信王，誓死追随。"狼说着，向狐狸走去，狐狸急忙跳开。狼停住："这是干什么？我只是想告诉你，相信王，相信王的直觉，相信王获得的预兆。相信有至福之地，在前方等待我们。"

狐狸再退两步："我绝对相信王，我只是不信你……"

鹰不等他俩说完，一搭翅膀，冲上云霄。狼和狐狸静默片刻，回到原来的位置，守候各自的兽群。

第二天，天色尚在晦暝中，狮子已站上峡谷即将拐弯处的一块岩石，望向西北。他的身影如铁铸石镌，仿佛生就如此。兽群中睁开眼的看见了的，无不被肃穆之情震慑，猛然清醒，忙活开晨起的一应事务。与此同时，一个说法迅速流布：狮子不是在张望，他是在直面赐予者，倾听来自赐予者的诫命。这意味着，往下的路程果然是受祝福的；至少意味着，狮子确实是赐予者喜爱的，以他为王是赐予者对兽群的眷顾。于是，群兽中越来越多从疲累醒来的，匍匐在地，叩拜他们追随始终的王，膜拜王通达的赐予者。

最终，全体的兽跪在岩石下方，直等到狮子汗水淋漓地下来。狮子毫不诧异，他稳住四爪，庄严宣告："今天，将考验我们的力量，更检视我们的心。经受住它，永恒的王冠将垂落于整个群体。经受住它，新的福地已备好，供我们世代居住。"

该啃食的啃食，该吞咽的吞咽，群兽果腹后，跟在狮子身后，走出峡谷。眼前是宽阔得难以望见尽头的河面，岸边巨石横陈砾石密布，浑浊的浪头拍来，溅起的水沫足够卷走一头羊羔。野牛群走在最前列，狮子令下，他们毫无惧色，找到可以下水的斜坡后，奋蹄冲入，任凭河水冲刷。带头的野牛将头稍转，斜冲着上游，其他野牛衔尾而上，拥在他的身边，将牛犊护在中央，像巨大的筏子，在水里浮沉，向对岸而去。急浪一阵高过一阵，卷走好几头外围的牛，但野牛群并无畏惧，继续向前。

"一鼓作气，什么河都能过。"狼怒吼一声，驱赶着长颈鹿群下了水。他们长长的脖子伸出来，毫不张皇失措。大概也因此，他们裹得没野牛那样紧，被冲走的就更多。

狼、狐狸、鬣狗的驱赶下，特别是狮子站在岸边的感召下，不等长颈鹿走远，群兽纷纷下水。河面上一时间形影络绎，一条血肉连缀的堤坝铺开去。遮挡让水流更急，吼声不时响起，每一声都代表着被冲走的一个。可整个兽群如此地紧密相续，十足地鼓舞着大家。

"请允许我为王探路。"狐狸说着，下了斜坡。他没有进入水中，而是踩在面前一头公羊的肩上，轻盈向前。狮子换了一头羊，踏上他宽阔的背。先前的公羊愤怒地仰起脖子，瞪着狐狸正要发作，忽然看见狮子踩着自己的同伴，顿时惶恐地低下头去致意。狼、鬣狗见状，紧随狮子，下斜坡，踩住别的动物，开始渡河。鹰则待压阵的最后一只斑马下水，才离地上天。

　　虽然狮子和他的随从并没有亲自涉水，但他毕竟和大家在一起，甚至用了一种比涉水更加信重的方式，群兽大感振奋。他们相互靠得更紧，以让狮子踩得更实；他们划水的动作更快，以求追上狮子的步伐。但狮子并不需要某一只或者某一群具体的兽一直驮负，他行在他们肩上、背上，如履平地。很快，兽群已过河大半，前方陆续见到上岸的身影。

　　"我的王……"狐狸从前面兜回来，满脸堆笑。他后续的话还没出口，前方忽然惊呼连连。上游数十根原木前前后后，如同密集的轻舟，正向他们冲去。原木气势凶猛，不要说挡在前面被撞个正着的，就是被擦身而过的，被摆尾扫中的，都不堪一击，被水顺势卷走。

　　兽群庞大，承受得住这些损失，但惊惶之下，阵型大乱，下意识脱离行列逃窜，因而轻易被河水带走的更多。狮子脚下的母犀牛仗着自己皮肉坚实，迟缓下脚步，宁可粉身碎骨，也要护得狮子安全。原木识趣似的，避开她，从她的前后顺流而下。犀牛家族与她秉持同样的信念，无奈原木力量太大，将他们冲撞得七零八落，摇摆躲闪间，他们又冲她撞上来。母犀牛稳定几次身形，都无能为力，她只好破釜沉舟地右前脚猛力下探，希望能侥幸踏在实处，至少能有一块落脚石，卸去部分水力冲击，不致让狮子跌落水中。脚下受力，母犀牛心头一喜，脚再往下去，却无法收住——是一个石头缝隙，右前脚落进去，待要拔出，却卡得更紧。母犀牛内心骇然，左前脚往右前脚探去，后半身下坐，想要在水里稳住。自救之下，她忘掉了背上的狮子。

躲过原木袭击的群兽大惊，搭救已晚，他们只好望向狮子，暗地里祈求赐予者护佑。狮子早就提防着，或者说预备着这一场景似的，母犀牛下沉，他双脚沾水的瞬间，发出贯通古今、震惊万里的长吼，吼声中河水温顺，波澜安定。狮子非但没有跌落水，四脚居然稳稳地，踏住水面，走在广阔原野般，向对岸而去。

主题三：仪式

童子已在高台就座，老人已在沿途就列。阳光倾斜，泄在围观者周遭，提前从他们体内绞出空乏的汗水。风只能在人缝间趔趄，推不开半个身子，反倒沤出一股子味儿。所有的脖子都被提起，向着钟楼一致，心随之被提起，在空空的胸腔里上下无着地软弱地仿佛不指望不情愿无力量继续地，咚—咚——咚———咚————，一声长过一声。然后，等来钟声。洪亮、瓷实，又带着夯笨的瓮声瓮气。钟声是信号，不需要获得实体以附着更多关注与情感于其上。所有被提起的脖子都被拧过来，朝着博物馆。脖子的主人看不见启动的一下，听不见伴随而至的窸窸窣窣的声音，但它真实地启动与响动了。毋须过于沉思的延迟，老人们的身体开始言语。动作从博物馆门内传至门外，四只手在门槛上方进行跨越性的交接。枯瘦的手将第一件衣物传递至另一双更枯瘦的手上，站在门口的卫兵遵照要求，发出悠长的略显干巴的声音——"守护者之衣！"围观者发出"啊——"的感叹，迅速醒悟似的佐以掌声、欢呼。以此为圆心，感叹、欢呼、掌声层层向外传递，增加声量的同时被极速削减，很快只余下掌声。后面的脖子毋须打听详情，献出双手的鼓动即可。这是第一次传递激荡的反应。顺着老人的行列，"守护者之衣"在枯瘦的手上如水漂，跳跃又衔接，串起范围与力度递减的掌声圈。在两旁维持秩序的卫兵不再担负说明的职责，人群只能借助口口相传，得知衣服的主人，因而他们的观看与欢动总落后半拍总掺杂一丝半缕迟疑。无以确定更难以怀疑的情绪综合征。部分不甘心的人，互相搎掇，向着博物馆、高台两端挤，但实在无缝隙可以插入，只搅扰得众人上半身树冠般摆动。任何情况下，他们都得注意，举止不能涉入老人的行列。目光追随，"守护者之衣"传上高台，童子看向他下跪的家人，他们虔敬的目光让他备下尚不能理解的肃穆，以迎接后续的一切。按照所教习的，童子在男礼仪官双手捧上"守护者之衣"时，张开双臂。女礼仪官恭敬行礼，随后上前，解开童子身上衣，逐件褪下。长裤、内裤随后，最后是袜子。一名助手接过童子衣物，另一名助手递上橄榄油。女礼仪官双手承接油膏，将其覆在童子刚剃过的头上，随从油的流淌，涂抹在童子脸上、胸前、背上、手臂、大腿，及至男子性征尚需时日方能成年的胯部。油膏均匀，童子映衬阳光，灿然生辉。今年是锦色抬盘，女礼仪官引着童子跨入盘内。童子再次伸手，听随女礼仪官为其着上"守护者之衣"。是件麻色长衣，下摆及膝，双袖过指，乍一套上，阔大无着。女礼仪官一番收拾，捆束腰上麻绳，卷挽袖子，折叠富裕，竟得贴身无比。童子双手上举，四个男子抬起托盘，绕高台一周。男礼仪官呼——"初成！"——"守护者之衣！"台下欢呼四达，掌声雷动。一番止息，一番又起。前一番献给"初成"，后一番献给"守护者"。童子着好第二件衣物时，台下人声仍旧。追忆守护者功绩的，回想上一次"守护者之衣"作为"初成"时情境的，乃至互诉拜谒守护者塑像的，相交织相助澜。终于安静时，第六件衣物已上童子身。后续的进程一律减慢，由博物馆始，递出的一件件间隔拉长，连卫兵放送的声音都拉长。老人们动作更慢，内蕴却完足，托起的衣物如同磐石，稳而沉，一手一手传送。围观者的呼吸降下来，脸上的表情慢下来，共同沉醉在千年时间积淀的魅惑里。送上高台，男礼仪官郑重接过，立于一旁。女礼仪官仍在处理前述衣物，不单是新上身那件，每加上一件即改变已在身衣物与身体的贴合，需要全部重新调整。女礼仪官的手指抚过每一层每一处褶皱，处置着每一件衣物袖口内卷或外折，挽三寸还是四寸，胜过童子自己的双手。

不妨说，那是衣物自身的手，用来清除它们之间多余的空间，以便彼此一层层更紧密地拥抱，最终拥抱住童子，似他天生的肌肤。那多半不是最舒服的着衣方式，但挤压空间一定是最有效的。因为只有上衣，所以童子赤裸的下身乃至双足，经常成为礼仪官开发之地。现在，女礼仪官就正在将上一件衣物冗长的下摆裹紧在童子双腿上。童子经受过反复的叮嘱，加上不停歇的一双手的摆布，已进入迷蒙的难寻自己的状态，无视巍巍然跪在前方的家人眼中的怜惜，怜惜背后潜藏的敬畏。第十四件衣物上身后，童子的身体膨大一圈，仿佛也高上一大截，抬盘再次转动时，他举手投足间已稚气尽脱，具备超越凡人的神采。这气息显然传递开来，从高台至博物馆，所有围观的人都屏息抬头，静望的同时敬望着，他们试图从童子身上辨认出英雄前贤的身影，各有所得又各不相同又各各含糊，可也只暗自嘀咕，不敢喊出声来。行列里的耄耋老人经验丰富，他们经手过每一件童子身上的衣物，知道它的材质、触感、主人，更留心者，知道那是其主人什么年龄、体型、何等情况下所留。因而他们懂得，童子体现出来的，众人难以统一辨识的，究竟是那件衣物的哪一部分。他们并不说出，他们只同样翘首以望，心底里比较着今年的童子何处异同于往年。有的更进一步，不免猜想衣物在原主身上的模样。这让他们对参与其中的传递更为谨慎更感荣耀，这不只是简单的传递，更是城市历史的传承，是构成它的

无以去除的部分，其间的关联牢固得胜过那些衣物主人与
这片土地的。至第二十件时，女礼仪官流下冷汗。她只看
去一眼，男礼仪官同样冷汗骤下。没想这次走眼得如此严
重，多半在三个候选的童子里选出了最低着衣量的。无论
是看是摸，这个童子分明能够穿上二十八件，巧妙加上运
气，说不定能到三十件。就算运气差到无以复加，衣服的
顺序、质料完全逆着来，二十七件总是可以的。现在刚刚
二十件，就如此艰难，这颠覆了他们二十五年的经验。早
期记录里，千层衣仪式着衣数量始终在二十五件左右徘徊，
但那是"上古时期"，衣服粗笨，其主人对仪式不以为然，
随意留下一件即可，甚至需要从其遗物中翻检。后来，仪
式成为城市最重大传统，奉献衣物者无一不想以此祝福后
人，往往挑出轻盈单薄的。博物馆方在设计每年着衣顺序
时，首要考虑当年城市关注重点的历史呈现，次要便考虑
着衣数量，因而三十二件是标准量，三十五件偶尔亦能突
破。但不安无济于事，接过二十一件时，男礼仪官明确传
递信号，二十三件结束，让博物馆内收煞。童子已被衣物
撑起，立于抬盘之上，双手僵直平举，庄重恒定。最后一
件衣物递到，男礼仪官一望即知，双手陡地软下来，差点
掉落在地。围观的人有所发现，私语窃窃，搅起些微波澜。
是件灰色外套，板型方正，质地粗糙，祝福抑或诅咒难明。
但衣物主人对上门说明的博物馆方态度谦卑众所周知，甚
至为博物馆方这一决定表露少见的羞惭更是确凿无误。女

礼仪官重新整理童子衣着，安抚衣着下的躯体，她拿过童子的左手，灰色外套的左衣袖反向脱壳地，一寸寸长上去。然后是右衣袖，再是整个身子，终于扣好最后一粒纽扣，耗时三十分钟。汗水濡湿女礼仪官的头发，礼服上亦痕迹隐约。无论如何，她冲男礼仪官给出了那个象征性的手势。台下一阵迟疑后，终于爆发出欢呼。数量再少，仪式都得继续。抬盘再次被抬起，以更缓慢端肃的步伐、形容，绕高台一周，以让更多市民见证。男礼仪官笃定呼——"终定！"略迟疑呼——"大统领之衣！"台下众人神情茫然，男礼仪官随即摒弃迟疑，带出神之威严——"终定！"——"大统领之衣！"继之——"终定！"——"大统领之衣！"受其引导，市民终于爆发持久强力的欢呼，尽管随着"大统领"三个字的传递，其间夹杂唾骂、恨声。"是'大统领'，但前面应该加上'匪帮'！"欢呼声间歇，一个苍老的声音喊道。"你应该在匪帮统治时期说出来。"另一个更苍老的声音说，对前者的憎恶明显，"千层衣仪式自有规矩，不论这个。"一圈转毕，童子有些气紧，他望得见对峙的两位老人所在，却不明白他们的争执所起。今天，他有喝令一切的权威，却不知是否应该开口。童子看向女礼仪官，希望获得指引，女礼仪官的眼睛却望向他身后。童子无法转身顺着看去，他要开口询问，两只手上却忽地一沉，两只鸽子，一白一黑落在他的左右手上。手掌是摊开的，它们正好落在掌心。"鸽子！鸽子！"鸽子迅速聚拢围观人群的注意力，他们停止斗嘴，争相传递这一讯息。呼喊声再度被引爆，一浪高过一浪。人人皆知，第一代先民到达此地时，曾有鸽子衔来麦穗，放在其掌心。两只鸽子同时飞来，上童子身的衣服再少，都无足轻重了。这必然是城市再度兴盛的标志，况且，有人辨认出踪迹——"鸽子是从将军雕像上飞过来的。"持续轰炸的声浪里，童子感到两只鸽子同时看向自己，在他小嘴微启，想要询问它们有什么话说时，两只鸽子同时振翅离去。离去前，它们分别往他的左右手吐出，一穗谷子，一穗麦子。

主题一：尊号

嗡嗡嗡嗡。会议室一片嘈杂，三三两两的交头接耳，低的声浪汇聚，因为彼此边缘的毛糙，没法合榫地无缝地衔接，互相碰撞着，仿佛乱作一团一团的有形之物，反而比放开嗓门更沸反。精算师与设计师各自据守一扇窗户，翘首张望，两人比赛似的，不时往房间里塞入变化。"站成了最庄重的祈福队形。""四张画像安置好了，朝向四个方向。哪个方向都沐浴在将军的目光下。""小孩子也来了。自己来的，跟在大人身边，抱在怀里的，都有。""人还在不断拥来。""画像周围开始，人陆续就地坐下，陷入静默。是在等咱们吗？"……并没人在听。他们仿佛在彼此诉说实况，也可能是彼此在争夺虚构的进程，越说越起劲。

语速在加快，推动事实行进得更快。

"嗷——呜——"卫队长发出一声狼嚎，双手捧着面具两端，脱下来，面具自动回到原来的地方，虚悬着转动着。房间瞬间安静，精算师猫腰回到座位，设计师挺着身子却越走越低，终于也半猫着腰坐回去。卫队长扫视一圈，起身走到左侧窗户，张望两眼，"也太快了"。说完，再度关上窗户，拉上纱帘。窗帘拉上一半，他又停住，随即完全拉开窗帘。会议室并没因此更亮堂多少，却奇妙地让人觉得大了不少。

卫队长回到椅子旁，并没坐下，他目光定定地依次落在刚取下面具的诗人、女喜剧演员、指挥脸上，随即回到金融家脸上。金融家脸色苍白，掏出手绢连连擦着额头上的汗。"我被我体内我不认识的那个我主导了。我不知道哪个我是真正的我，我只知道现在的我是哪一个我。"金融家说着，看一眼兀自转动的狮子面具，打开手绢擦擦脖子上的汗，又折叠两番，放回兜里。"多少开一点吧，太憋闷了。"指挥不等卫队长准许，站起来，过去拉开右侧纱帘，将窗户开到最大，拉上纱帘。声浪滚入。卫队长继续盯着金融家，金融家额头上再次冒出汗来，他掏出手绢，还没挨上额头，卫队长哈一声笑出来。金融家的手与手绢僵在额前，汗从额头上垮下来，顺着鼻子滑过嘴唇、下巴，摔在会议桌上。

"擦吧，擦吧。清清爽爽。"卫队长示意，待金融家连桌上的汗都擦去，重新放回手绢后，才接着说，"不用表演啦。知道你不害怕，谁能把你怎么着啊？谁愿意把你怎么着？在水上行走，你怎么想的，怎么做到的？"金融家往后靠靠，看卫队长一眼，马上低下头，顺从地笑一下。卫队长不需要他回答似的，再度扫视一圈。"继续讨论之前，调换一下座位。你——"他抬起手指着金融家，"和商人换一下。"

　　金融家扶着桌子站起，扭脖子望一眼这一侧长条桌后倒数第二把椅子上的商人，再望望商人前面的女喜剧演员，看着卫队长："请求更换。我不能坐在女喜剧演员后面，玫瑰娇艳刺太多。"女喜剧演员没来得及开口，商人按住她的肩站起，"关键是没必要——我这么觉得啊。让我俩调换，一如没动。""我来换吧。"法官站起来，"我和金融家换。离卫队长更近，以便更清晰领会。耳鸣越来越重，落下一星半点担不起罪责。"说着，不等卫队长同意，绕过长条桌、会议桌，走到金融家椅子旁。金融家迟疑一下，依言去了对面长条桌后，坐在法官之前那倒数第二把椅子上。商人也坐下。

　　"这话说得——谁敢定法官有罪？谁能定？"卫队长说完，见谁都没接茬，咧嘴无声一笑，继而指着女喜剧演员说，"你，和画家换一下。"女喜剧演员站起，看一眼身后长条桌后第一把椅子上的画家，画家急忙站起，向她走去。"喉咙扎了鱼刺的乞丐大喊，谁偷了猫的挚爱？"女喜剧演员瞅金融家一眼，"从此以后，他以为玫瑰也有鱼的腥味。"这次大家都笑起来，金融家在椅子上躬躬身，卫队长拍了两下掌。女喜剧演员过去坐在画家的椅子上，和右手边的男喜剧演员击了一记掌。

"你——"卫队长指着诗人，"和精算师换一下。"两人一前一后，但也得绕过长条桌才能坐在对方的椅子上。"腐烂的味道甘美无比，切记不可贪食，否则会引起词语腹泻。"经过精算师身边时，诗人又说："你没有这个担心，词语不必精确到毫克。"精算师没理他。"你——"卫队长仍在调度，不等他指到，指挥主动站起，"和教授调换一下。"看着指挥走到后一排第一把椅子坐下，教授绕到前面，坐定。卫队长这才舒一口气："不是无关紧要，更不是无事生非。无须说明，调换过来就好。"

"各位。"卫队长轻叩桌面，"时间过得很快，咱们得抓紧。继续讨论尊号，现在大家可有新的想法？"金融家接过话头："小小体验，从凡俗的角度，体会将军的不容易，仰望到的不容易。城市片刻离不开将军的指引，别在这上面耽误时间了。请您指定又不行，那就请大家群策群力吧。""'唤醒者'——"画家忽然站起说道，说着向卫队长躬身行礼，"不是要违拗您的意思，非得沿着'守护者'的思路继续，确实没找到更适宜的词语。暂且说出来，供大家由此展开。"

"不必客气。"卫队长示意画家坐下，"期待各位的智慧。不建议沿着'守护者'的思路，主要是不希望拿将军与'守护者'比较，不同的时空，非要分出高低，只见出咱们的褊狭。'唤醒者'不错，尤其是作为讨论的起点。虽然一听就知道你隐约的意思，但还是请说明一下。"

"好的。"画家不顾卫队长阻拦的手势，再度站起，"将军伟业无数，对城市有再造之功，有重生之恩。但我以为，将军最了不起的，还是在一片浑浑噩噩、死气沉沉的灰中，独自清醒地为城市抹上鲜亮之色。清醒而不自怜不自恃，甚至不以此区分自己与他人，倾尽全力，只为唤醒城市，唤醒每一个人。涂抹色彩，为城市打破沉寂的死亡的封锁。""嗯……嗯……"护士也站起来，一张脸羞得通红，好在画家马上住了嘴，并伸手做个引荐的手势，助推所有的目光落向她。护士脸更红了，再开口却怯意大减："画家先生说得对，我想说……我想说的是，我家世代从医，不是医生就是护士。但是到我爷爷那一辈，特别绝望，他们兄弟姐妹五人，前前后后有十次离开过这个行业。为什么？我爷爷说，所有人都如行尸走肉，没有一点精神，如同一降生就落下嗜睡症，或者根本没有醒过。匪帮统治时期如此，匪帮统治之前更甚。爷爷说，他为此甚至决定不婚不娶，想断了这无意义的延续。他们最终仍旧回来行医救护，是真的找不到可以唤醒他人的办法。所以后来，将军开枪，引领战斗得自由，他特别兴奋，马上响应……""是马上娶了你奶奶，作为响应吗？"男喜剧演员一片哄笑中起身，右手抚在左胸前，四周行礼，"啊，亲爱的你，唤醒了我内心的蚯蚓，它总想拱破湿润的泥土。"

"亲爱的你，再多给我一点硫黄。"诗人从对面站起，模仿男喜剧演员行礼，"再多一点点，哪怕只多一毫克，我就能擦着额头上的火柴皮，燃烧自己，带给你光明，带给你温暖相偎依。"女护士掩嘴一笑："还真是，听到将军起事消息的当天晚上，我爷爷就向我奶奶求婚了。"又一阵哄笑。女护士完全自如地等大家笑完，说："他俩连夜成婚，第二天就投奔将军去了。我爷爷说，将军身边的人个个精神，仿佛随时都睁着眼睛。他看了特别高兴，总算知道人应该是什么样子。这样的人，坏了他愿意维修——啊，对不起，他只是开个玩笑，没真的把谁当机器。我是想说，我家族我爷爷的故事，能证明画家先生是对的，将军确实唤醒了城市与城市里的每个人，让大家不再没完没了地睡下去。"

"说得好。"教授说，带头鼓起掌来，其他人全跟上，护士刚刚恢复正常的脸一下子更红，她张张嘴没说出什么来，便坐下。教授等众人都停止鼓掌，右手捏成拳，食指、中指的关节仍在桌面上敲几下，会议室安静得落针可闻。"护士小姐说得好，重要的不是词语构成方式，是词语的意思是否能够准确完整地提炼出将军对城市的意义。画家先生说'唤醒者'，我想沿着这个思路，献上一个词，'再造者'。将军不是唤醒了城市，是再造了城市的鲜活，让市民的灵魂焕然一新。"

教授说到这里，站起来，伸手往下压压："诸位先别点头，容我说完再判断。将军对城市的再造是全面的，我只能讲述一件有幸亲历的小事，可作为'再造'的注脚。百合是城市的精神象征，是市民的灵魂图腾，先民迁徙此地始，即做出这一选择。百合的图案、花枝、香氛……各式各样，遍布城市的历史、建筑、服饰，一应场所与事物。但我们知道，百合被匪帮玷污，尤其是所谓的'大统领'，那被缺席审判的罪人，至今不敢回到城市接受应得的惩罚，他对百合的玷污，为每一个市民切齿深恨。"

会议室的气氛逐渐凝重，愤怒在每个人头顶盘旋。卫队长一拍桌子："要不是西边城市庇护，这个罪犯早被抓了回来。"坐在卫队长右手长条桌后，紧挨着男喜剧演员的飞行员站起，说："有确切消息，他虽然仍在苟延残喘，但已病入膏肓。"卫队长点头确认："他已数十年卧床，活着就受到了惩罚。可他施暴城市那些年无辜死去的人们，早就在地下等着，一定会撕碎他单薄的灵魂。""是啊——"诗人与金融家之间的律师坐着接过话，"至少有三位律师前辈当年惨死前，发下毒誓，绝不上天，就要去地下，等着和他算账呢。"

教授耐心站着，等议论与情绪逐渐平复，说："我们知道，因为匪帮对百合的玷污，更愤怒于咱们居然没人敢起来反抗这玷污，将军痛下决心，除保留战斗得自由的标志性纪念物——百合雕塑外，让百合从城市消失。他留出三百年的时间，让百合净化，实际上，是让我们净化，看看三百年后咱们的后人，是不是配得上百合的精神，有没有资格延续先人精神的传承。这是人所共知的，但大多数人不知道的，是将军对咱们的怜惜，没了百合就没了寄托，更没了可为之提升自己的美好之物。于是，将军命令城市成立特别委员会，寻找替代性的植物，既能让市民不忘被匪帮统治的屈辱，更不忘却对高洁的向往。"教授停下，等待再度扬起的喧哗沉下去，问卫队长："我可以说吗？"

卫队长首肯，教授继续："很荣幸，我在特别委员会里。按照将军的要求，我们走遍了城市的每一个角落，必须从本土有的植物里找到符合将军要求的。凤凰树、玫瑰、矢车菊、鸢尾、樱花、牡丹、石榴……各种植物都关注过，努力从它们身上提炼精神，但总不尽如人意。后来，在一个荒废的烂泥塘里，见到成片的荷花，正是碧叶如盖、红花胜火，离得老远就被吸引，走到面前却被泥塘熏得掩鼻。难怪连泥塘都被嫌弃，我们这样想着离开后，始终忘不掉，最后被将军追问结果时，终于说出来。那是五年前吧？将军一听就来了兴致，说他早年留学时，曾在西边城市见过，知道荷花喜欢淤泥，但不至于那般恶臭，更没想到城市居然会有。说完，将军不顾七十岁高龄，执意跟着我们到了池塘边，更顾不上掩鼻子戴口罩，脱掉鞋袜就下水，摸出一截藕来，带回了府邸。听说，这几年，将军都在培育，要让莲藕生活的环境符合城市一度的污浊程度，不夸大不减轻，更要让叶子与花能时刻警醒市民。上一次见到将军，他说已经成功，马上就能着手推广。

"从百合到荷花，将军做的不是唤醒城市，是再造城市再造市民。"教授凝重地逐一看过每个人，"这是什么心？是仁爱、怜悯，不降低要求又不放弃拯救的心。将军不止有这个心，他还有这个行有这份力，可以想象，这些年培育荷花，他的每一个动作、眼神，都贯注了全部的心力，全然的爱。说将军把自己放进了荷花都不为过，都不能表达他的深情。这不是再造之功是什么？别忘了，虽然长达三百年，但总会过去，到那时，城市会迎回百合，它的王冠将要重新在每个角落摇曳。那意味着什么？不是将军和他的心血，荷花从城市消失，是百合借助荷花脱胎换骨，是百合与荷花融为一体，城市与市民在荷花上得以新生，是将军让这一切新生。"

教授坐下，摇摇头："到那时，在此时想象一下那时，谁还能说，将军不是'再造者'？"会议室陷入沉默，人人低下头。护士双手捂脸，肩膀抖动。诗人抬起头，碰上卫队长凌厉的目光，随即低下头去。卫队长鼓起掌来，众人醒悟，掌声雷动。"说得太好了！"卫队长由衷赞叹，"我跟从将军这么多年，他培育荷花的全过程我都在场，但想得没有你这么深入。翻遍城市历史，灾难、磨难不断，但从精神上被玷污，临近就此沉沦的，仅这一回。匪帮摧毁性地浸染了每一个人每一处角落，非将军难以涤荡，非将军难以再生。您以为呢？"

　　法官正皱着眉，微微点头，忽然被卫队长问到，怔了一下，郑重回答："教授说得极好。要不是他，我们几乎都把将军对城市的再造视作当然了。不过——"这一转折顿时冷却了会议室内近乎祥和的气氛，大家卡壳般机械地望向法官，只有卫队长似乎见惯不惊。"不过——"法官再强调一句，"将军对城市有再造之恩，但因此为将军奉上'再造者'的尊号，我以为，简陋了一点，没有完整表达出城市、市民对将军的感戴，背后是没有深切体会将军对城市究竟意味着什么，换句话说，没把握住将军真正给予城市的奉献。"

　　法官留出时间，等大家再三咂摸完他的话，期待涌现在脸上时，又说："不卖关子。'守护者''庇佑者''再造者'三者关联又层层递进，将军绝对当得起，可它们当不起将军，准确而不完整。沿着这一思路，最好的尊号，莫过于——"法官再次留出时间，以便众人再度集中注意力，"'赐予者'。将军所作所为所施行，不是别的，就是赐予。他本不必经历这一遭，但是不忍；他本来不必奉献这一切，但是无私。我们，每一个受惠于将军的市民，都不能忘记，得到的已然逾分，没谁本应得到这一切，全蒙将军赐予——"

　　指挥猛地站起，看看法官，拍拍桌子："清晰被你们论证得混沌，时光白白耗损。我先声明，最终达成的结果，奉上的尊号，本人完全遵从并因被召集至此，深感荣幸。但本人受到召唤，要前往更需要我的地方。"说完，指挥快步奔到右侧窗户边，撩开纱帘，纵身一跃，海豚般越过窗户，进入窗外的广大的喧闹中。指挥起步时，卫队长即已站起，他跑过去伸手，却只捞住指挥的一只鞋子。看了一会儿手里的鞋子，卫队长用力将纱帘完全扯开，鞋子扔了出去。随即，卫队长走到左侧窗户边，一把扯开左侧纱帘，望着窗外，说一声"也太热闹了"，回去坐下。

刚一坐下，卫队长又弹射般站起，他解下腰间的枪，往桌上一拍："没错，指挥受到了召唤，来自将军的召唤。但——我确定，在座只有他受到了召唤。您——请继续。"

法官点点头，伸手示意卫队长"请坐"，卫队长坐下。法官说："每个人都会受到召唤，只不过召唤各各不同，各人应对的方式不同。比如你受到的长久召唤是卫护将军，指挥受到的临时召唤是加入仪式。诗人今天受到的召唤，是在这里翻检语言的钻石。两位喜剧演员今天受到的召唤，是互相接力高抬接力驳斥。你看——"他示意之下，卫队长有点难堪地收起枪，"没什么。认清降临自己的召唤，履行它。唯有一人不是受召唤，而是原动力，那就是将军。所以，将军是赐予者。不说得这么抽象，讲一个和教授相近的例子，我有幸参与的在将军领导下的另一个特别委员会的工作，梳理城市的法律体系，验证其普遍性与有效性。

实在说，事先想不到，将军对法律的精神把握得如此超前地精准，他看到的不仅是城市的过去、现在，更有未来，三百年、五百年、一千年，乃至更长久的未来。"

"您说的是。"卫队长恢复对法官的恭敬，"这个委员会我没有参与的荣幸，但偶尔将军会和我说一两句，太多的我听不懂，但听明白了他要用法律为城市打下千万年根基，铸牢稳固的框架，撑得住城市的发展，稳得住局势的变化。""说得好——"法官点点头，"别说你听不懂。你总结得特别凝练准确，这是你的天资更是将军的熏陶。我不再啰唆，简单来说，将军指导着我们这个特别委员会，清除污染障碍，为城市法律之树的生长整理土壤，留足空间。现在需要的和为将来预备的，一棵棵树种下去就能茁壮成长，撑起一片足够庇护城市庇护后人的天地。以我自身经验，以我对城市治理史的了解，以我对东边城市西边城市的研究，我知道，这不是能推演出来的，只能是生自天纵之才的头脑，再由他赐下。因此，我提议奉上'赐予者'为尊号。只有这一尊号，才能表明城市为独一无二的光照耀，才能表明将军并非假手他人的被动者，而是完全的施动者。"

主题一：尊号

诗人低着头，男喜剧演员正执着女喜剧演员的手，注视着她的双眼。良久，两人互吐舌头，各自扮个鬼脸，松开手。"注意场合！"对面长条桌后的金融家大吼一声，见大家都错愕地望向自己，扶着椅子扶手站起，指着男女喜剧演员，"这么庄严的场合，不是给你俩亲热的！""横躺的臭水沟里，满是蛆在蠕动——"女喜剧演员站起来，并不看向金融家，而是以表演的派头，目光迅疾与几个看过来的人触碰后，吟哦道，"每有成团白云飘过，它就以为是亲人结队前来拜访。""它激动、战栗，它口吐白沫。"男喜剧演员站起来，直直地看着金融家，"出自它腹中的脏污，成就不了它崇高的白白胖胖。""好！"诗人鼓掌，他隔着律师，冲金融家说道："比喻很精妙，是不是？尤其是蛆的形象。白云妙在和蛆是同一个白，但仍旧有些自恋。乌云吧！蛆把乌云作亲人，殊不知，乌云要带来晴天霹雳、滂沱大雨，冲刷臭水沟，冲走扭动的蛆。"

金融家的身体显见地开始膨胀，尚未达到巅峰，忽然传来两个女声，一个畏葸一个冷漠，内容一致，一前一后。畏葸的女声说："太冷感了。"冷漠的女声说："太冷感了。"两个声音联合，泄去金融家的怒气，他疲软地坐下。畏葸的护士看着冷漠的模特，央告意味十足，模特点点头，转过去看看左手边的法官，再看看卫队长，最后目光落在法官这里。"'赐予者'特别好，可是太冷感了，不亲近人，这不是将军一向给我们的印象。不亲近也就算了，里面那份高高在上，根本不符合将军承载万物的内在谦和。""你

信天翁要发芽

和将军很熟吗？"商人问，他马上感受到卫队长目光的压迫，尴尬地想要解释，话却没出口。

"特别熟！"模特说着站起，她的高挑让所有人都不得不仰起头，"在座有谁对将军不熟呢？咱们熟知将军带领市民战斗得自由的过程，熟悉将军对城市的心血灌注——就算教授先生、法官大人二位所言的特别委员会咱们不熟，可背后无一不有将军饱含深爱的目光。这目光，有谁不熟？"商人更加窘迫，连连点头。模特看商人一眼，收回目光里的冷峭："要说不熟，我和将军确实不熟。数百万的市民，有谁能有幸像卫队长这样，时常亲近将军，为将军信重的？"卫队长谦卑地低下头，请模特继续。

"我有幸面见过将军一次。"模特的声音开始发颤，"那是一次事关城市女性衣着的发布会，将军亲临，在台下观赏。会后，他又上台，挨个和我们握手。我记得，我记得。我右手冰凉，四根手指和小半个前手掌握在他宽厚、干燥、温暖的右手里。将军注视着我的眼睛说：'是城市女性独有的风采。'我更加激动，右手颤抖不已，将军只好用左手拍拍我的右手背。我记得，我记得。那关爱、温暖、慈蔼，是我从父亲那里体会过的，但是强烈千百倍。要不是怕给将军丢人，咬牙强忍，当时我会号啕大哭。"模特的情绪与讲述内容的情感走向正相反，越到后来她越平静，但她平静的语调反而更具感染力。讲到这里，她顿住，然后深吸一口气，再缓缓吐出。紧接这显得夸张的仪式之后，模特说：“所以，对于将军的尊号，我不喜欢‘守护者’‘庇佑者’‘再造者’这些读起来不顺口的泛泛的，更不喜欢‘赐予者’这样和我们隔膜的。我愿意，我愿意——为将军奉上‘父亲’这个简单的朴素的，却足够表达我们对将军感情的词语，作为永远的唯一的尊号。还有什么比‘父亲’更威严更慈爱更呵护的形象呢？还有什么词语比‘父亲’更能唤起每个人的情感呢。”

“父亲端坐，举目向下。”诗人这次接得平静，仿佛全然出于单纯的困惑，“那么请问，谁是你的母亲呢？”

“哈——”笑声出口瞬间，商人意识到不对，伸手捂住嘴，逗出一连串的咳嗽。但商人开了闸，哄笑趁机从别人嘴里涌出。“城市是我们的母亲。”护士帮模特解围，声音仍旧怯怯的，“我想请问，是谁对此有疑问呢？”一片沉默，众人不知道该看向哪里。倒是法官，这次站起来：“谢谢模特小姐、护士小姐，感谢你们的提醒。我没有忘记将军对城市与市民的爱，可确实忽略了这爱里的无间隔。将军是父亲，城市是母亲——这是个美妙的比喻，其实就在我们嘴边，现在被两位女士说了出来，我深表钦佩。”

“可父亲——”教授刚开口即止住，思量再三，说：“在人类的经验里，父亲是具体的、有限的，在这个时刻，作为祈福的尊号，是否稍有一点不妥当？”卫队长迎着众人的目光，第一次显得犹豫。最后，他特意看着模特，目光中的成分复杂。模特看向护士，护士没有回避，尽管说起话来始终中气不足："我对模特小姐的话特别感同身受，顺着往下说了自己的感受和困惑，符合卫队长让我们畅所欲言的要求，没有恐吓谁不让谁说话的意思。倒是有些人——"她只管说，并没随别的人看向诗人，"不要……丧失敬畏心，把一切……都当成游戏……嗯……当然……这是他自己的事，最多是卫队长的事，我们不便瞎操心……不绕这么远，我想接着教授的话，再说几句。在医院工作这么多年，见惯疾病与死亡，没什么可以讳言的——伟大的将军，我们的将军，仍旧是血肉之躯，会衰老会生病会……我们都不愿意那一天到来，希望那一天晚些到来，但正因为如此，才更得做好准备。找到适当的尊号，在来得及的时候，为将军奉上，表白他在城市在全体市民心中的地位，这是我们的敬意，是我们对将军数十年奉献的菲薄回馈。要我说的话，正因为将军是同样的血肉之躯，他超越这血肉之躯的限制，展现出来的堪称人类顶峰的意志、力量、仁爱、奉献、谦卑诸般精神才显得更伟大。"

"所以——"教授一直略显紧张地望着护士，在她绵绵的话语出现短暂停顿间歇，终于插进一句，"你坚持用'父亲'为尊号吗？"说着，他求救似的看着模特。模特有点恼怒，回看着教授："你害怕什么？"教授深吸一口气："我不害怕。我是觉得，'父亲'作为尊号，其中的情感大家都明白，但仍旧把奉上尊号为将军祈福这件事，搞得有些庸俗。"化学家左手安抚地拉着腾地站起的护士，伸右手再三示意，请站着的模特坐下。化学家看着卫队长：
"卫队长，教授的心情完全能理解，他不是对将军不恭，只
是激动之下，没有表述清晰。我的理解，教授所说的'庸
俗'，是担心随着时日流逝，后人没在将军治下生活过，体
会不到将军与市民之间如此深厚、亲近的情感，从而丧失
对'父亲'这个尊号的敬重，认为我们这个时代的人轻浮，
进而干扰对将军之伟大的体认。"

　　教授紧紧盯着化学家的嘴唇，仿佛那开合之间将有不
可预料不可逆转的事情发生，直到化学家的嘴明白无误地
闭上，他的目光也未挪开片刻。"教授先生——"卫队长看
着自己左手边第二位的教授，见他毫无反应，便向医生示
意。医生伸出左手，在教授右肩上拍拍，顺势向回过神的
教授示意，请他留意卫队长的话。"教授先生——"卫队长
又唤一声，"你认可化学家的话吗？他说的，是你所说'庸
俗'的意思吗？""是的。"教授点头，"化学家切中实质，
比我想得透彻。我——"卫队长止住他："不必紧张。各
位，今天是请大家来襄助的，同心同德、出谋划策。有什
么话，尽管说出来。就算……就算是'游戏之语'，只要
不过于过分，但说无妨。护士小姐、模特小姐二位建议的
'父亲'非常好，以城市为家，以市民为家人，让人感动。
但各位不必受此拘束，不妨继续集思广益。"

　　"'神'。"一直沉默的精算师开口，他没有任何动作，
不特意看向谁，只吐出一个字，语气寡淡至极，以致几乎

没谁注意到他，至多以为他在感叹甚至咳嗽。几秒钟后，卫队长大脑里的捕捉机制生了效，他带着一丝疑惑，不确定地看着精算师，问："你说什么？"这一问引导了所有的注意力，精算师却毫无波澜，依旧以不经意的语气说："神。"这一次，他给予了解释——"我建议，为将军奉上'神'这一尊号。""你知道神在城市历史上的意义吗？"法官以不可思议的语气说，不少人点头同表困惑。"知道。"精算师简明扼要，"神在历史上是特指，几十年前又被将军废黜，神的居所不是被拆除就是被闲置，或者转作他用。但'神'这个词仍在，不是吗？一个继续存在的词，除非填进新的内容，替换掉旧有的，否则它将一直以原来的方式存在。要等到'神'这个词自然衰亡，时间只怕会无比漫长。更重要的是，大家难道真的能装作无视，市民特别是作为城市坚实土壤的为数众多的部分，他们早就把将军等同于神，早就以将军的形象代替旧神了吗？"

精算师停下来，等待其他人跟上自己的思路，又说："讨论到现在，所有关于将军尊号的建议，'守护者''庇佑者''赐予者'甚至'父亲'，不如说特别是'父亲'，哪一个又不是隐含着'神'的意味，哪一个又不是对'神'部分的潜在的指称？与其这么偷偷摸摸、意犹未尽，为什么不坦坦荡荡，为将军奉上'神'之名，正大光明地用新神取代旧神？将军反对神的存在没错，将军力排众议废黜旧神没错，可赶走就座者的席位毕竟空着，掀翻椅子后它的空间仍在，既然如此，请将军就座，更新'神'的含义、赋予'神'在城市新的篇章里新的词典里，全新的意味，不正当其时吗？"

卫队长一脸吃力，无法消除困惑地看向众人："大家认为如何？"众人同样吃力地互相看看，他们找不到一个共同认可的人来承受全部的目光。"我以为——"坐在金融家左手，也就是卫队长左手后排长条桌最末的钢琴家，忽然开口。进会议室后，钢琴家也一直沉默着，相比于精算师，他的沉默是完全置身事外的，让他此刻的开口显得突兀又珍贵，所有人都看过去，让他不得不站起。"我以为，"钢琴家强调一遍，"'神'避免了'父亲'可能的干扰。我们在将军治下生活过的人知道，将军是厚重的父亲、唯一的父亲，他是血肉之躯，正因为如此，才更见其伟大。但这些对无福的后人需要解释，假设亲历的人都不在了，怎么解释得清楚？哪一句解释不是对'父亲'的亵渎？所以，我赞同精算师先生对'神'作为尊号的阐释。'神'首先唤起敬畏、膜拜，进而带给人普遍又独特的爱意，甚至……甚至可以对之默祷。"

"我们之前还忽略了一点。"教授扭过头，冲钢琴家做了个表示歉意的手势，待钢琴家坐下后，又扭回头看着卫队长，"'父亲'固然与人人有关。可……'父亲'在人人心中未必相同，尽管在将军注视下，这类情况很少，但不排除，'父亲'对某些市民而言，只与抛弃、暴力有关。

甚至，可能还有市民，'父亲'对他们来说，完全是缺失的……""正因为个人的父亲缺失，整体的'父亲'才更伟大。"模特插嘴道。这一次，模特冲对面的教授摆摆手，然后笑着转向卫队长，"我不是存心和教授较劲。请您继续推进——"卫队长微笑额首："谢谢各位——"他特别冲精算师、钢琴家点点头，"如此深入，如此热切，将军得知，一定非常欣慰。从形象到意蕴，'父亲''神'无疑都离达成共识仅仅一线之隔，可总还是有一点距离。'父亲'讨论得很多，不再复述，但我猜将军会首先不同意。将军绝不希望，市民生活、生命中至关重要的部分，由他取而代之，至少是被他'混淆'。至于'神'这个旧词，由将军来赋予新意，总是……有些像咖啡杯里倒茶，味道到了，观感不那么谐调。而且，'神'不唯咱们城市独有，东边城市、西边城市……"

小提琴手站起来，右手三根手指关节轻叩桌面，发出谐调的节奏，打断卫队长的沉思。"我奉上一个尊号，供卫队长与各位斟酌。"说着，他左手也叩击桌面，与右手节奏呼应，"'万物之源'。将军是城市的万物之源，是世上万物的源头。""什么？"教授问。没人回答，都看懂了他只是不相信听到的。"这从何说起？"法官同样不解，"从时间上说，在将军之前，城市即已存在，尽管它并非现在这样；从时间上看，在将军之后，城市仍将存在，尽管它并非现在这样。""两个'尽管'说明一切。"小提琴手始终没有停止双手的叩击，"'在将军之后'不讨论，它正是必然的。'在将军之前'，你也明白，是'从时间上说'。从逻辑上，并非如此。你们听——"他左手连续敲出几个高低音，众人陆续恍然，凝神听、点头跟上、低声哼。"是这首伟大的曲子！"小提琴手激动起来，"各位，你们现在心头浮现的，必然是它的第一主题。它在我敲出的第一个音之后才在吗？"

"当然不是。不但第一个主题，这整首曲子都在敲击之前。在我演奏之前，这首曲子、第一个主题就在了，不止在，是它们引导了我的敲击。演奏呈现，但源头先在。"小提琴手自问自答后，继续敲击，待第一个主题结束，这才坐下。"倒是个新词。"金融家说完，看一圈依旧没人吭声，便补充道："就是有点拗口。""新生都是拗口的。"男喜剧演员接过话，却只这一句。"真正的婴儿降生在黄金座上，虚假的婴儿降生在破木船里。但是他们的笑声——"诗人生生把大家的目光吸引过去，才继续，"谁分得清真假？""不是真假的问题。"教授摇摇头。"拗口不拗口更不重要。"法官点点头。

"请别打哑谜。"护士说，"请小提琴手先生和卫队长原谅，我不喜欢'万物之源'，更不觉得这是好的尊号。万物，是一万件物吗？一万件之外呢？我知道这是挑刺——"她加快语速，仿佛有人在抢话，"小提琴手先生的意思，'万物'囊括所有，有形、无形、可见、不可见……总之一切，可这更成问题。是健康之源，是不是疾病之源？是出生之源，是不是死亡之源？是善良、美好之源，是不是邪恶、败坏之源？如果都是，你们能忍受吗？能接受吗？如果都能，你们不是眼睁睁看着将军被奉上一个什么都没说的尊号吗？"更长久的沉默中，模特挠挠头："我不知道怎么反驳，但总觉得你哪里不对。不过——"她求助地看着教授。

"不过，不重要。"教授救场道，"护士小姐的连环追问，在座并没多少人会给予肯定回答。'万物之源'首先囊括了目前所有的预备尊号，由'神'前进了一步。这个词原本有，但作为尊号实在新意盎然。问题是，固然经过说明，本城市民会知道这是将军的尊号。其他城市怎么会明白呢？更别提与咱们恩怨不断的东边城市、西边城市了，如果他们不明白，如果他们不信服，尊号的意义将大为减损。所以——""所以还需要从尊号的独特上再深入。"法官抢过教授的话，"要让这个尊号独一无二、以往以后、东边西边，都是唯一的。"

"真能找到这唯一吗？时间不是无限的。"卫队长第一次面露难色。"能。就在您的嘴边。"画家露出神秘的微笑，看着卫队长。"你说什么？"卫队长有些茫然，他伸手去，未擦到嘴即醒悟，停下，"你说的是？""对。"画家点头，省去他人的苦苦思索，径直说："卫队长说'能找到这唯一吗？'，我说'能'。因为，尊号已被他说出，那就是——""唯一。"金融家与精算师跟上了他的思路，一起说道。说完，金融家面有得色地看商人一眼。"是的，'唯一'。"画家说，"最合适的词语早就等在一旁，只是需要不断的讨论，让它浮出水面。最终，还是卫队长发现了它。"

"不不不。"卫队长急忙摆手，"这个词不是从我嘴里第一次出现，将军尊号必须具备唯一性，是一致的共识。""卫队长当之无愧。"模特说，其他人点头，两张长条桌后面已有人在鼓掌。"可——"卫队长憋红了脸，不得不问，"'唯一'是最好的吗？"没有人回答，画家也只是看着他。"好。不为难大家了。"卫队长站起来，"是不是最好的，我们另外做个验证。"说着，他走到那些面具前面。"请您——"卫队长指向法官，"跟从狮子。"

"请教授跟从狐狸，护士跟从鬣狗，画家跟从鹰。我嘛——"他有点羞愧，"还是跟从狼。"

主题二：密语

日头一日烈过一日，将土烤干，将草烤黄，沙子在脚下，烫得像钉子。深入荒漠已数月，眼所见处，除了狮子率领的兽群，再无一个活物。前后张望，只有无尽的干旱，腾腾的热气，以及倒毙在路上，无法被及时吃净的尸体。狼、狐狸都没什么胃口，那在数月煎熬中缺水少食而死的兽，枯瘦不堪，铁皮下包着铜骨，难以撕咬，无法下咽。

但他们的问题终究只是口感，而非饥饿，鬣狗甚至乐不可支。

食草为生的牛羊马驼等着实艰难，先前还能趁着夜色与晨露，啃上八九分饱，路旁有溪水可饮。不久，顶着阳光啃上良久作补充，也才五六分饱，水变得涓细。再后来，即使从沙子里筛出叶子，低伏着汲取浅滩低洼里的脏水，也不能饱餍。到现在，能捞到一卷叶子就算不错，哪儿还有挑选余地。也有好事——这样挨下来，死亡不再锐利，能驱赶众兽向前。家人、友朋倒毙于一旁，每每唤不起紧张、慌乱，谁都不愿意再无谓地将精力耗费在恒久之事上。

狮子的目光越发坚毅，无一刻不望住西北方向，他的进食在减少，但似乎不像是受到环境影响而胃口减弱，更像是为迎候神圣事物而表达的虔诚。狮子的毛发不再光洁，开始粗糙、肮脏，他的躯体日渐瘦癯，内里的仿佛由某位刻匠留下的线条却愈发硬朗。因为踏水过河，群兽对狮子的崇拜上升到新的阶段，他在行进中展现出的坚忍，更是赋予追随者一团庞大的模糊的温暖无比的白光，越到后来，越没有谁动念质疑迁徙的意义。每到休息时，狼、狐狸、鬣狗越来越喜欢围聚在一起，他们彼此交谈得更少，却怀着共同的热望，凝视着在天上飘浮的鹰。鹰在天上的时间更久，终于落下来时，会陪狮子走上一段。似乎没有必要问答，仅仅行走，就足以向狮子传达鹰之所见。

这一天，终于来到一片灌木林，其间水洼散布。领头的公羊率先从最高的灌木顶上卷下一枝嫩叶，毋须多言，"甘美"的讯息，迅速由他的表情传递开来。兽群各以默契，带着谨慎的贪婪，占据属于他们的灌木，用唇舌齿梳理起面前的枝条。进食中，他们的身体、精神逐渐松弛，虽不至于恢复至素常状态，至少逐渐勃发出生机。狼卧在一丛灌木的阴影里，在他五步开外，是精力无穷正东张西望的鬣狗；鬣狗身旁，则是蔫头耷脑的狐狸，正执着地冲鹰发出讯号。

"王会不会……"狐狸确信鹰看见了自己的动作后，向鬣狗走两步，问，"并不清楚……咱们究竟要去哪里？"

鬣狗顿时停住嘴里无休止的仿佛自动的哼哼，望着狐狸。狐狸没来得及再问，鬣狗没来得及回答，狼站了起来。狼一步步向狐狸走去，狐狸急忙绕到鬣狗背后，如此情境，狐狸仍旧有个掩鼻的动作。狐狸说："你放轻松，我只是担心王的身体。假如，我是说假如，假如在带领我们到达赐予者指定的新地之前，王的身体有什么不适。甚至——"狐狸咬咬牙，从鬣狗背后出来，面对着狼，"有什么不测。我们当然会跟着你继续走下去，但王并没有清楚告诉咱们，走到什么地方停下来。"

"如果那样，赐予者一定会告诉狼，他什么时候让我们停下来，我们就停下来。"鬣狗说完，继续哼哼起来。狼停住脚步，不是因为别的，是他背后响起一个声音。那声音说："不要无谓担心，王的身体无虞。"说完，才是翅膀收拢的响动。

"你目光的最深处，看到了什么？"狐狸说着，走到狼的面前，舔舔狼的左前爪。狼从狐狸身上收回目光，扭头看着鹰。

"死亡的颜色，灰外围的斑斓。灰的内里，不是谁都有资格对视。"鹰沉吟着回答。

"那我们更不能让王独自承受一切。别误会——"狐狸不待其他几位有所反应，立即解释，"我没有任何别的心思，王自当承担他相应的。我们，作为王信赖、倚重的，更深受王的荫庇，除了看管群兽，还该有所行动。我们——"狐狸看一眼狼，看一眼鬣狗，再看一眼狼，"应该进一步替王分忧。你们还记得咱们为什么离开原来的领地吗？对，因为王失去了他的王冠。"

听到王冠，鬣狗一哆嗦，盯着狼，往旁边让开两步。鹰也展开翅膀，似乎随时都要飞起。狼吭哧笑起来："别做戏！你们真把自己当成老公羊吗？他是谁，你们是谁？那是什么时候，现在是什么时候？说下去——"

狐狸也笑起来："你的威慑力太强，谁能不害怕？当然，这是因为王对你的信任。失去王冠，让王心绪不宁。我们应该做的，不就是为王找回他的王冠吗？"狐狸仿佛说破了最简单的一件事，狼和鬣狗呆立在那里，鹰扭过头看着狐狸。

"你们见过王冠吗？"鹰问。问完，鹰调整一下身姿，正对着狼，又问一遍："你见过王冠吗？我猜你没有。不要说你，我们，乃至于整个兽群，谁都没有见过。冷静一点——"鹰对狼轻呼，"我是说谁都没有见过。但我知道，谁都相信，王有一顶王冠，而且，丢了。正因为王冠丢失，才踏上迁徙之路。现在，你要找回王冠。从哪里找？怎么判断，找到的王冠是丢失的那一顶？"

"我们没有资格判断。"狐狸直接下了结论，"我们更不应该判断。听我解释——"狐狸再度舔舔狼的左前爪，"但我们不应该只是继续跟随、听从，按照自己的理解，竭力而行，答案到来时，自有印证。咱们印证不了，王也能辨认。哪怕咱们的举止都是错的，王能由此确证，咱们没有辜负他的信赖，也是值得的。王尊贵、高傲，不愿意让臣民知道他渴望爱戴的欢呼，身处拥戴的环绕，那咱们就做给他看。哪怕——"狐狸环视眼前的狼、鬣狗、鹰，望向更远处正在进食或者因为进食过速而倒卧在地的群兽，"不符合王的心意，被他撕碎，我毫无怨言。"

"你们打算怎么做？"鹰上前两步，迈上一块岩石，问。"不要这样看着我。"鹰对狐狸说，"不是口误。我不会参与你们的行动，但不妨碍我对你们行动起来的赞扬。不是畏惧被王撕碎，你们知道，我没有不敬之意，但我确实属于天空，那里能望见不一样的王，能望见与王所见不一样的地方。我相信，王希望我与你们不一样。"

狼冲狐狸点点头："王确实高看鹰，不必置气，更不必替王忧虑。由鹰去吧。"

"我的打算很简单。"狐狸不再看鹰，"我们每一个，凭借自己的理解和力量，为王寻找一顶王冠，将它带到王的面前。如果王欢喜，自会俯允它被戴上。说不一定，戴上王冠的那一刻，王会决定停留。"

"赞成！"鬣狗说完，看着狼，"你的意思呢？"狼示意说下去，鬣狗一连串的咳嗽，总算暂时止住几乎不受控制的哼哼："我知道，你们嫌弃我，认为我不讲究，过于贪婪，有着令你们恶心的嗜好。不是为自己辩解，可我还是要说两句，你们的饮食偏好，限制了你们对世界的理解。我懂得，猎物刚捕杀时，热乎乎的生命从他体内溢出，扑面而来，当场吞食无疑能咽下最强大的能量。更不要说味道的鲜美，足以让人感激茫茫的草原容纳之恩。我懂得，是因为我不介意我乐于，与你们共同进食。但你们却不懂得腐烂的滋味，死亡永久离开肉，肉即将化成水流入大地。那时的撕咬、吞咽，不是主宰另一条生命，是为他献祭，为他奉上终极的仪式……"

"你到底要说什么？"狼不耐烦地在原地转上两个圈，"直截了当。"

鹰抢先道："我知道他要说什么，我不想再听下去。"说完，鹰一蹬腿，巨翅扇般张开，斜斜地上了天。

鬣狗禁不住再次哼哼起来，他捂住嘴，狼厌恶地看着他："你是说，我们也不懂得哼哼的乐趣？不要在意这些琐碎细节了。"

"好的。"鬣狗说着又哼哼了一阵，"我为什么赞成狐狸？固然，王看得比我们深远，赐予者只向王说话，可我们卑微的生活，也有王未必能体会未必愿意体会的乐趣。在这些乐趣的基础上，我们对王冠自有一番理解，找到的王冠就算不能被王接纳，但说不定能为王获得新的王冠助一份力。"

"你让我大吃一惊。"狐狸上前抬起鬣狗的左前爪，爪子上散发的味道阻住他，狐狸扔下爪子，快步迈到一旁，发出一连串的干呕。止住干呕后，狐狸歉然地说："看来，腐烂的滋味、终极的仪式，只好为你独占。"

"不啰唆。"狼一声长嚎，"就这样吧，咱们各自留心，但愿能为寻找王冠出一份力。你们记住，这不是分心的理由，尽忠职守，为王看护好兽群，仍旧是我们首要的任务。绝不允许有丝毫懈怠！"

兽群继续向前，荒漠愈见荒凉。干枯的草勉强还能入口，但只够填塞牙缝，似乎不等吞咽，就在嘴里被磨没了。水更是稀见，偶尔有一两处岩缝，费力往下挤出水滴，群兽聚在一旁，挨个上前，沾一沾欲裂的唇舌。前不久经过的灌木丛这时成为极其美好的记忆，被兽群私下里提起，有几头牛和几只羊还聚在一起，谈论着如果没有离开，此刻一定正咀嚼着最柔嫩的枝叶，大口喝着清澈的水；然后在星光下，美美实实地睡上一觉。在这个念头的鼓动下，他们磨磨蹭蹭，落在兽群的后面。有一头牛甚至调转身子，长久地张望着经过的道路。鬣狗潜伏在旁边的土堆后，在牛甩开蹄子的刹那，扑上去。

牛那嶙峋却依然巍峨的身体倒下时，拍起几股干燥的灰尘，大地仿佛随之倾斜一分，以至于整个兽群都过上好一阵，才重新站稳。狼和狐狸紧盯着兽群，警惕地提防着任何进一步的变化；兽群久久地望着狮子，狮子行进的身影停顿了一下，随即继续向前。群兽低垂下头，默默跟上。鬣狗望着狮子的身影，忽然急速哼哼起来，哼哼未已，转身跑向来时的暮色。

狼和狐狸不知道鬣狗的意图，但他们明白，比起沉默的群兽，鬣狗更不可能逃离。也有行走的兽看到了鬣狗的消失，他们猜想，鬣狗一定又潜藏在什么地方，偷窥着大家的行为，找准时机扑到谁的身上，取走谁的性命——既然王不把这放在心里，那就随他去吧。只有鬣狗，心里被莫名的无可阻遏的喜悦充盈，要是能高歌能舞蹈，他绝不会压抑自己，可他只会哼哼，一种充其量像是笑声，久听让人毛骨悚然的短促在喉咙上颤动的声音。

就是在这个声音的伴奏下，鬣狗重走经过的道路，从那些倒毙的或者选出作为牺牲的有蹄尸体上，撕扯下一块块细小的骨头，最坚硬的、最漂亮的、最圆滑的、最细长的……每一块都是他所能发现的最有特点的，而且每一具尸体上只取一块。鬣狗第一次发现，自己居然如此的心明眼亮，有着如此的巧思，找到这些骨头的同时，就明白它们该如何组合起来。当然，鬣狗吃上了迄今为止最美味的快要化成水有虫子在里面蠕动的躺在死亡边境线上的肉，作为报偿。

找到第一百块骨头时，鬣狗手里的王冠成形了，他再次发出兴奋至极的哼哼声，向着西北方向追赶。不用担心迷路，沿途都有兽群的尸体为标识，经过为他奉献第一块骨头的那具长颈鹿尸体时，鬣狗下意识地将王冠戴在她的头上，予以片刻的哀悼。这样简洁的仪式后，他就能从自己离开后新的死亡者身上，取下所需的毛发，缠在王冠上。这样，等他追上兽群，敬献在狮子面前的，就是一顶同时带着死亡陈旧与新鲜气息的王冠。

"这是做什么？"狮子看着摆放在面前岩石上的王冠，整个兽群肃穆地看向他。狼和狐狸看向狮子和王冠的同时，偷偷瞥一眼鬣狗。狼的眼中是纯粹的妒忌，狐狸眼中则含义不明。

鬣狗顺利地抑制住哼哼，却不曾想，一摊口水流到脚下，他急忙将它往尘埃的深处抹去。"王冠的影子，尊敬的王。一百次的死亡编织它，一百次的死亡缠绕它，它出现在谁的眼中，谁就会在死亡的驱使下，对您生出无法抑制的恐惧。从日出到日落再到日出，群兽都匍匐在您的脚下。"

狮子的目光如一潭泉水，再次望向鬣狗时，凝结成冰。

鬣狗冻得僵直，无法反应，更无法后退，等待着狮子的利齿刺进咽喉、利爪拍在脊柱上，才能跟着解封。狮子犹未平息，叼起鬣狗摔向兽群，看他们纷纷躲闪，任死亡的鬣狗跌在地上。

"谁都不能以我臣民的尸骨炫耀，谁都不能在他们的死亡上舞蹈。"狮子一声长吼，吼毕说道。

主题一：尊号

护士的泪水从面具的两个眼眶里喷涌而出，顺着面具鼻子两侧滑过嘴巴，成串地落在会议桌上。面具遮挡不住号啕之声，甚至放大其音效，使得被压扁的混合了金属与实木质地的哭声，夸张地儿童般任性地从面具两端溢出，一波波漾开，充塞着会议桌上的空间。会议室在座的人被这哭声绞扭成一股股紧绷的绳索，既要相互避让开目光，又不自觉地彼此吸附。正无措手足，卫队长挣脱狼的束缚，回到会议桌上端。

卫队长看着护士，等她的哭声降下来一点，示意化学家帮助护士取下面具。化学家侧身伸手，护士哭得更为猛烈，摇头晃脑，无法挨近。化学家站起，走到护士背后，双手从她的耳后，一把抓住面具的两端，向前一推，面具终于脱落，上升至起初虚悬的位置。与此同时，护士止住哭泣，怔怔地望着面前的一摊眼泪。"让她擦擦。"金融家掏出手绢，递给化学家，化学家没接，他拍拍护士的肩膀示意后，坐了回去。护士接过手绢，擦净眼泪，递回给金融家时，说了声"谢谢"，情绪又涌上来，开始哽咽。"你呀……"金融家摇摇头，"入戏不能这么深。"护士听而不闻，扭头看着斜对角的法官，恨意强烈。

"好啦！好啦！跟从角色，无关个人恩怨。"卫队长说着，左手冲护士虚拍两下，以示安抚，然后右手实拍法官左臂，狮子面具早已离去，"您太威猛了，不愧王者之风。"法官连连摆手："不敢不敢……我被我体内我不认识的那个我主导了……"法官羞愧地看一眼金融家，站起来郑重地冲护士鞠躬。护士瞪着他，忽然扑哧一乐，又为这笑而难为情地低下头。法官就势坐下。"好啦，好啦……"卫队长的话被护士打断，她抬起头来，说："我要求调换。我要坐到后面去。我想离他远一点，越远越好。"她并不看向法官，神色有些忸怩，会议室的气氛因此而恢复如初。"合情合理。"卫队长笑了，他从左手第一个的医生挨个看下去，"教授，请你和律师换一下，坐在诗人与金融家之间。律师，请你坐上来，坐在护士小姐的位置。护士小姐坐在第二排最末，钢琴家的椅子上。钢琴家嘛，来医生左手，正是教授的椅子。"

四个人交叉穿梭、坐好。卫队长看向右手边，少顷，他抿嘴向法官说道："您委屈一下，坐在第二排，女喜剧演员的位置。我只能——"他扭头看着第二排末位的护士，

"让你们在这个房间里离得最远。"女喜剧演员腾地站起，侧身、后退，双手扶着椅子，待法官入座后，才说："我不想坐在第一排，特别是第一个。""放心，没这样的打算。"卫队长看她一眼后，看向飞行员右手的设计师，"你请来这里。"设计师踌躇一下，依言上到第一排，在法官先前的位置坐下。"你——"不等卫队长对女喜剧演员的话说完，飞行员站起，举手示意后，往右挪动一位，坐上设计师空出的椅子，同时他伸手示意男喜剧演员顺移一位。女喜剧演员按住男喜剧演员，从他背后绕过去，坐在飞行员先前的位置上。

"你俩真是片刻都不能分离。"卫队长摇摇头。"饥饿打着滚，唱着歌，不愿意与胃分离。"女喜剧演员说。男喜剧演员接道："柔软的胃壁胜过柔软的手绢，擦去干瘪的无力的哭泣。"护士不等听完，就要站起，被金融家按住。卫队长略过这些动作，对画家说："你和运动员换一下，坐在飞行员与商人中间。"运动员进到会议室后，不发一言，不与其他人互动，此刻站起，大家才发现他的魁梧胜过卫队长。"你沉默吧，一块块石头都已就位，站在时间的堤坝外，垒就你的宝座。"诗人在运动员上前落座之际，起身冲他吟哦。运动员点点头，径自坐下，让人分不清对于诗人的调侃，他是严肃地蔑视，还是憨厚地容忍。

"好啦，各位。"卫队长轻叩桌面，叩完看小提琴手一眼，小提琴手低着头，未曾留意。于是，卫队长挺直身板：

"辛苦大家，费心费力。让我们回到正题，继续尊号的讨论，临门一脚，就不要延宕至下一节了。""很快就会圆满的，您放心。"教授在第二排，站起来提高声音，"画家提出的'唯一'感觉与最终的选定只差一层纸，如果能再解释一下，就更好了。"画家应声站起，但是显得异常窘迫："我……很难解释，实话说，我现在如在梦里，仿佛之前那个'唯一'不是出自我的口，而是一个意志一个要求，通过我的嘴巴说出。要说理解，我认为，它综合了目前为止提到的所有尊号，更高出了它们。'唯一'具有不言自明性，一旦说出，难以更改。比如现在，我说出的这个词，想到的就是将军。"

卫队长一直看着画家，待他说完坐下，才有点恍然，问道："是鹰给你的灵感吗？"尽管卫队长伸手阻止，画家还是站起，困惑地摇摇头："我不清楚。但鹰……不是在那之后吗？"他又自答，"当然，这只是时间顺序。"金融家站起来给画家解了围："我不是因为被引导，说出的'唯一'，是画家的话提示了我。"精算师同样站起来："提出'神'没被完全认可后，我就淘洗心思寻觅，画家的话启示了我，便和金融家一起喊了出来。溯源不重要，是否合适才重要，对吧？"见卫队长点头，精算师继续，"'唯一'好在启而不发，囊括'神'与'万有之源'之妙，又超拔其上，不受其旧有、冗余之累。意在其中而尚未发轫，让'唯一'具备纯粹的光芒，而无须指认光源具体是什么。

一切恶念、败坏都不直接与其相关，最多称得上传导后的衍生。"

"这样会不会把将军过于抽象了？"运动员右侧的船长几次要插话，临了又止住，看精算师终于坐下，这才起身说。说完，船长搓搓双手，手底传来一阵厚重纸张相摩擦的轻响，让每个人都起了一身鸡皮疙瘩。船长这才意识到似的，歉意地摊开双手，撑在桌面上："不知道陆地上怎么样，对我们海上讨生活的人来说，将军特别亲切。我见到的每艘船上，都在船舱显要位置，根据市政大厅的发布，绘有将军画像。是请人来绘制，不是现成制品的张贴，更不是悬挂。很多船都不止一帧，餐厅、休息室，甚至船外壳，各处都绘有将军的画像。确实不太符合将军形象的保护要求，将其置于风吹日晒雨淋之下，可只要有时间有条件，船员们都会及时请人重新着色、绘制，让画像焕然一新。更重要的是，我们获得了市政管理当局的特别许可，是将军亲自批准的。这让我们的这一行为具备了完整、独特的意义……"

船长情绪上涌，手掌在桌面上摩挲，众人禁不住鼓起掌来。掌声中，船长前后左右鞠躬，然后双手紧紧撑住桌面："让大家见笑。我说'完整、独特的意义'，指什么呢？我说不太准确，请您谅解——"他冲卫队长又鞠一躬，卫队长伸右手示意他继续，"就好像，将军是船上的一员，不是船长、大副、舵手、水手、厨师等具体的人员，可又是他们每一个，是我们中间的一个，又不止于此。将军还是船本身，驮负着全部货物、人员，承载所有人的身家性命。甚至——"船长冲卫队长再度鞠躬，"甚至，将军不止在船上，他还是船航行的海，是海中亿万吨的水，是水涌起的波浪，是海中静默的礁石、游荡的鱼，是临照在海面上的阳光、月光、星光。甚至，是滑翔的海鸥，是遥远的总在前方的海平线。总之，对我们海上讨生活的人来说，将军无处不在，将军触手可及。"

　　语言的海水倾覆了会议室，浪头在其中卷动，船长似乎没有察觉，但他并没忘记自己的主旨："我说这些，不是要反对'唯一'这个尊号，我更想不出比在座各位还好的建议。只是怕，我既然来到这里，不说出所有海员真实的情感，对不住他们。"卫队长的掌声率先从海水中浮出，间隔较长的单独的啪啪之声，击退余下的浪头，唤起其他人串成一串的连续的掌声。"好！"卫队长说，"说得太好了。将军一定是知道你们的情感，一定是对你们有着同样的情感，亲自批准了你们在船上对他形象的使用。""其实——"护士那怯怯的声音再度响起，"不止是在船长先生说的海上，在医院，将军的画像同样随处可见。候诊大厅、廊道、手术室……特别……特别是妇产科的分娩室，将军和每一位准妈妈在一起，注视着她鼓励着她，迎候着新生命的到来，抚触新生的皮肤，吮吸……对不起，船长概括得对，将军无处不在，将军可亲可近。"

　　"不只是医院，我们……"模特接上一句，突然语塞，涨红了脸。卫队长顺势接过来："谢谢模特小姐。不必再一一述说，船长说得特别好。不妨把船长说的船当作城市的喻体，整座城市就是这样一艘船，将军无处不在，将军触手可及，将军可亲可近。可是，尊号是什么呢？总不能是'船长'吧？（船长连忙摆手）船长意不在反对'唯一'，却让我们明白，'唯一'不是完美无缺的那一个。这倒和之前说到的'万有之源'构成……构成一种奇特的对应关系……""'万有与唯一'呢？"这次是商人，"既然哪方面都不可或缺，既然硬币不能凭一面存在，最好的办法就是两面都捂在手里。虽然，这样显得笨拙了些。""也不是不行——"精算师说。教授站起来强烈否定："当你说'也不是不行'时，你其实早就知道，根本不行。这是为将军奉上尊号，不是糊弄，'万有与唯一'，无论怎么变形，都是投机取巧。"

　　商人怨恨地看向教授："我也没有……""好啦。不要牵扯私人情感。"卫队长阻止道，"'万有与唯一'确实儿戏了点。""'全然'。"飞行员语速极快，仿佛知道会有人反驳，"我知道，这个词似乎和'万有'相近，但实则不同，'全然'同时包含了'万有'与'唯一'。这么说吧，'万有'与'唯一'都是站在地面上，朝着对象说出。'唯一'当然面对面，'万有'做不到，只好列举，罗列从来无尽。'全然'仿佛是在半空中看下来，想要列举的都在下面，

'万有'而归一而'唯一'……""你才是真正得到了鹰的灵感。"有人嚷嚷出这一句。飞行员没有辨认究竟是谁，直接答复："差不多，是铁鹰。我经常在空中，视野确实……"

"不废话了。"设计师打断飞行员，"最好的尊号，是空白。"设计师语气如此斩截，话语如此简短，众人如冰水兜头泼来，茫茫然呆在座位上。飞行员只是扭头看着设计师，根本顾不上生气。"对不起。"卫队长反应过来，"你说的是'空白'一词吗？"设计师摇头："就是空白。将军的尊号就应该是空白，没有字不是词不念出不发音，硬要写出来，就是空出，表示避让、不敢提及。"卫队长端详着设计师："你是认真的？""绝对认真。请不要低估、轻视我对将军的敬意。这么多年，每有设计方面的难题，小到一张招贴、一幅海报、一本书，大到一座剧院、一个广场、一座海港，我都会一遍遍在心里放电影那样，默想将军的经历、话语，有时还站在他的画像前，猜想将军会怎么解决。最后都在一种出神状态下，得到完美的方案。所以，为将军奉上完美的尊号，我的这一心愿不比在座任何一位弱。"

坐在设计师身后的法官做证道："这一点我可以保证，原因不必啰唆。""我相信法官大人的保证，不用担心有人会怀疑你。"其他人点头，赞同卫队长的话，或者认可法官的保证。"谢谢。"设计师这才站起，先扭头向法官致意，然后说："我们一直在从实有的这一面来思考尊号，但是无论考虑得多么周全，到最后都发现，没法说尽说全。不光是将军对城市的奉献，不光是将军伟大的品性，一切的一切，仿佛刚数完一颗星，又冒出更多星。飞行员提到'全然'时，我明白过来，将军的尊号确乎是'全然'，但不应该是这个词，而是这个意思。对不起，有点拗口。教授先前反对'全有与唯一'作为尊号时，说过——当你说'也不是不行'时，你其实早就知道，根本不行。什么意思？话一旦说出，就会有损耗有缺失。我们说出'全然'就意味着，'全然'之外必然还有，哪怕这个有是纯粹的无。"

　　"我说的不是你这个意思，至少不完全是。"教授忍耐不住，插了话，"你还是说得太拗口，但我明白你的意思。用飞行员或鹰的视角——"教授向卫队长，向其他人，"确乎所见和地面上不同，但还是得有个人在看，有个人在琢磨尊号这事。完全没有这个人，没有在地面在空中的区分，那时所见才是真正的'万有与唯一'，不必提及将军，将军彻底地无处不在。不必提及最恰当的方式，当然就是空白。""不是不必提及，是以不必提及的方式提及，是以没有尊号的方式奉上最大的尊号。"精算师补充道。诗人站起来，向设计师鞠了一躬："最美的最惊天动地的如霹雳似海啸有亿万匹野马踏着柔脆的草木在大地之鼓上疾驰的诗，是沉默。"男喜剧演员拉着女喜剧演员的手站起，向设计师鞠一躬："笑声不出口，笑容不现脸上，喜剧没在心里区分。"

"我反对！"金融家扶着椅子，抬抬身子，并没站起，"你们看起来共同领会了什么玄妙之事似的，你们只不过在等这一刻，等有人说出空白。我没有诛心的意思——"金融家向伸手阻止自己的卫队长解释道，"我不反对空白作为尊号，我反对的是，以这种方式，让我们白忙活一场。投资在空转，收益归零。""空转得到了时间。"诗人说，他脸上的笑容不知道是善意还是讽刺。"说得好。"法官表态，"金融家说'等有人说出空白'。'等'很重要，正是因为这等待，才有可能说出最终的空白。白忙活只是单纯看结果，似乎什么都没做出；实际上并不白忙活，因为这个结果是有结果的，卫队长召集大家共聚一室，一起坐下，讨论为将军奉上亘古未有的尊号，现在有了。"精算师再次补充："比如数学上的零，它没有，可提到时写下时，怎么会'白忙活'呢？零是无又是一切。"

卫队长始终紧张地盯着每一个说话的人，脸上犹有疑惑，最终被法官和精算师的话定了心。他站起，逐一在众人脸上看过："看来，现在可以达成一致了。金融家的意见很及时，但我们确实不是白忙活，耗费如此的时间，我们才达成一致。我唯一吃不准的，是怎么向市民传达？说尊号是空白，伸出手含义不明地比画一下，还是保持沉默、一言不发？今后又该如何体现这尊号呢？'战斗得自由'庆典时，市民冲着将军集体沉默吗？沉默一秒钟、两秒钟、三秒钟……到底多长时间才够呢？空白只有沉默能够对应吗？假设有人对空白理解得并不透彻，而在庆典或者任何本该向将军致敬的时刻，笑出来，又该怎么办呢？""没问题。空白经得住一切疑惑，更经得住时间流逝。"设计师回答，"让市民们各自领会、各自展现，他们会在空白处达成一致的。一旦他们为空白找到相符合的空白形式，那空白就稳定下来，如同精算师所说的零。"

"在此之前。"法官面色庄重，向卫队长更向众人，"要向市民申明，尊号讨论过程的郑重其事，它是神圣的伟大的与将军相应相称的，空白。记载上，空出相应位置即可；呼告申说时，可以沉默可以微笑，不出声为宜。前期，市民可以根据自己对将军的爱，对将军于城市的恩德，在心里默诵其个人愿意为将军奉上的祈福的尊号，'守护者''庇佑者''恩佑者''庇护者''唤醒者''再造者''赐予者''父亲''神''万有之源''唯一'，等等，无一不可。只需提醒市民，默诵之后，不止于此，心念要通往空白，通过对空白的揣想，再回到将军。"

"太好了！这样每一次想到将军，就是一场个人的完备的清新灵魂的内在仪式。谢谢法官大人！"卫队长向法官致意，同时向在座每个人致意，"辛苦……"有声音打断卫队长的话，突然到来的，同时从四方响起的声音。洪亮、强力，仿佛生有四对赤翼，猛烈扇动。从天花板上倾斜，从地板上喷涌，在桌上在每个人面前，碰撞。震撼连锁而至，幅度强烈地摆动着现下的时间、空间，摆动每个人的身体、心脏、灵魂。卫队长一动不动立着，似乎花了很长时间来确定那究竟是什么，更可能是花了很长时间从那声音的记忆中返回。到达终点般，卫队长身体一软，向后倒去，幸好椅子扶住了他。众人原本一片惊惶，陷在猜测与难以置信之间，彼此只能以目光互相启迪。卫队长的反应，让他们的猜测向前迈进一大截，更向着难以置信迈进一大截。

　　"莫非……""不可能……""不相信……""假的……""只能……"嘴巴紧闭，咽喉堵塞，会议室里却嚣嚷陡升。医生盯着卫队长，犹豫是否应该上前，卫队长却将两手搭在椅子两侧，一寸寸撑着再度站起，目光一下汇聚在他身上。"各位——"这是被抽走全部灵魂的声音，卫队长顾不上，他命令自己必须继续。卫队长继续道："切勿惊慌。是钟声，它宣告……我们的将军……我们的将军陷入重度昏迷……市民们无法继续等待……开始了祈福仪式……"沉默沿着皮肤，向每个人内里深陷，会议室紧张到快要爆裂的气氛松弛下来却也是显而易见的。

　　"辛苦你们。"卫队长振作了一下，"仪式既然开始，说明市民以他们的方式，确定了尊号，但这并不意味着，咱们白白耗费了工夫。恕我无法再一一表达谢意，请各位自行离去。后续如有烦扰，我们再来邀请。"说完，卫队长扶着桌面坐下，他的身体挺拔如树，在钟声中轻微摇晃。"钟声响起之前，我们定下了尊号，没有耽延。"法官说着

站起，他还想再说什么，终究只是张张嘴，摇摇头。"我
们的心与力已汇入祈福之中。"设计师说着，也站起。"我
们……"金融家站起，"将军苏醒后，会体谅我们的……"
卫队长挥挥手。金融家不再说下去，他看看法官，看看设
计师。

"走吧。这个时候，不要打扰卫队长。如果您需要——"
法官看着卫队长，卫队长再次挥挥手："走吧。愿意从门出
去的，愿意从窗户出去的，各随心意。"法官也挥挥手。众
人站起的瞬间，五个虚悬的面具也动起来，它们如笨拙的
天鹅寻找栖息之地似的，在会议室上方盘旋。商人率先从
左侧门走出去，船长、画家紧随其后。运动员也站起，但
在运动员站起的瞬间，鹰面具飞到他的头上，并缓慢旋转
着随他动而动。面具笼罩与其他人注视下，运动员几乎不
知道该如何行走，好不容易来到门口，正要跨出去时，鹰
面具倏地飞过去，落在运动员脸上，仿佛一下将他拉到
门外。

一张面具有了着落，一切又回到寻常。有人继续从门
出去，有人则如指挥那样，从窗户跃了出去。在设计师从
窗户跃出时，狮子面具落在他的脸上。律师和钢琴师从门
口出去时，鬣狗面具落在前者的脸上，狐狸面具落在后者
的脸上。

卫队长呼地吁了口气，拿过文件夹，翻开，又摸出一
支笔，两次想要写下什么，临到纸面上又停住。最终，卫

队长放下笔，推开文件夹，站起，看着再无一人的会议室。钟声仍未停歇，他想对自己说点什么，却发现从会议桌的另一端站起来一个人。是护士，看来她之前藏了起来。护士看着卫队长，眼里闪着奇异的光。

"出去！"卫队长不等她开口，喝令道。护士被震慑住了，她向门口走去，努力将嘴边的话往下咽。出门的瞬间，护士回过身，对着卫队长说："空白写得下一切可能！"说完，一溜烟跑了，楼道里传来她空空的脚步声。

卫队长没空理她，他也无法再度坐下，在他面前几十厘米开外，狼的面具正在视线平行处，一动不动盯着他。卫队长伸出手，握住面具两端，但在缩回的瞬间，手却僵住了，不知道是在推还是在拉。就这样僵持着，钟声越来越响，越来越密，随时都会填满会议室，爆炸开去。将要爆炸的瞬间，上方落下一道光，吞掉狼的面具。是那张一开始上升到吊灯上方的，大蛇的面具。现在，大蛇面具取代狼的面具，悬在卫队长前方几十厘米外，十数厘米高处。面具的两只眼睛里，射出冷冷的光，注视着卫队长。

主题二：密语

鬣狗的死亡严肃了兽群，松动的情绪、暗地的怨怼，统统瓦解。狮子的那番话更鼓舞了群兽，大家知道，王从来都不是外露的，既然他能说出，必然是真实的想法。况且，这一番迁徙是为谁呢？不是为狮子，不是为他的随从，是为整个兽群，为兽群里的每一分子。如此显明的道理，居然需要用鬣狗的死亡来证明——当然，没谁同情鬣狗——实在是耽误行程。于是，大家继续深入荒漠，忍受着更暴烈的饥饿、干渴，向往着西北方有理想之地在迎候。骆驼群按照狮子的吩咐，轮流驮负鬣狗的尸体，让他继续与兽群相伴。这件事殊为难解，谁都猜不透狮子的意图是什么。警醒其余，不要妄自推想王冠？不舍随从，后悔痛下杀手？

狼并不喜欢鬣狗，可没了鬣狗，他发现行进更加乏味。狼和狐狸仍旧在一起进食，分享群兽献上的牺牲，鹰照样落下来，在旁边撕扯、吞咽。可他们更加寡言，以至于彼此的进食声有时显得夸张，让他们厌烦。这一天，狼留意到，鹰落下来得比往日更晚，进食的速度更快，而且抬头的频率远快过往日。狼示意狐狸，狐狸却不知在装傻还是沉浸于食物，没有回应。

"你一会儿还要上天吗？"狼问了出来。鹰吃了一惊，看着狼，吞进挂在喙上的油脂。"对。"鹰答道。"天上吸引你，还是所见吸引你？"狼追问，他不知道自己究竟在问什么，或者他只是开了口不愿停下。"天上。"鹰显然没说完，他在思考在犹豫，随后补充，"这几日是所见。""你看到了什么？""集市。"狐狸答道，看来他并没那么专注于眼前的那块长骨，"我知道不奇怪，人的气息偶尔会被风送过来。而且，不要说在天上，就是上到高处，也能望见人烟与市井。""能望见吗？"狼吃了一惊，难怪狮子最近更加痴迷于登高远眺，每到一处都要找到最高的那块石头。"你怎么啦？"轮到狐狸吃惊，"我以为你闻到了。这可不像你，莫非……"

"他就是。"鹰径直说出，"他就是被鬣狗的死吓破了胆。这么说有点与事实不符，他只是因为鬣狗的死陷入困惑。可是你想想——"鹰摆动翅膀，转过来正面对着狼，"你的职责是什么，王对你的要求是什么，想清楚这一点，你就明白，你的困惑等同于吓破了胆。"

出乎预料，狼并没回应鹰的挑衅，他追问道："你真的看见了集市？人类聚居的地方？""当然。人烟稠密，我劝你不要冒险过去。"鹰仿佛窥破了狼的心思，但劝诫的语气并不坚定，甚至可以理解成鼓动。正是这时，狐狸看了鹰一眼。狼不再搭理他俩，他默默地舔去爪上沾染的血迹，前去兽群视察。"他真的会去？"鹰看着狼的背影，问狐狸。"换作是我，我也去。"狐狸同样看着狼的背影，多了一份同情，"如果我像他那样想的话。""得了吧，你永远都不可能像他。"鹰用这样的话宣告到此结束，随即飞上天。狐狸望着鹰的身影越来越高，越来越小，摇摇头说："可惜，你不知道事情只在地上发生。"

当天夜里，狼再没回来。第二天，仍旧不见狼的踪影。狮子没什么特别的反应，他只是说："狼迟早会回来的，就算他死在外面，也会回来。"这话很是费解，却安抚了群兽。没过多久，他们发现，没有狼并不是什么了不得的事。因为，他们各个群落里，都有伙伴自动站出来，履行狼的职责——维持秩序、督促前进、选出牺牲，唯一无法做到的，是咬断牺牲的咽喉，好在狐狸不辞辛劳。狐狸仍旧将最鲜美的那一块送到狮子面前，仍旧招呼鹰落下来，共同进食，只是鹰并不经常回应。鹰在天上盘旋的范围越发大了。

这一天，鹰落下，带着狼的消息。"狼终于进到集市。"——这像个迟滞的玩笑。狐狸抬起头，附近的兽群也抬起头。"确实进到了集市。"鹰对大家的疑惑不以为然，"你们以为集市离得有那么近吗？你们以为集市那么容易进入吗？狼绕过八个村落，走过十九道桥，趁夜翻过一道士兵把守的山梁，才到达集市西门。"鹰猛吃一通，见抬起的头无一垂下，闭眼好一会儿，睁开时又说："为了进门，他和五条狗大战了一场，整个西门附近的人都赶去围观，三天三夜。狼浴着鲜血，将五条狗撕得粉碎，倒是便宜了就地支起赌场，鼓噪围观者押注那小子。"狐狸倒吸一口气，幸好是狼，如果是自己，不要说五条狗，只需要一条就能将他撕得粉碎。这口气吐出时，鹰再次闭上的眼还没睁开，他等了许久，发现鹰似乎睡着了，便驱离了围观的群兽。

夜色更浓时，鹰睁开眼睛，对仍盯着自己的狐狸说："你很明理。今后狼的消息，我只告诉你。"从此，鹰每次落下来，都会带来一点关于狼的新消息。"支摊赢了的那小子，铸了一条大铁链，想趁狼休养，将他捕获。哪里想得到，狼是装作受伤，就等他上前，一口咬断他的左手，叼走了他赢得的全部金子。""狼进了西门。""狼到了西市，看见他的人闪避的闪避、叫嚷的叫嚷，但都保持了克制，市场没乱。""屠夫扔给狼三条猪尾巴，你猜怎么着？狼选了最长最瘦的那条。"狐狸听到这里，难以置信地瞪圆眼睛，引来鹰的不快。"你以为我在天上看不清楚？告诉你，尾巴上的毛都没去尽。狼吃起来，尾巴还摇呢。""狼闯进税务官的办公室，带走所有的金子。狼现在就像一匹骆驼，金子压弯他的腰。""狼闯进公主的寝宫……我怎么知道哪里来的公主？我只管看，难道还得负责看到之事的缘由与逻辑？""狼不知道和公主说了什么——真的不知道，他们在室内说的。我能从天窗上望见狼，望见他紧张地绕着公主左转三圈，右转三圈。公主双手捂脸，哭得很伤心。"

　　一个集市上的公主？狐狸无法想象这个场景。为了知道狼的进展，他再没打断鹰的讲述，连让鹰不快的表情都抑制住了。鹰像是故意考验狐狸，连着三天没落下。再落下时，鹰带来了特别的消息。"狼出了集市，正往咱们的方向来。这家伙还不笨，知道往前方赶，这么算起来，用不了多久就能见到他。""狼不是孤身而来，他……他还带着个人，不是公主，是个老头子，推着小车，车上——"狐狸搞不清楚鹰是在回忆还是在看，甚至只是在构思，"车上有个大袋子，有个炉子。"炉子？狐狸想明白炉子拿来做什么时，狼已经回到兽群。老头跟在狼身后，穿着长裤，精着上身，推着小车。炉子不大，上面一个比碗不大多少的器皿，黑而厚，包裹着一团钝实的光。炉子旁边，放着一个盖上盖的箱子，一个黑色的筐子，筐子里装满黑色的闪着白光的碳一样的东西。箱子、筐子后面，靠近老头一侧，放着一块下端连体、上端二分的砧。

"开始吧。"狼对老头说。老头依言停下小车，用草与油脂在炉子里引燃"炭"，器皿烧至黑红，放入金子数块。没用多久，金子变成一碗水，火继续烧。群兽好奇地围过来，看着金晃晃的水似乎熬成浆状，老头才用钳子夹起碗，倒在砧左端的凹陷里。倒完，老头趁势拿起小锤在凹陷里敲打，金水被敲出粉屑，溅出来。群兽来不及惊呼，老头拿出另一把更细更长的钳子，一端探入金水下方，柔软的饼状金子被夹出来，放在砧齐平的另一端，小锤一下一下敲打其上。敲击声响了一夜，让荒漠都没那么荒凉。第二天早上，群兽见证了一小块犹如光体的似乎比其他黄金更亮的黄金，从老人的小锤下诞生。面对他们的惊异，狼说："这才刚刚开始。"说完，狼向前方望去。狮子登上了最高的一座山丘，没向这边看一眼。

起炉子、熔金水、锤金块……这个过程不断循环，小锤敲打的叮叮声持续响起，伴随着兽群继续向荒漠行进。没有谁见老头说过话、吃过饭、睡过觉，他只是在忙着，那奇异的黄金一小块一小块越积越多。狐狸每次望向狼，狼都望向狮子，到嘴边的话也就咽了下去。眼见着老头提炼完所有的金子，用那提炼出的黄金，一锤一锤，敲打出一顶由内向外放射柔和光芒的王冠时，狐狸终于忍不住，找到狼。狐狸说："太冒险了！"

"为了王。"狼只回答了三个字。这仿佛咒语，出口的瞬间，老头停下手里的小锤，宣告王冠告成。狼顾不上像根木头那样仰身摔在地上的老头，喝令围过来的群兽夹出一条通往狮子的道，捧着王冠沿着道奔去。狐狸远远地跟在狼身后，一直跟到狮子站立的岩石下。只见狼恭敬地行礼，狮子仍在眺望，仿佛远方之外，世界别无他物。狼只得小心翼翼地踩着乱石，走到离狮子更近的地方，狐狸匍匐在地，借住支棱的石块，前行到能听见对话的地方。

"王，这是您的王冠，从人世得来的，有人的威严、贪念、嗔怪、挚爱。尽了力，但除不掉他们不散的腥气。"狼捧着王冠，低垂着头，走到狮子三步开外。许久，狮子才从远方收回一丝精神，只嗯了一声。"王，我无从知晓王冠的模样，我只能尽一份力。不满意，也请留下我的性命。不是怕死，是想继续为王服务。"说完，狼将王冠放在地上，退至五步开外，匍匐在地。狮子这次全神贯注于王冠，那自成光体的黄金，被他里外无数次看遍看透似的。看毕，狮子走上前，捧起它，回身放在自己方才站立的岩石上。

"王冠不外来。"狮子像是自语，又像是对狼。下一句显然是对狼："你不需要失去性命，你需要留下烙印。明天起，你食草吧，不要再碰牺牲，不要再看护群兽。"说完，狮子跃下，往西北方向而去。狮子的身躯在暮色中如一杆弯曲的箭，箭头上方是一颗明亮的星。狼的身躯趴在地上如一把弯曲的勺子，勺子的前方是一团环形的王冠。狐狸挺直身子，来回看着这些，忽然心有所悟。

第二天起，一个断言在兽群里流传，说狮子的王冠并没丢失，只是隐匿了，需要他的臣民勠力同心，方能召唤出来。断言起自何处，已无从确证，普遍相信，是西北方向吹来的风里的密语，它在整个兽群低徊，那些警醒的捕捉到了。于是，群兽或远或近，看向他们的王不免多几眼，狮子的头上毛发肮脏、杂乱，不像有王冠的样子。但这"没有"却使得断言加速流传，不几日，没有一个不知道的。不几日，没有一个不抓紧一切时机，盯着狮子看的。狮子感知到了这丝异常，却似乎并不放在心上，他只是向着西北方向行进，如此的沉稳、如此的坚决，以至于偶尔会让跟随者生出疑虑：狮子不过是用行动熔断思考，一旦停下他将不得不心生怀疑。断言的火焰日甚一日高炽，总得有个交代，甚而做个了断。可现在百兽无首，狼乖顺得像只羊羔，整天挑挑拣拣，啃食一点最嫩的草。

羊群、马群、牛群、鹿群、骆驼群……各群落推举出的长者，一番商议后，不得已找到狐狸。"听说了，我确信。"狐狸第一句话让大家松一口气的同时，错愕非常，对找他不以为然的也顿时精神起来，"出发不久，我就在王的头上看到一粒闪着红光的宝石，但我不知道那是什么，更不敢说出口。毕竟，我不想当鬣狗，不想落得狼的下场。整天吃草，你们能——哦，你们不止能想象……""你的意思是，我们需要看到那粒红宝石吗？"老公羊没有理会狐狸那拙劣的玩笑，打断他。"要是每个人都只能看到王冠的局部或者一个细节呢？要是王冠需要兽群合力才能看得出来呢？要不然，断言怎么说，'召唤出来'。"狐狸不以被打断为忤。

没用多久，断言变得言之凿凿。每一只兽都申明，自己看到了王冠的一部分，黄金的白银的青铜的蓝宝石的绿宝石的黑曜石的荆棘的嫩草的质地，星形的条形的剑形的十字形的曲线型的矩形的镂空的蚀刻的错置的局部。连鹰都特意落下来，告诉狐狸，俯瞰下来，王冠是阶梯井似的，无穷繁复的。连狼都在食草的间隙，抬起头，用绿呼呼的嘴，肯定地说，他远远望见的王冠是空气中的火焰般，跳荡的。有形有质的王冠在口口相传中，近乎完备，以至于不需要禀报，狮子完全知晓。狮子站在山丘上，望着毫无尽头的荒漠，忍不住长吼一声，召唤群兽来到脚下，狐狸来到面前。

"王冠你怎么说？"狮子前所未有的沉稳。狐狸并未回答，而是很失礼数地绕着狮子转了三圈，每一圈都慢到极致，揪紧群兽的心。"就差一点。"狐狸转完，恭敬回答。

"不是我这一点。"狮子摇头否定，忽然回头对骆驼的领头者说，"把鬣狗带上来。"鬣狗已经腐烂、破败得只剩一把骨头，上面附着一张破烂的皮，皮上连着几缕毛。驮负的骆驼将鬣狗抖落在狮子面前，扬起一点点灰。"鬣狗，说你看到的王冠。"

鬣狗应声坐起，空空的眼眶凝视狮子许久，漏风的嘴里出来一句话："我看到了王冠沉郁的经久不散的香。死亡之幽香，新生之恶臭。"说完，鬣狗重新摔在地上，骨头散架，皮毛成灰。

与此同时，狮子头上一沉，如有实物落定。群兽虽然无以形容其具体，但都知道，他们的王头上有了王冠。并非惯常的式样，却是实实在在的象征。群兽来不及为此惊叹、欢呼，他们注意到了更大的颠覆性的异象——远处无尽的天地相连的地平线在向他们逼近，以肉眼可以分辨的速度，一条线翻卷着向他们收拢，仿佛天地正被一条拉链拉紧，四方左右以作为"拉链头"的一点为所趋向。缓慢但不可逆转地，天地一体的线翻卷到他们面前，狮子站在最前面，安稳住群兽想要逃离的心。随后，他们看清楚，那"拉链头"那一点是一面镜子，狮子站在镜子前，目光直直地落在自己头上，神情迷醉又惶恐不安。

群兽并不能从镜子里看见那具体的王冠，但无一不体会着狮子的体会，直到狮子终于伸出左前爪，去触摸镜子里王冠的所在。镜子应声而开，是一扇门，门后敞开一个新的世界，大道笔直，指向远方。大道两侧，麦浪金黄，在百合卷起的风里翻滚。麦田后面，是葱茏的树木。树木后面，是苍茫的大海，其上白帆点点。

狮子转身目视群兽，欣慰难以掩饰，无须掩饰。麦浪足足翻滚十数个起伏后，狮子调头，再无迟疑地，跨过镜子之门，走上大道。群兽正要跟进，却见白日闪电，一物从天坠落，挡住狮子，是一条前所未有的大蛇。大蛇二话不说，更无多余动作，张开将狮子吞下。吞下狮子的大蛇意犹未尽，上身昂然挺立，朝向镜子之门，盯着要跨门而入的群兽。

群兽屏息。大蛇的头上，赫然一顶完全符合他们之前每一个所言的，真实的王冠。

主题三：仪式

于是，抬盘下了高台。屏息良久的人群再次得以爆发，掌声、欢呼、口哨、啸声犹嫌不足，有人放出气球，有人放起烟花，一阵阵人的涟漪在童子脚下来回。卫兵牢牢地控制住高台下这片区域，他们围着三十二个男子，三十二个男子合力抬着一架木制的花样繁复的可以简略视为平台的方形之物，先前四个男子踩着高台阶梯与平台间搭起的木板，将抬盘抬上平台，放在平台中心预留的位置，固定、卡牢。分别向童子与市民行礼后，四个男子顺着另一侧的木梯下平台。跟在抬盘后面的女礼仪官踩着木板，来到平台，绕抬盘一周后，站在其外。女礼仪官向着天地向着市民分别祝祷后，仪式最热烈的游行部分开始。依照早就确定的路线，三十二个男子肩上托着平台，先来到城市博物馆的正面。"城市的根，扎在时间深处，吮吸先人的汗血，滋养今日，滋养我等。虔敬以奉。"女礼仪官抑扬顿挫，高声宣示，她每一停顿，市民就附诵一遍，伴之以高喊，也有人随着附诵、高喊，向童子膜拜。"城市的衣，包裹我们柔脆的身体，温暖它庇护它，是先人的遗赠，是必然的遗蜕，见证我等。虔敬以奉。"女礼仪官第二次宣示，人群重复刚才的举动。随后，女礼仪官双手平举，万人皆静，齐刷刷看向童子。之前的演练与告知，都只关乎高台上，上平台后应该如何，礼仪官历来三缄其口。据说，泄露不祥；又说，无法预知；还说，全凭童子依据启示。童子被所有人注视，一点都不慌张，他向着女礼仪官伸开右手再伸开左手。女礼仪官上前，看见麦穗与稻穗，脸上的不可思议激动了平台周围的人，并迅速向后传递。"谁赐予的？"女礼仪官声音发颤，她一再搜索记忆，确定童子着衣时尚且两手空空。"鸽子。"童子回答。女礼仪官呆立片刻，迅速低头，念叨："请恕罪。请恕罪。"她拿过麦穗与稻穗，向围观的人展示，以被赐予者亲吻过咽喉的庄严语调，宣示："鸽子的赐予！"说完，向着博物馆方向抛出麦穗，绕到童子身后，抛出稻穗。人群骚动，无数只手伸向麦穗、稻穗落向的地方，挨着的每一根手指都在争夺、撕扯，仿佛是一群屈伸的兽在角斗，疯狂但虔敬。卫兵并不干涉骚动，他们只负责不让人侵入三十二个男子的身旁。随着童子赐予的结束，平台离开博物馆，沿着预先安排好的大道行进。这是仪式平缓的部分，是普通市民满足的部分。他们从各个街区赶来，早早守候在指定的区域，预备着充分的虔诚与敬意。童子目光所向，人群成片地倾倒在地上，顶礼膜拜，举手祷告。偶尔，童子会摆动双手，尽管受到衣物的束缚，动作只限于手掌，可任何一次抓捏、挥弹，都会引起声浪在人浪中的汇聚与爆炸。认定动作是冲着自己的市民，声嘶力竭地哭喊或者静默无声地流泪，让童子感到整座城市在灌注自己。如果再大些，他会明白，他就是这座城市。即使还不足以领悟到这一点，童子也知道，平静对待面前的一切是最好的唯一的回应。于是，他神情木然目中无所有地朝向那些试图捕捉他目光的人。那些人统统得到了想得到的信息，更加狂热地跟在游行队伍后面。就这样，正午时分，仪式行进到最后一个环节，队伍来到鲜花广场。三十二个男子调整身姿，让平台正面朝向铁座上的将军。"城市的魂，领受我们的心，警醒它的振拔，安抚它的跌落，赋形我等。虔敬以奉。"这一次，女礼仪官独自宣示，声音在广场上与众人的静默上回荡。等她声音落下，再片刻静默后，广场上不同角落响起"101、100、99……"的倒数声，不高昂、不尖厉，温润如同自语，难以相信出自在仪式中沉浸如此之久的人的口中。数不到五个，声音互相靠拢，协调得一致，偶尔有或快或慢的，更加削减了本就不多的压迫感。数字足够多，容得下变化与演绎。越到后面，越像吟唱，真正成为仪式的部分，最终的托底的那部分。"20—19—18—17—16—15—14—13——"童子在数个小时的疲累中，仿佛出离的精神在吟唱中逐渐回落，眼中再次泛出神采，躯体逐渐复位。童子看着周遭嘴唇翕张，知道最高潮也最后的时刻——"奉献的时刻"就要带来。他们会向这以衣物为在场的历代英灵代表献上什么呢？"12—11—10—9—8—7—6—5—4—3—2—1！"倒数结束。没有停顿与迟疑，刚才垂首念诵的人，纷纷扬手，向抬盘抛掷。有的落在童子头上脸上手上，有的落在童子衣物上，有的落在童子脚下抬盘上，有的落在女礼仪官身上与平台上，有的落在三十二个男子与卫兵身上。前面的人抛完就让开，后面的人上前。他们拥挤而有序，前后跌荡如同水推让水。簌簌簌簌簌簌簌簌簌簌簌。细微的声音持续伴随。簌簌簌簌簌簌簌簌簌簌簌。是麦粒与谷粒。童子挺了挺本就僵直的身体，代衣物的主人领受市民之心。等这涌动终于止息，众人翘首，等待童子宣告仪式结束时，童子口中吐出的却并不是往常那个字——"定！"女礼仪官惊讶地请童子重复一遍，命令却早已被围观的人向后传递，是"去守护者那里"。童子知道衣物在身，说出"定"之前，他有喝令一切的权威。女礼仪官当然知道这一点，尽管并无先例——于是她向三十二个男子的为首者示意。所有参加仪式游行者都知晓了童子的话，他们无法相信这是童子自己的意思，更猜不出授意的人意欲何为，兴奋、期待中隐隐浮现的忐忑，让人潮更加难以平定，几乎裹挟着三十二个男子与卫兵拍向守护者的所在。城市最低处，由一整块巨石制成的地砖上，青铜铸就的守护者依旧跪在那里。穿着单衣，低着头，几缕紊乱的发丝垂在额前，衣服上几处铜的褶皱被人摸得发亮，如同破了口。守护者的双手垂在两侧，手掌微微撑住地，是最谦卑最柔顺的跪姿。铜像的前后左右，堆着鲜艳或枯败的花。童子目光下垂，看着守护者，神情难解。围观的人时而望着童子，时而望着守护者，恨不得让耳朵飞过去，以听清他们的对话。童子开口。童子说："起身。"更深一重的静默中，女礼仪官仰头望向童子，问："你……您……您说什么？""起身。"童子对着守护者，再次说道。童子说完，等待片刻，第三次对守护者说："起身。以蛇为衣。"欲要爆裂，喷出浓重墨汁的静默一坠，由是粲然。众人眼见守护者青铜的身体应声而起，并在起身的刹那迎风而长。定睛看去，一条巨蛇若虚若实亦虚亦实，面对着童子，挺起脑袋与半截身子。童子张开双臂，二十三件衣物如花瓣层层绽放，似蛇皮一一蜕去，只留下他光滑白净，犹带着橄榄油光泽的身体。说不清是飘飞还是游动，亦不需要眨眼回避，童子就站在了巨蛇面前。一番对视后，巨蛇张口，

是狂暴地吞食，亦是温驯地听令，更是默契地呼应，它将
童子吞了进去。或者说，童子迈步走入蛇的口中。童子进
入的刹那，外部的嚣嚷与光明与他断绝，再无市民的目光
追随，只有他置身无边的黑暗。但童子并不慌张，他迈步
向前，以将给予他的预知实现。童子知道，他必须迈步向
前，他只管迈步向前。童子的耳畔有轻声的哼唱："大蛇大
蛇穿白衣 / 黑黑的肚里有长梯 / 妈妈曾经告诉我 / 一级上
完又一级"……童子知道，只要他向前走去，那声音将始
终伴随。直到，走到光的出口。在那里，他将开口，回应
这声音，说出那个字——"定！"

第三场

辩解表演

1

市民们，朋友们。请允许我说话，允许我站在这里，向你们说话。你们每个人，不一定要听清我在说什么，但请记住，此时此刻，在鲜花广场，在百合雕塑下，一个早已故去的亡者，一个原本甘愿等身于石头，归于寂灭的幽灵，此刻承受着落日西去的速度与重量，向你们开口。他的话在出口之前，就先行被时间的沙粒湮没，自动坠入光铁定无以照耀之处，但他将开口。他的话在出口之后，将重新回到石头的深处，复归于一条早已干涸的舌头的根，但他将开口。他将开口，万物即行静默，即行燃烧。

看这百合吧。这城市的神道，精神的根脉，象征的实质，早在先人抵达之前，它就在野地里缝纫王冠。它摇曳着风，吹拂先人的发丝，任凭他们的镰刀挥舞在自己身上，花盏不因随之落在其上的汗水而丧失颜色，茎秆不因吹落其上的气息而弯折低伏，根系不因践踏其上的脚步而畏缩败退。它残余的部分一让再让，直至先人与后人为其指定区域，再一次安稳地缝纫王冠，并增添披风。是啊，戴上冠冕，缀上华服，这百合才真正与城市融为一体，它指向的纯洁、高贵才成为城市的底色，内在于每一代市民的脏腑。是啊，百合遍植，触目皆在，先人才真正在这块土地上安顿、扎根，目光所向，才不再空茫。

看这百合吧，这唯一的百合。将军说，匪帮玷污了我们的百合，就让我们忍痛咬牙将它铲除，三百年不让这城市再有百合的影踪，无论是鲜活的还是符号的。让我们把种子埋在时间里，时间会涤荡耻辱，时间会见证新生，等到三百年已满的钟声敲响，洁净的后人将从城市的博物馆，取出精心保存的种子，让它再度遍植城市。市民们流泪不已，你们知道将军忍受了多大的痛，咬碎了多少颗牙，因为将军爱这城市胜过一切，将军爱百合就是爱你们。

市民们泪流满面但信心坚定，你们知道，将军的安排是最好的。你们知道，将军对城市的爱是最重的。百合不会从城市消失，它必将归来。百合没有远离城市，它只是更深入地扎根，扎入每一颗市民的心。有机的会生长也必将死亡的百合暂时退场，以钢铁、青铜、金银、石头、沙子塑成的百合却恒在。鲜花广场在，百合雕塑就在；城市在，鲜花广场就在；只要有一个市民活着，城市就在。在这百合雕塑之下，谁能忍住这样的联翩浮想，谁又能丧失这样的确信？它固然是匪帮树立，固然由匪帮大统领铲去第一锹占据空间的泥土，掀去覆盖的绒布，露出它的真容。但将军站立其上，他演讲的言辞，枪声的震响，已将它净化、救赎，使它成为战斗得自由的第一块基石。

市民们，朋友们。无须饶舌，重述将军带领你们，驱除匪帮，焕发城市生机的传奇，这早已为有耳的人熟听，被有眼的人目击。我将开口，说出不一样的东西。我将开口，为眼见的心思的脑力的辩解。辩解，不是为求得原谅，获得宽宥乃至于赎罪，是为敞开事物本身的曲折，过往不能触碰的角落，强行将光线投射进去。时间启示的一切，我将毫无保留地，呈递给你们。因此，请允许我说话，允许我站在这里，站在城市的唯一的永在的百合之下，向你们说话。在将军的目光下，在将军的座椅下。

必然的，我要从匪帮说起，为匪帮辩解。你们愤怒的烈焰我一清二楚，为此，我才用"你们"，自觉地将自己剥离出来，驱赶出来。你们必须重新认识匪帮，三十九年三个月十二天了，他们狼奔豕突、抱头鼠窜，抛下尸体，留下血渍，带着惩戒的疤痕，罪有应得地被赶离城市这么久了。当时的鲜血早已干涸，化作尘埃，被雨水稀释，被草木吸收。当时的记忆，早就该如井沿上的绳索，被磨断，让桶里的仇恨自行沉入井底。但这些抽象的呼告、吁请不是我要出口的，在辩解之前，我要陈述事实。唯有事实，是辩解的锋刃所向。

看看这广场，你们知道，匪帮到来之前，它是烂污水塘吗？藻类横生，垃圾遍布，恶臭连天，一切的脏污、病死的牲畜……统统被扔进来，在里面腐烂、发酵。它就像东边城市的沼泽沙地，它就像西边城市的癣芥脓疮，是每个人都会遇到又无计可施，无法彻底清除的伤口、黑洞，日将月就地吞噬周边的一切，尤其是人之为人的、蓬勃的肆意的舒展的生命力。是匪帮，以实干的凶狠、筹谋，淘洗脏污，填充沙土，耗时费力，将它改造成城市的中心，花团锦簇之地。请记住，在此过程，有八名匪徒殒命。他们的名字，曾镌刻于石，立于广场一角。

鲜花广场只是匪帮留给城市的外在的痕迹之一。从东至西、由南向北，城市狭长而不算短促的土地上，哪里没有匪帮的经手？匪帮到来之前，城市的糟糕状况，市民们食不果腹、衣不蔽体的悲惨日子，还残存在你们当中不少人的记忆背后。就算没有亲历，只要你敢问，家里的老人就可能述说。就算随年龄的推移，在市政管理当局的要求下，谈论匪帮的作为成为禁忌，观察老人的习惯，留意他们对物资物力的珍惜，也能了然。匪帮缺乏经营才能，更抛弃深谋远虑，他们兴之所至，翻新铁路，改造海港，却画不出通往财富的路线，只能一再增加赋税，以致到征收呼吸税的荒唐地步。可这赋税不是终究为了城市的前景吗？尽管这前景首先被视作他们汲取残暴能量的源头，最终被当作见证他们统治的装饰。甚至，仅仅是他们把玩一时的玩具。

诚然，匪帮成员令人发指的故事到处流传，人人都能举出几件听闻的见证的，令人咋舌乃至毛骨悚然的事例。他们横征暴敛，他们草菅人命，但这些事例里，有多少元凶巨恶没有被惩治？就算不由匪帮内部予以处理，也被你们快意恩仇。市民们，朋友们。你们允许我说话，我自然不藏私，不保留。快意恩仇的事早已广为流传，毋须我赘述，我只想提醒有心者，留意那些快恩仇故事的后续。它并不总是招来加倍的报复，反而常常不了了之。有谁会认为，这是因为匪帮无能为力？此外，我还想提起你们注意，方才所说的惩治，不是将军带领市民反抗，战斗得自由过程中的正义之举，而是匪帮统治城市时期，他们内部机制的效能。尽管这机制只会偶然运转，可它总归生过效，起过作用。无论哪一桩，匪帮的行为都不值得歌颂，但有必要说出。

市民们，朋友们。另有两个故事奉上，关于匪帮大统领的。第一个故事，战斗得自由以摧枯拉朽之势，席卷整座城市，距推开胜利之门一步之遥时，大统领离开了城市。与登陆沙滩来占领时不同，没有精兵强将簇拥，没有枪林弹雨迎候，只有孤零零的身影，只有我一个人相送。我们穿过隐秘的巷道，下了漫长的阶梯，来到废弃的码头，那里停靠着一辆老旧的摩托艇。解绳索时，大统领再次劝我同行，被拒绝后，他笑道，我们就分头领受吧。他又说，无所有而来，无所有而去。然后，发动摩托艇离去。从他的神色里，我确认了自己的判断，数十年经管城市，他真的如其期许的，尽兴了。

第二个故事，要从结局上溯二十余年。城市默认了匪帮临时主人的身份，如一条废弃的河道接纳新的水流。鲜花广场改造完毕，铁路、码头初见规模。那个早晨，大统领邀请我到其府邸用餐。我们站在餐厅，望着太阳跃出海平面，将鲜嫩光芒织就的渔网撒过来，捕获整座城市，让每一个活物无所遁形。大统领忽然感叹，不是我们占领城市，是城市在挑选，兴之所至地占领我们。我明白，他说的"我们"不仅仅是匪帮，不仅仅是市民。甚至，前置性地说，不仅仅是被奉为神明的，将军。

这是两个不得故事要领的故事，当作两句话的注解也未尝不可。它们的作用，不为美化大统领，更不为美化匪帮。他们的行径，对城市的摧残，无可饶恕。但在此前提下，在坚硬如此的结论下，是否有可以窥见的缝隙？我要不合时宜地说一句，最深的黑暗中，依然有火苗在晃动。结论由是呼之欲出，并无纯然的庞大以至于无边的黑暗。一个并不对称的假设，在匪帮占领时期，如果有人在某一个时刻，露出完全松弛的无歧义的笑容，不计量这等人的数量这一时刻的长短——本质的，是有无，而非多少。假设这笑容存在，是否能够撬动那坚硬于万分之一、亿万分之一？毕竟，这里的实质相同。根据从未公开的资料，匪帮占领时期，作为衡量标准的诸多数据，呈正向变化。从未公开，但真实性毋庸置疑——对此，我愿以数十年投身的工作的专业性担保，以我此刻言说的权利担保，以我隐身其中的石头担保。

不说这布袋里摸猫的事。再往前拨动时钟，于匪帮沙滩着陆时稍作停留，是全城市民同仇敌忾的画卷，由此继续回拨，毋须太远，只要二十年前，停住。你们会看到什么？安谧、甜美、富足的生活吗？错。是动荡、悲惨、惶恐，是人命不如草芥，是猫狗不敢出门。城市有大大小小七十九个街区，至少分成五十三股势力，它们绞扭、挤压、吞并、勾结……无一日有止歇。每一股势力，都竖起旗帜，涂上颜色，描上形象，作为标志。每一股势力都盘踞在阴影覆盖的街区，吸血食肉。城市还是一座城市，可它只是徒有其形，由一块块碎片拼凑而成。为吓阻其他街区的人进入，防止本街区的人出去，每个街区都森严壁垒、阻断交通，以至于每个街区都像一个牢笼，每个人都如同圈养的牲畜。自然，那些把持街区的人，有门道的人，依旧暗通款曲，互通有无，但不过是维护一己逸乐，维持本街区居民勉强活命。毕竟，把控街区的人再贪婪、残暴，也知道居民乃街区的基础。没有了人，他们的行为将无所指向。

市民们，朋友们。那一番人间炼狱我不忍继续描述，你们只需要记住，那是持续几十年的硫黄火焰。期间出生、成长的孩子，十之七八都营养不良。这里的营养指物质的，更指眼界、见识、气度各方面，乃至于为人根柢的基本常识。有悲观者断言，如此状况继续，各街区居民将全面退化，最终成为只懂争斗、沉溺杀戮的低等生物。城市做出它的选择，匪帮来临，他们突破海滩阻击，击破几大街区心思各异的联盟，迅速敉平各自为政的小街区的骚乱。极短时间内，匪帮仿佛一双灵巧的手，擦拭每一块街区碎片，拼出一幅完整的图画。这画面带着毛糙，高低不平，很多碎片上还沾染着无法抹净的血迹，但它至少完整了。让人一眼望去，能见到大致的模样，禁不住揣想擦拭干净、重新着色后，画面该多么引人入胜。

摊开账簿，功过各各登记在册，以便计算、比较，求出剩余。匪帮之功，首先要记下，他们以残酷的手段，荡平各街区的各自为政，使得城市有整一的面貌。不要小瞧这一点，城市的历史称得上久远，可它毕竟是以散居的农户、渔民为基础，是由一个个村落连成一片。更别忘了，东边城市、西边城市两方面的拉拢与分化，一方渗透进农户之中，一方把持着渔民的切身利益，不停撕扯间，城市渐成死局。是匪帮，以全然的暴力，只给出顺从或死亡的选项，扯断所有的纷乱，一水洗过。从一开始，暗地就有指责，矛盾不堪——既说匪帮是东边城市的代言，又称匪帮是西边城市的附庸，但他们只是在夹缝中求生，希图左右逢源。试问，城市历史上的治理者，哪一代不如此？

匪帮重塑了城市的局面，但世代沿袭的隔膜仍在，市民的称呼统一了村民、渔民，但双方的敌视仍在。七十九个街区的分割，五十三股势力的对峙，不是短时间可以消除的。匪帮的作用再一次显现，当然，这不宜或者不能记在账簿上，因为分不清是功是过，只是客观效果。谁能想得到，居然是以反作用的方式，市民的概念及其含义深入人心，城市应该拥有怎样的精神成为议题，为每个人关注。匪帮改造城市，整个城市被当成一个协调的活物，市民们立足脚下，张望别的街区，前往别的街区，这是前期的铺垫。匪帮无法应对庞大的支出，苛捐杂税疯狂得等同于横征暴敛，继续忍受也无法生存时，市民们内在的怒火被鼓动，但你们无法探知彼此的意图，于是缄默，任岩浆在心底奔流。直到将军登上百合雕塑，扣动扳机。

市民们，朋友们。让我把意思表达得更明确，是匪帮残酷的占领、镇压，唤醒全体市民的共同体意识，是反抗匪帮推翻匪帮的意欲，凝聚全体市民的心与力量。固然，匪帮召唤了它的敌对力量，属于自掘坟墓。但客观上，没有匪帮，时至今日……对不起，即使没有匪帮，将军都是注定的，城市都会在将军的麾下，成就今日的辉煌。但客观上，说匪帮从反向为城市的今日起到菲薄至于无但总让人难以忽视其有的作用，总是可以的吧？至少，单纯从语言上推演一番，总是可以的吧？

匪帮打在城市身上最强烈的烙印，莫过于大统领提出的"即兴"。这是匪帮的治理术，是他们对城市的驯化更是对城市的唆使与放纵，为市民深恶痛绝。尤其是，"即兴"

退化成"无可无不可"乃至"一切皆可",进而成为"毋须规则"的同义词之后。但是——请原谅,我必须在此动用这个让人厌恶的词语,它毫无疑问,是一场辩解中,最称手的兵刃——但是,退回历史现场,"即兴"可不仅仅是一个词语,"即兴"背后潜藏着不可知的深渊,它激活了整座城市,让全体市民时刻处于失控的眩晕边缘,这固然让人恐惧,可也让人保持警醒,保持全力以赴的元气饱满的最佳状态,使城市使市民彻底摆脱先前无时无刻不涌现的畏葸。

各街区割裂、各自为政、互相撕咬时代被抑制的生命力,为生存而不得不收敛的天性,统统被"即兴"释放与解放。方才说"治理术",其实是一种过度包装,匪帮从来都是治理无术。当然,翻转一下也无不妥,无术治理。有关大统领,迄今仍旧存在巨大争议,他究竟是无能还是不屑?市政管理当局的表述中,言之凿凿地指向前者,这无可厚非。可这并不意味着,后者能够排除。不要逼问我,此处我无力判断。折中的说法,是兼而有之,是一个选项戴上另一个选项为面具。两者各有各的证据,但实际上无关紧要,"即兴"怎么可能固化成某种模式?

有一件事,此前从未披露。一旦我在这里说出,它将成为史实,幽微、细小、缝隙之深、作用之巨却无法估量。前述第一个故事的前夜,即将军登上百合雕塑十一个月之际,他的部下夤夜来访,拜托我一件事。我予以拒绝,一件小事，不至于举手之劳，却也不至于殚精竭虑，我是为将军的安全计而拒绝。那名部下转述将军的口信要求我，履行自己的义务，对将军的并对大统领的，这是我早已申明的，因而只好奉命行事，但要求将军严格遵照我们共同拟定的安全措施。是一封意在会面的信，将军封好托我带给大统领。在其府邸辟出的办公室，大统领拆开后，沉吟良久，递给我。那是一张白纸，颇为考究，但只是一张白纸。我正疑惑不解，猜想是否暗藏机关，大统领嘿然一笑，然后让我转告将军，他愿意一晤。虽然他们见面时，我也在场，让我对将军想要据此传递的信息有所猜测，但我至今参详不透其玄妙，那空白的信笺到底要表达什么，它又是如何成为敌对双方都能认可的信物，以至于大统领发出了那样默契甚至会心的笑。但送匪帮大统领上摩托艇，最后道别时，我即决定，绝不就此打听。即使在我入狱后，将军的卫队长亲自率队，将我从九号监狱转移至一号监狱，从他的目光，我猜得出是将军派他前来的。但凡我有任何疑问，将军一定不会保留与隐瞒。

我没有。那天离开匪帮大统领，我就回到自己的办公室，着手为变局的到来做准备。我没有给将军传话，他的那个部下也没再登门。如果要传递什么消息，如果他要据此采取何种行动，这就是我能做的一切。

也是我愿意做的一切。

2

　　市民们，朋友们。一旦开口，人必然经受两种撕扯。一种推着他，怂恿他，要他继续下去，声音更大，说得更多，比事实还多。一种拽住他，时时刻刻都想堵住他的嘴，扼住他的咽喉，喊停他的喋喋不休。没有人怀疑，我正被撕扯吧？但是放心，推动的力量如此强大，以至于喊停声只是轻微的耳鸣。此时此刻，在市政大厅，站在将军的油画下，在他的注视下，我将开口。说，说出我知道的一切，说出我不知道的那部分。有谁能够设想，一个年过期颐的早已择定石头深处为安身之所的人，会复现人世，以探究的模仿的方式，伸出近乎透明的双手，捏住楼梯，以拖以拽以扔的方式，一阶一阶上到三楼，俯瞰管理整座城市的市政大厅，视线与将军持平，然后再复位一般，下降到大厅，仰望将军，承接将军的目光，只是因为有话语在他嘴里燃烧，他必须当着将军的面，喷出来？

　　我将开口，说出一整座城市的事实。但在此之前，我有个疑问。当我在百合雕塑下，说我离开匪帮大统领的办公室之后，保持了完全的沉默，并自行判定"这就是我能做的一切。也是我愿意做的一切"。那是否是……怎么说，自我辩解，自我开释？或者纯然的借口？都不准确，此时此刻，开口之前，我把握到一个精准的词语，弃演。我有意放弃这次演出吗？放弃演出约定的词语、行动，以消极的停摆，让现场局部瘫痪？或者，我的弃演也是设定的一部分，按大统领的说法，是一次即兴发挥？我要求了一个纯演出现场的观众角色，以此完成早已设定好的被期待的最佳演出？谁能回答这些换手挠背的问题？

好。让我朝着实质开口，让我迎着记忆里最深的刻痕开口。我得为将军辩解。请，打住你们的嘘声。难道我不知将军的至高无上，不知道他在市民的心里，在这座城市历史上的地位？凭借两次引领，凭借数十年操劳，将军趋近于神的完美——赞颂之外，你们对将军只有崇敬，难道我不知道？正因如此，我才要为将军辩解。进一步而言，正因为如此，我更要为将军辩解。因为我对将军的爱，与你们不同。你们爱的是将军体现出来的精神，我爱的是将军此时此刻所是的这一个人。你们爱的是永恒，我爱的是必将逝去，消殒。将军是一个人，这是辩解的开头。将军有平常人的恐惧，甚而低于平常人的恐惧点，这是辩解拆分出的第一段。

决定率领市民驱逐匪帮时，将军预料到，匪帮绝不会轻易就范，更不能排除如海人群中，隐匿着匪帮的支持者。首任卫队长对此考虑得更为周详，他担负着实际责任，将军鼓舞人群的路线，发表演说的场所，与匪帮交战的现场，无一不经过他的摸排、搜查、布控。将军的饮食，近距离接触的人，无一不被他检测、调查。这些审慎的举动仍旧没能阻挡意外的发生，也许正是它们召唤了意外。将军时常在榴莲广场西侧一家小面包店用晚餐，那是早在城市以面包为主食之前就已存在的店面，只有两张小桌，厨房在玻璃的另一侧，店主夫妇的举止尽收眼底。卫队长提前赶到，待顾客离开后，包场一个小时，留给将军用餐。

那天，一切如常。将军坐在靠里的桌旁，男店主端上未切的黑麦面包，女店主端上黑浓咖啡。托盘即将搁上桌面，女店主手腕翻转，忽然从下面抓出一支枪，黑色的格洛克，对准将军。女店主手腕颤抖，但如此近距离，谁都不敢轻举妄动。男店主则完全被事态摆布成泥塑，呆立一旁。将军抬起头，直视着枪口与枪口后面女店主的双眼。

"你要什么？"将军说。女店主强行让声音处在失真的机械感里，她说："为你将来——"话未说完，就扣动扳机。面朝上位者，面朝被赐福的人，命运岂是能轻易被点校、修改的？那一枪没有响起，仿佛那只格洛克突然成了石头。女店主没有机会回看，卫队长的子弹击穿了她的头颅，血甚至溅进了咖啡。将军稍作停顿，拿起一块方糖放进咖啡杯，勺子搅动下，糖迅速溶化。他终究没有喝便站起来，离开前说了两句话。"可惜了"，是对咖啡。"与他无关"，是为男店主。

这个故事不少人知道，它是将军沉稳、无惧的注脚，但在紧随故事的括号里，有一小段不为人知的文字。当天晚上，将军拜访了我。他说，如果女人多坚持一会儿，枪继续引而未发，"你要什么？"后面，说不定会加上"我都答应"。这算对将军的诋毁吗？市民们，朋友们。你们尽可以扑上来撕碎我，尽管我的肉与皮都已枯朽无存。"全无对证。"我知道会有这样的话，有什么关系，我不是在随心所欲地辩解吗？何况，将军还说，让他寝食难安的不是那支枪，而是那句未说完的话。

　　猝然面临死亡，任何人难免重压下的变形，只要能托住死亡，不被压碎，只要能在死亡过去后复原，有什么可以指责？面包店的遭遇，不过说明将军一端与普通市民相同。我要再往下降，说出将军低于普通市民的恐惧——将军怕狗。没有任何事实证明，幼年、童年、青年……迄今为止的人生阶段，将军与狗有过冲突，狗曾在其心里布下阴影。没来由的恐惧更见人的性情。狗犹如将军的债主甚或索魂者，有狗出现，将军即六神无主，四肢冰凉，大脑与血液尽皆无法正常运转。也正是狗，给将军留下永久无法抹除的创伤，伤口蔓延至今时至往后。

　　当年，将军负笈西边城市，勤学之余，在各校之间奔走，联络志同道合者。两年后，一新入学同校女生进入将军视野，他第一次强烈感到女人是男人之外的性别。尽管感受还有许多朦胧未解的地方，丝毫不耽误将军接近对方的意欲。将军是个行动派，且能在确定目标后，制订可行的步骤并实施之。没多久，女生被将军主导的团体吸纳，成为新成员。一来二去，两人情愫暗生。一个周末，十八岁的将军约请女孩海滩游玩，女孩带着一筐面包赴约，身后跟着从小到大的玩伴，一条比狼更威猛的黑背。黑背警惕又沉静，目光并不在将军身上过多停留，却又不漏过将军的一举一动。将军拖着双脚，泥淖行舟地一步步向前，还得挤出力气与女孩谈笑。女孩很快察觉将军的变腔变调，但不可能从将军这儿打探出缘由。

两人艰难地走上一段，决定坐下歇息，吃过面包后下海。黑背沉稳如常，可将军分明从沉稳里感知到轻蔑，这让他深深受辱。将军决定挽回颜面，更决定挑战自己。女孩喂掉黑背两块面包后，将军要求试试。女孩并无阻拦，她由头至背地摩挲黑背两遍后，在它耳朵旁轻声叮嘱几句。将军拿过羊角面包，数番决心下过，都不能主动伸过去，便只好举在身前，嘴里唤着黑背的名字"尖刀"。尖刀凝视着面包，缓缓起身，走过来。它的身姿轻盈，每一步都在沙滩上留下印迹。三米开外时，尖刀身子一缩，两步迈过，猛地一扑。将军持着面包的手，一长截没入尖刀嘴里，来不及松开面包。

"我触摸到了死亡的舌头、尖牙。"第二天，将军惊魂初定，给我写来的信中如此描述。"在冰凉的被封冻的意识内。"很多年之后，女店主刺杀未遂的当晚，将军在向我描述面对枪口的感受时，说："我再次触摸到了死亡的舌头、尖牙。"犹嫌不够，他端起我准备的咖啡，一口灌下，补充道："那潮湿那锋利，恒在时间之外。"也可能，他说的是"横在"。反正当时，有那么接近一分钟，将军的意识停滞了——后来他始终在寻找这一分钟——当意识回归，再要有所反应，尖刀早已吐出将军的手臂，叼走面包。女孩笑翻在地，一身的沙粒，将军愣怔半天，上前捧起一捧捧的沙子，堆在女孩的身上。直到女孩觉得不对劲，抓住他的双手，直到尖刀一声低吼，真正进入战斗准备。

自然，在那以后，将军与女孩断了情感的丝线。经由黑背的具体化，狗从此不仅是将军害怕的对象，更是憎恶的对象。害怕与憎恶，说不清哪一项主导另一项。奇妙的是，两者叠加，觅来冷漠作为共同的遮掩，偶尔还在冷漠上涂抹一层温情。这就是为什么，将军对匪帮在城市的残余毫不容情，却安排专人护送匪帮大统领离开时遗留的两条狗，回到主人身边。

心有所惧并且这惧又明确与具体事务相关，这是人的典型特征，畏惧、厌恶死亡更是人的本性。两相叠加，为将军做出的最重要的辩解就是，他是人，不是神。我丝毫不认为市民为将军所上的尊号"志士""勇士""谋士""骑士""隐士"有什么不妥当，恰恰相反，五个尊号分别代表的品质在将军身上是如此显著、耀眼，没人能够忽视其光芒。可并不能由五个尊号推导出"将军是神"的结论，非要推导的话，更一目了然的是，这五个尊号充分表明将军的谦虚、清醒。因为士在神的对岸，而且不在对岸最高一级的台阶上，从权力角度，上有帝、王乃至臣，从德行、学养角度，上有圣、贤。

　　紧接着，必须为将军进行第二重辩解。带领市民战斗得自由之后，将军交出权力，其首任卫队长以市长之名，继续管理城市。不到五年时间，城市再度陷入动荡，经济濒临崩溃、市民人人自危，将军思虑再三，重新出马，废黜市长，拿过权杖，呵护城市至今。这自然得到市民的拥护，可总有少数人暗地里嚼舌头，涂改历史记录，认定当时大环境良好，将军只是借题发挥，小过大惩，以重新占据中枢。这等流言将军自不理会，可我负有辩解的义务。当时之混乱，各档案馆，各报刊，记载累牍，轻易能够查到。若担心记录被篡改，东边城市、西边城市保存有大量报道，乃至笔记、日记、摄影、录像等物料，甚至始终没有获准出版或上演的小说、戏剧等文学作品，稍稍留意，即可拼出事实。另一不可忽视的因由，是当时流言遍布，说匪帮在新统领的整合下，死灰复燃，正酝酿第二次占据城市的计划。枪械、船只已装备到位，只待时机成熟。这时机当然就是城市内乱，局面不可收拾。

　　市民们，朋友们。既然你们驻足，既然你们愿意倾听，我自当毫无保留，说出事实与判断。既然都在将军的画像下，必须声明，我出口的话语、予以的辩解，仅仅是为了自我安慰、彼此安慰。将军，早就超脱于此。复出并重掌权柄，城市予将军以绝对的压倒性的欢呼，仅存的不满、抱怨只能以嘀咕的方式，最终变成腹诽而自行消化，但东边城市、西边城市却并非如此，他们首先表达的是疑虑，行为体现则是观望。将军迫不得已整肃前任市长的力量——近五年时间，足够首任卫队长安插人员，占据要津，他们无力与将军抗衡，消极怠工、推脱搪塞却毫不含糊，逼迫将军施展霹雳手段，从内部涤荡。西边城市按捺不住，施压不成，他们动用舆论，塑造将军为权欲熏心、不择手段之人，夸大内部清理的范围、力度。东边城市更为克制，表态更为隐晦，用词却更为刻毒。

"城市的繁忙更胜往日，将军的肉身与影子熙攘其内。尽管将军清楚，肉身消亡的那一天，影子踪迹全无。"这一段话曾让市民愤怒不堪，可将军制止了你们进一步的回应。当将军侍从室的首席幕僚决定，撰写将军全新的传记，更新城市史，以正本清源时，将军同样制止了他。"没有必要浪费精力，历史不是一架天平。"将军说。这话很睿智，同时又难以把握。可以观察到的，是将军从未因外在的评判，减缓处理城市内部事务的速度与力度。前任市长，跟随多年、始终卫护的首任卫队长，要求被处以极刑，将军拒绝了他，判处其终身监禁于城市近海处一座小岛的灯塔。前任市长同意接受，条件是见将军最后一面。

"城市即将步入正轨，你为什么不能耐心一点？"前任市长直视将军，提出第一个问题。随即，他垂下眼睛，以卫队长的身份，提出第二个问题："你不复出，就是城市历史上第一个完美的人。何苦？"将军没有看他，将军的目光在窗户外，从那里望见的一小片方形蓝天上，几只海鸥气球般飘过。将军说："你的正轨，不是城市当行的道路。你说的完美的人，不是我对自己的要求。""去吧，"将军又说，"你可以远望城市，判断我的得失，但你只能远望。"

"城市当行的道路"是什么？城市的现状给出了回答。理想与样板或有程度的差异，但在根柢上方向上无偏差，你们身在其中，自有体会。"不是我对自己的要求"这句话，更应当得到关注。将军对自己的要求是什么？他希望与城市是种什么关系？将军从未自述其志，公开或私下，都没有。认清"历史不是一架天平"的人，也没这个必要。市民们，朋友们。这句话不是理解将军的入口吗？"历史不是一架天平"，人不必把自己放在上面称量。另有一句容易被忽略的话"你只能远望"，与之对应的，是"我可以着手"类似的意思。两相结合，将军对自己的要求是什么？是不计较毁誉，为城市殚精竭虑。是按最好的方式，为城市、市民谋求最好的未来。必须明确，"最好的"是将军看到的设想中的，其他人不要自作主张。

市民们，朋友们。对将军的要求，还能有别的想法吗？只能赞颂。赞颂将军对城市对你们担负了人不能担负的重担，为此，他放弃历史声誉的追求，放弃时间机制的补偿。这是由于将军窥破了其中的虚妄，更是由于将军对城市的责任压倒其余。这责任不容丝毫花言巧语、虚伪矫饰，只求此时此刻的添砖加瓦，以便让城市比上一刻好一分，让今天的市民比昨天幸福多一分。完全的责任，完全把握此刻，这不是人能做到的，只有神才可以。

市民们，朋友们。让我们抬头，共同迎接将军目光的倾泻。在这阳光般灿烂、温煦中，领略从将军不是神至将军必然是神这一个轮回的奥义，并且你们体谅我的辩解，体会我的辩解。

3

市民们，朋友们。请放下手里的面包，请把面前的菜汤往旁边挪动，腾出精力也腾出空间，腾出一小块能够放下肘部，以倾听者的姿态正襟危坐，望向我。醒事以来，这一百余年，我都奉行"雕像般进餐"的家训，不发出声音，不东张西望，不言不语。现在，请允许我，向你们开口，不是为往内放入食物，而是为向外吐出言语。食物与言语，哪一项更重要？哪一项，更靠近事实本身？对于个人，选择是显明的。可对于整座城市，城市里作为整体的市民呢？不要说你们，就是我这个从石头里搜出自己的视两者仅为时间佐料而非必须的人，亲历过城市数次可用主食为标签的变迁，鼻腔深处仍旧潜藏着每一次变迁背后的血腥味，仍然拿不准。是啊，从面食到米饭，再更改成面包，起变化的，难道仅仅是餐桌上摆放的器皿不同，餐盘、汤碗的位置不同，热菜、冷菜的顺序不同？

　　你们以为，我要回答这些问题？你们以为，我是打开一条通道，让你们顺着行进？不是的。有什么可说的？食物与言语，都是变量；市民与城市，才是恒量。我要说不变的东西，只有不变里才能看见少量的真实。到底是什么？现在，请挪过你们的菜汤，拿起手里的面包，以习惯的方式，喝或者吃。话题已经切入，毋须过于严肃。有人记得面食节吗？我明白，这是违禁的话题，是城市历史不容挖掘的部分，所以，需要你们进食的声音做一个掩护。有人记得面食节吗？在将军下令，城市以面包为主食之前，匪帮大统领下令，城市以米饭为主食。在此之前，城市以面条为主食。

　　在漫长的时日里，城市的前身是一座座分散的村落，耕种或者渔猎。更近的时日里，村庄演变成街区，连缀一片，便有了城市现在粗略的模样。匪帮到来前后，街区各自为政，互相提防，不惜借重东边城市或西边城市，但城市仍旧被视为一个整体，主要就是靠面条的力量，统一的胃口以及由此发展出来的浸入日常的语言、思维与生活习惯。面食节则是这一切的魂灵，它统摄着各个街区的运转，让每一个市民，不管他身处哪个街区，不管生活已让他负重到如何不堪的地步，面食节都是出离与超脱的暂歇。在那几天，人们尽情享受美食，放心与他人交往，仿佛生活在另一个时空运转，至少也是整体往上提升，高于现有数米。最艰难时，原本是放松的节日，成为漫长苦渡中唯一的止歇，它从生活的空当变成生活的目的。

　　吞食兽竞赛，就是这华彩里最高亢、粗犷的声音，以单调的一个声音而成为最庞大的声部。你们还记得吞食兽竞赛，记得最后一个吞食兽吗？面食节是饕餮的盛宴，是胃口的放纵，这是对外来游客而言；对于本地市民，却有着暗地竞赛的意味。七天节日的收入，外来游客的额外支出，加起来能占一年五分之一甚至四分之一的所得，各个街区自然投入非常，在面条的制作、创新上花样百出，而拥有下一年面食节的主导权，让吞食兽竞赛更趋白热化。不须说，这里面还关乎各街区的尊严、地位等隐形因素。无论平常多么为街区号令者所苦，每到此时，市民们依旧为自己街区的胜出竭尽全力。

　　规则简明。面食节最后一天，各街区都会奉上最具挑战性的吞食之碗，除份量受限制外，做法、味道、造型等完全自主。吞食兽的竞赛者面带油彩，赤裸上身，巡游各街区，将吞食之碗内的面条收入腹中。每完成一个街区的吞食之碗，该街区做面食最佳的女人就以半永久油彩，在其背部，抹上一条斑纹、一枚鳞片或者一笔单纯的图案。竞赛者可任选一个街区开始，最终必须回到上一任吞食兽所出之街区，以条纹、鳞片或图案数量最多者为胜出。若数量相等，则就地继续吞食。不用担心吞食之碗内有刁难性的难以下咽的味道或者面条，吞食兽竞赛者当场就能予以反馈。吞食之碗确实美味，竞赛者食毕，即捶胸咆哮，表示欢畅；若味道不尽如人意，则皱眉摆手，表示勉励；若难以下咽，则当场摔碗在地，践踏碎片而去。摔碗是相当严重的抗议，是对整个街区的愤怒与蔑视，因而不免被当成挑衅。被摔碗的街区，自动剥夺下一年面食节的参与资格。关系重大，后果难以预料，城市历史上，仅有过一例。

又一年，节日照旧，吞食之碗如常奉上。吞食兽竞赛的参与人数低于往年，市民们有些沮丧。到了中午，气氛渐次热烈，因为消息传来，有五人已过五十五碗。上一年的吞食兽获胜纪录是六十三碗，因不能重复参加，整个精力都用在传授徒弟上。徒弟过了五十五碗，没人意外，另四人是谁，为何如此厉害？毕竟，有很多年没有五人过五十五碗的盛况；毕竟，近年有过五十九碗获胜的——最低的纪录是五十六碗，但那是在五十多年前，碗的大小、面条的份量，都还不规范。市民拥向不同街区，想一睹竞赛者的风采，五十五碗后，还没听说哪一个打算前往终点街区。消息迅速流散，五十六、五十七、五十八……一个人往终点区，止步于五十九碗……六十、六十一……又一个人止步于六十二碗……六十三……第三个人止步于六十三碗……六十四、六十五、六十六……城市沸腾，分作两拨，站在两位终极竞赛者身旁，围观或支持。

油彩重重，市民仍能轻易确定面绘雄狮者是那个徒弟，有上一年吞食兽站在其身后鼓劲助威为证。另一个不仅面部，整个胸膛、腹部、双手双臂，都绘成大蛇状。城市以群蛇入徽章，这图案并不稀奇，奇的是他的前面绘成蛇背，他的背部，各街区女人手法不同，所绘自然有差异，但仍是蛇的背部却毋庸置疑。"有背无腹，蛇无法滑行"——市民私语中生出疑虑，有人联想，其中对城市的态度、意味——"徽章不就是城市精神？"这无关紧要，眼下迫切的，是分出胜负。六十九、七十……碗数令人咋舌，任何时候停止，都是历史纪录。城市反而陷入沉寂，一个念头在市民心头潜滋暗长，一个沉重的希望：会有人完成七十九碗，收所有街区入一腹吗？没人想透这里面的意味，可人人生出同样的期盼。整座城市鸦雀无声，只有两个人甩动筷子，搅动面条、送入口中的声响，他们的吞咽牵动万千。市民用目光传递讯息：又干掉了一碗！七十三、七十四、七十五……七十五、七十五……七十五……雄狮数次停下手里的碗，腹部肉眼可见的鼓胀、蠕动，进而痉挛，汗滴如从油彩浮出，就地悬挂在肌肤上，不向下跌落。总算完成，看着他被雄狮的脸庞拖曳着进到下一个街区，捧着碗的手控制不住地哆嗦，有市民痛哭出声。筷子伸向碗面，没来得及插入面条内，只在碗的边缘一拨，面碗倾覆。

　　幸好，一旁守候的女人早有准备，低身接住碗。看着地上的面条，雄狮勉强作揖赔罪，围观的市民率先宽恕他，簇拥着他向终点街区而去。七十七、七十八……大蛇的消息传来，频率和之前一样，仿佛他方入肚两碗，竞赛刚刚起始。始终追随大蛇的人自然雀跃，陪伴雄狮的却漠不关心了，他们看着两面是背的大蛇来到终点街区，步履有些蹒跚，仿若吃醉了酒，别的影响看不出。

大蛇没看见密密匝匝的人群似的，或者他们对他而言根本就不存在。人群海水般向两边分开，让出一条湿漉漉的道路，大蛇踩着它走到摆放着吞食之碗的桌旁。那是一张长条桌，桌面仓促间重新擦过，油渍、水渍俱无，烟头烫出的两个浅坑来不及处理。大蛇坐下，守摊的女人这才从锅里捞起一漏勺面，倒入碗中，抄起木勺，盛了汤汁浇上去。众人的目光跟随大蛇的左手，拿过筷子，捞起面条，看着它们以缓慢但均匀的速度，被送进油彩打开，深不可测的嘴里。咀嚼，吞咽，动作似乎连贯得，波澜不兴，以至于所有人都忘了这是历史性的一碗，是城市第一次圆满的一碗。

大蛇没给市民留出恍悟的时间，他咽下最后一口，放下碗，轻声说一句如针落地的话，当啷响在众人耳畔。"再来一碗。"守摊的女人认他一眼，照办。这一次他吃得更慢，可神色不像是身体内部再无空间，需要引力帮助食物下坠，而仅仅是为给市民留出反应时间。终于入肚，他说，"再来一碗"。只是两碗，女人便被规训一般，规规矩矩盛上一碗，同时准备好下一碗。这一次，大蛇是正常的速度，例行般。他推开女人期待的目光，站起，轻声送话到市民耳边，"好了"。

女人愣在那里，经过别人的催促，才放下漏勺，拿过油彩盒，在大蛇的背部画上黑红一笔。大蛇并未游走，他转过身，面朝女人低下头，女人得到启示，蘸上油彩，在他额头画上一只竖着的眼睛。那人直起身子，张开双臂，上面鳞片般的油彩舞动，予他以即将飞升的静穆与灵氛。他额上的竖眼圆睁，眼珠遽然扩大，至于整张脸，使得他接下来的话并非出自口中，而是出自全然的怒目而视。

"城市的命运已写就，它将被吞食。你们将被吞食。顺从吧，吞食之后并非无物。"

全体市民被他的瞪视之语震惊，仿佛同时堕入僵直之狱。在他们迟钝目光的注视下，大蛇之眼复归于额上，他走出这一片街区，下到海滩，驾上停放在那里的帆船，独自离开。等大蛇挟帆消失在无可穷尽的远方，或者说以帆为翼腾空而去后，市民才逐渐血液回暖，城市也才复苏。随即，所有人都意识到，第一次，吞食之兽并非产生于城市内部。

那大蛇，那城市新一任的吞食之兽，他究竟来自哪里？如果是外部，为何要借城市徽章的形象？如果是内部，他驾船而去，是否寓意着神之庇佑的回收？他说，城市的命运早已写就；他要求，顺从，顺从吞食。"吞食之后并非无物"，这是否一种允诺，或者仅仅是轻佻的骗术？种种疑问，如黑云重重，压在城市的上空。市民们甚至无暇决定，下一年的吞食兽竞赛，主导权应该落地哪一个街区。

毋须决定。第二年麦收尚未结束，匪帮即已登陆海滩，来回拉锯的战争，没有阻止人们将麦子收割、脱粒、晾晒、储藏，可谁都没再提及吞食兽竞赛。匪帮登陆的那一刻，绝大多数市民的心就安定下来，大蛇所说的"命运"终于降临，那就让吞食更彻底吧。于是，他们比大蛇要求的顺从更顺从，以拉拉扯扯的抵抗引领顺从的深入。毕竟，就算"吞食之后并非无物"的预言在前，谁能确证抵达它的路径？该走的程序总得走完。

市民们，朋友们。回忆到此结束，后续你们一清二楚，至少也有耳闻。我将开口，面对那些指责城市和市民的人。他们说，这是一座顺从的城市，面对占据它的人，无论是远古的农场主、船长，还是后来的各街区强人，乃至于血腥的匪帮，城市都如风行过之草，垂头弯腰，低伏于地上。这个比喻好，好就好在草无须外力，在立身的那一刻，驳倒了自己。风势再暴虐强劲，都会过去，草再谦卑柔顺，都会重新挺立。那些把旗帜插在城市墙头的人，那些恨不得在城市每一块砖上都铭刻自己名字的人，他们如今在哪里？只有城市，亘古不废，屹然而立。他们还指责你们，亲爱的市民们，我的朋友们，是不辨善恶、屈身驯服的人，火炭一样的日子，你们照样吞下。他们哪里知道，你们在时日里迎来送往，冷眼看着可见的文字被风沙耗蚀，迅速归于虚有。终究，你们等来了将军降临的至福。岂止消极

地等，你们沉默无言，但实实在在送走历代的强人，才有
了今天。

　　这些，还是从结果倒推，是在这一时空无从推翻的倒
果为因。我要脱口而出的，是它们的实质，城市与市民的
顺从，是懂得辨认神与命运的结果。将军的降临，是这种
懂得的终极偿还，是由命运从神手里接过的，面朝这农人
与渔民栖居之地吹出的祝福的灵息。身而为凡人，必有一
死的凡人，无有可予辨认神的面目，匍匐其脚下更为紧要。
城市的先民，听从神的指引，到达此地，一旦立足，他们
即建立神之居所，躬行供奉。神目睹城市繁荣，万业兴盛，
欣然隐去亲在之身形，留下命运操持一切，让万事听凭将
军安排、运转。市民迅速辨认出命运，倾倒于将军。这是
何等的虔敬，何等的敏锐？城市与市民，绝不应为此而受
到责难。当然，站在事理这一端的人，没谁会苛责，亦
无责备的余地。我辩解的舌头，也不过是在虚空中，徒然
翻卷。

　　实在说，无须辩解。辩解乃是弱者的嗫嚅，是在铁锤
砸下，巨轮滚滚而来，坚固与不可阻挡触身前的哀求与告
饶，以便唤起一丝丝怜悯的凉风，求得偷渡的针眼。时间
如糖块，熬煮化浆，扬手拉长至绵长无垠，透明于一生世
的肉眼，齐观于此的等量，任何观看者都将轻易判定，唯
有城市与市民存留其间，唯有城市与市民保有其甜。强人
也好，占有者也罢，统统不知觉地消融。再向前追索，城

市也可以划去，大地上空空荡荡，只有市民站立。一代代市民，以血肉为碗，盛装生死、作息、荣辱、悲欢，任凭攫取、贪婪、凶残甚至仁爱的注入，它摆放在天地间，被风吹、日晒、月照、雨淋，时间蒸腾其上，万物映现其内，终有一日，一切都了无影踪，只有这只碗，坦荡荡、空落落，直面终极与终结，无有倾覆，无有破碎。

市民们，朋友们。谁能告诉我，斯时斯地，历来声索城市所有权者，历来自认市民主人者，可被人记得？斯情斯境，又怎能不让人感慨一句：唯有无名者得以恒在，唯有顺从者无须辩解？

4

听。吞食兽行过城市的上空，衣袂飘飘，长发如瀑，他的双眼如皓月，他的身躯如黑云，他遮蔽城市的上空，他就是城市的夜晚。漆黑中，只有他的目光如探照灯，射向夜晚里游弋的事物；月光下，只有他的牙齿如排栅，阻挡着众声喧哗的上扬。他踩过房顶，踏过水塔、避雷针、排水管……落脚鲜花广场，伫立在将军雕塑的宝座上。他伸开双手，由臂至腕，两根长条面包弹射而出。他张开十指，拇指、食指至于尾指，十个尖尖的羊角面包，影子抖落地上，犹如晃动的长矛，胜似铁树的枝条。他挪步，他跳跃，他在虚空中舞蹈，浑身的面包屑呀，是冰雹似牛虻，滚落地上，噼啪啪扑簌簌，是进行时的唯一的声响。

听。吞食兽双足踏上东北角的海滩，海水从他脚踝上滴落，脚底裹上壳一般的沙子。他拔足狂奔，将波涛声远远甩在身后。路灯下，他腰间的海带愈发墨绿，他发间点缀的海米纷纷扬扬跌落，弓着身子逃离。他双手拊在嘴前，刚要吹响宣示的号角，又在一瞬间停顿，垂于身侧。他行走，一盏盏街灯传递他的身影，一条条街区容纳他的身形。他站立，吹息万物遁于噩梦。于是他拍拍肩膀，那里生发成排的稻穗。于是他纵身一跃，踩着自己的另一双脚印，站在后来的宝座之上。没有姿势，没有动作，没有台词，他只是静待。在成熟的那一刻，稻米从他身上倾斜而下，滚滚涌向城市的每一个角落，哗啦啦。晚熟的稻米更是相互拥抱着，披挂着他的海带，以饭团翻滚向前，嘟哒哒。是交织的潮湿的过去时与未来时一致的声音。

听到了吗？市民们，朋友们。当然，当然，这是零的声音。存在但是空无，只有我的脑袋我的心，是它的培育皿，是它唯一持续其中的容器。但并没什么不可告人的秘密，我将开口，我虚无的舌头继续翻卷，为什么脱口而出的就不会是可能的世界呢？你们不记得，但我知道，吞食兽的游戏从来没有完全被抹除，吞食历来是城市影影绰绰的不可抹除的背景之一。匪帮大统领废止面食节，他不也千般转念万种设想，试图更换大米为主食的同时，推广饭团节，继续吞食兽竞赛，延续吞食精神？将军暗地里下令，征求面包成为主食的快速实现办法，首先被奉上的，不仍是举办面包节，让吞食兽复归？

自然无法实现。跌宕蹉跎，市民的心早已改道，它不会循着指定的方向流动，更不会回到旧日的沟渠。这才有了城市迄今最难测最令人向往又最令人不安的活动，物行。听听，听。这怪异的词语，是什么在它后面摆动，又是谁给它安上把控的尾鳍？不需要追根溯源，那难免歧路丛生。关于其由来，只需要明确，它伴随匪帮而生，它紧随千层衣仪式之后。隆重的庄严的绚丽的千层衣仪式，也是臃肿的腐烂的修饰性的。命运拣选的着衣人，身负城市历史褶皱，成为游行队伍的压轴，迎接膜拜、欢呼，成为众人心理投射的靶子，拥有一天化身为神的威严。它是城市的阳面，是市民的微笑，与吞食兽竞赛一体而两面，完形城市的能量源泉。可是匪帮上了岸，不由得任何人做主，吞食兽竞赛退出市民的意识，物行浮出水面。

那一年，千层衣仪式照常进行，交火双方毋须协商，即共同停火——只要不是一次性掳掠，只要不是彻底将城市变成废墟，即使匪帮，也得尊重城市最具象征意义的仪式。那一年，着衣童子上身的衣服数量，少得令人惊讶，或许是她对匪帮入主城市已无可更改的抗拒，或者是市民联合的一种态度宣示，要么完全就是神对城市的抛弃。仪式之后，匪帮一鼓作气，不到一周荡平大股反抗势力。第七天，吞食兽竞赛的日期，大统领希望它如期举行，全体匪帮希望以米饭为对象。龃龉间，时间白白流逝，不见街区张罗，亦无竞赛者出现。本以为当天就这么过去，不想过了子夜，城市里纷纷出现抛掷石块的声音。碗口大小的圆石，没来由出现在不同地点，每一次静止，即有人赶上去，拾起往前抛掷。圆石落地、滑动以及偶尔撞击的声音，此起彼伏，如同舂里的捣槌，打磨市民的心。

费解大于惊恐，匪帮出动力量，没收圆石，圆石如雨后春笋，原地冒出更多。他们鸣枪禁止，没人理睬，市民只是捡起石头，往宽敞处扔去。没有攻击性，不含侮辱性，仿佛另一个时空的来客。急躁之下，有匪徒冲人开枪，市民有伤有亡，石头仍被继续抛掷。大统领尚未裁定如何处置，时钟敲响凌晨两点，市民留下石头，各自离去。天亮及此后很长一段时间，匪帮明察暗访，试图确定石头的来源、市民行动的组织者，统统无功而返，唯一得到的信息就是这两个字，物行。

第二年，千层衣仪式之后第七天，匪帮早早做了布置，他们的号令在城市的执行效率也得到大幅度提高。子夜时分，街道阒寂，不见任何异常。大统领长舒一口气，以为物行只是去年偶发，却被提醒，城市所有住宅灯一瞬间被打开。灯光之下，城市比死亡更静谧。不堪等待未知降临的折磨，大统领派出数股匪徒，回报的消息是，一切正常，比正常还要正常。他无法忍受，在亲信簇拥下，走进一个街区，砸开一道铁门，进入一个家庭。那全家五口，坐在客厅灯光下，比石刻木雕更沉得住气，不妨说没了人的气息，只是不动的物。不需要砸开第二道房门，大统领已明白这是当年的物行。可他不甘心，接连走进五个家庭，对此予以确认。

凌晨两点，钟声解除律令，市民恢复热的躯体、活的行动，大统领却陷入无法抑制的失眠。还不至于怀疑占领的初衷，心生怯意，他只是对过去两个小时神思恍惚，无法判断它的真实性。清晨，各个街区陆续回报，确认物行真实不虚。大统领更加心神不宁，他不相信没有目的的行动，一定有人在背后操纵，他必须找出背后的阴谋。拜访本城一位神秘的德高望重的人物之后，大统领没有找到答案，却被指引一条道路。他暗地里从东边城市与西边城市两方，重金寻回十位移居的市民后裔，撒盐入海一般，让他们融入市民的生活。他们被编上从一到十的号，只向大统领负责。

又一年千层衣仪式后的物行日来到，派出去的暗探子夜前陆续反馈，当晚所有市民将成为海滩上的沙粒，被潮水与匪帮登陆的记忆重新洗涤。没有一个暗探说得清楚，这要求来自哪里，他们不过是"知道"。当天夜里，大统领要求匪帮各就原位，防患于未然就好，不干涉市民的物行。他站在府邸最高处，以特意安置的夜视望远镜，窥看沙滩。市民们准点到场，就地躺下，他们的个头、身形与沙粒相差巨大，可脑袋一挨着沙滩，无疑就属于它。潮水来去，浪涛拍打沙滩，部分市民被溅上水沫，甚至有人被向海里，卷去少许。没有人说话，没有人站起，他们就是一片不出意料的沙滩。

"那到底是什么样的感受？"大统领迫不及待，想要召回暗探问个究竟。他以为只需要等待至两点，可距离那时还有一刻钟，一个人忽然站起，在月光下翻过肉体沙粒的堆积，奔跑入海，消失在粼粼光中。八分钟后，六分钟后，又有两人主动投海。只在镜头里，无法听见他们挥舞手臂时，说了什么，叫嚷了什么，但大统领心中一沉。第四个人奔向海浪途中，两点已至，她茫然而立，随后回过神来，跟在市民身后，返回城市。

"倒在沙滩上，我没办法把自己当成沙粒，只能装作一动不动。越到后来，越感觉被沙滩拒绝，被其他沙子排挤，就好像蚌要极力吐出不属于它的那一粒。越意识到这一点，越无法躺下去。"作为九号的第四个人，直接来到大统领面前，述说心路历程。大统领一言不发，紧紧盯视对方，可她无动于衷，此刻更像一粒沙。

"他们没有任何情绪、表达，没有排斥、羞辱的意味，可我就是体会不到他们的体会。不被接纳的感觉太糟糕了，就是你被一种必然的共振给清退了。"她说完，流下眼泪，拒绝了大统领递过去的酒，独自离开。

不久，九号被人发现，自缢于城市一座废弃的水塔内。活下来的六个人再没主动向大统领报告，他们在匪帮的监视下，若无其事地活着。即使被召唤过来，也只是讷讷而坐，挤不出点滴大统领想要获取的情报。大统领尽量说服自己，放弃执着于折磨自己。过了两年，在名为消失之物的物行中，他派出去的暗探与其他市民在子夜一起消失，却没有在两点复现于原处，大统领对此予以默认，禁止任何人追查。虽然如此，物行却不是匪帮可以消化或无视的，它是完全的不理解，是纯然的拒绝进入。每年只有两个小时，但这两个小时是坚硬的提醒，提醒大统领与匪帮，他们与城市无关，他们始终是外来者。可能还有别的意味，大统领来不及体会。

驱逐匪帮之后，物行自动从城市消失，没有市民再在那个时刻，即刻物行，即刻与其他市民一体又分化，成为城市的一部分。市民们，朋友们。请允许我在这里再次开口，以一个年过百岁的几乎物化为石、等同于风的过来人的经历与经受，说出未必动听的话语。物行是城市历史上最难以理解的部分，为时短暂，影响无可消除。最恰当的说法，莫过于称之为暗疾，市民共有的已无痕迹又总会发作的病症，没有人期待它发作，可都知道都预计，它会发作。这知道与预计，本身就是一种发作。物行到底是什么？迄今没人能够说清。有人说，是一种心理反应机制，拒斥匪帮占领却又无可奈何，因而通过潜意识自我物化、贬低，实现人格的自我保护。有人说，是神庇佑的表现，不然无法解释物行的诸多神秘之处，特别是消失之物那一次。还有人说，那不过是市民相互串通的表演，是柔和但又效果强大的反抗方式。

心理方面，我无可探究。关涉神，更不是我可以置喙。假定物行是一种表演，此处必须辩解几句。在这个时代，暗含的指责意味削弱了表演的内涵，它可能是主动的，也可能是被动的，但既然成立，它想要传递的必然能够实现。不妨说，事物幽晦处，人际玄妙间，唯有表演可以通达。对于蒙昧者，表演是暧昧是含糊是一团乱麻。对于睿智者，表演是澄澈是展示是不动声色地露出底牌。最绝妙的是，蒙昧或睿智，由你选择；观众与演员，听你自便。因此，一场好的表演，里面什么都没有又什么都不缺，端看各位的领受。我辩解，不意味着我认同物行是表演。我不过是找准假定的缝隙，塞进私藏的蜂蜜。再一厢情愿，表演两个字也解释不了物行的没来由，其过程的一致，过程中的人完全脱离人的属性。更何况，在匪帮四十年的占领时期，物行的具体表现就有七年阙如。是有记载而被销毁，还是当时即不获准记载？在世的经历者每被问及，都确认发生过，再问其余，则一概缄口不语。

有记载的最后一次物行，是将军重新担负职责的第二年。千层衣仪式尚未结束，流言已四布，说依照以往的时间，将有部分人在子夜时分，物行为内陷的镜子。"部分"很好地解释了，为什么会有流言出现，以及物行的矢量方向。因为当全体市民都将物行时，城市将成为封闭的场域，没有缺口可以泄露相关信息。将军下令，必须在当天子夜前，找到所有将要物行之人。这并不太难，以物行的矢量方向试探，普通市民乃常人反应，不外乎费解、默契、惊恐等等，而将要物行之人，在指定时间到来之前，大脑自行设定了排除程序，他们对试探将置若罔闻。子夜之前，预备物行的三十六个人全部查出，被将军的卫队押解至玫瑰山庄，关闭在布置好的火焰大厅。

子夜钟声敲响瞬间，原本漆黑不见五指的火焰大厅陡然炫亮，悬挂在每个人头顶前方三五米的巨灯同时打开，并下降至与每个人双眼齐平。这才看出大厅布置的精妙：不止墙壁、地板、天花板都是镜面构成，各个角落、各种家具物什，都是镜面，它们相互折射，毫不遮挡。火焰大厅瞬间延伸无限，在目力无法穷尽的地方，仍旧折叠、蜿蜒，拓展着世界的深度。在深度的每一处核心位置，都坐落着放射出白炽光芒的巨灯。如此浩瀚的空间，如此煊赫的光，三十六个刚刚起程物行的人，被固定在那里。随即，尚未完成内陷的镜面从他们身上剥落，破碎在地，进而被光与镜吸收净尽。时间被掐去，下一幕即衔接至凌晨两点，灯光熄灭，这些人仿佛重新回到与此前并无二致的火焰大厅。押解他们前来的卫队鱼贯而入，领走各自看管的对象，送回来处。

据说，未完成的物行在那三十六个人身上留下了印迹，但除了将军，没有人能够识别得出。他们的家人、邻居、同事看不出丝毫异常，不然他们早就被将军的拥护者私刑处死。就连他们本人，也不清楚那两个小时发生了什么，他们根本不记得有那神奇的两个小时。他们只是感到，从比喻乃至于不完全是比喻的角度来说，有人敲碎了他们身上的什么东西。

这是关于物行的最后记载。自那以后，这个词彻底退出城市的档案袋，湮没在浩如烟海的往事中，上面落满一层层的灰尘。

5

市民们，朋友们。请问，你们之中有谁，体验过被光唤醒？不，不是比喻意义上的，是纯然的直接的事实层面上的。当你没身于寂静的均质的黑暗之中，闭目塞听、欲念俱亡，早已成为岩石的一部分，甚至比岩石更为靠近永恒之坚硬与空廓时，忽然有一点光在其中游动，如星似线，仿佛时间绳索上的一个扭结，仿佛浩渺宇宙中唯一的活物，一只幼年的萤火虫在拍动翅膀，于是黑暗中留下痕迹，这痕迹拨动你，让你逐渐从石头内部，找回久已忘却的躯体的边界。请问，你们之中有谁，是这样于死后再一次来到人世，如我一般？朋友们，市民们。那游动的光启示我的，此刻暂行交代至此，如果必要的时机降临，我会沿着它上溯下行。但现在，请在你们的座椅上，安稳身躯，然后从自身的某处，掏出或者取下徽章，将它放在桌面，或者你们的掌心。以目光摩挲徽章，翻转徽章。正反两面，中间那薄薄的非圆非直，有着手工刻痕的非规则的弧线。

看到什么？一座城市的历史，没错；一座城市的未来，没错；一座城市的理想图景，没错。没错并非准确，首先可能是偏差。不需要抽象，不需要归纳，请告诉我，看到什么？是这样，是这样，市民们，朋友们。它是金属，是合金，金与银与不锈钢与其余几种不那么日常的金属，依据最佳比例，采用最先进技术，合为一体。但这是看不出来的，最基础的元素，铸造其形其灵的双手，都无法在一枚徽章上，直接被看到。能看到的，是蓝色的海面，与海缝织成一体的天空，播撒金光的太阳，它们构成背景，充作无限无垠的幽远。然而，目光最终指向，必然是冷冽的庄严的攒动的群蛇。群蛇之蛇，在目光织就的金线上舞动。

我要为大蛇辩解吗？它是城市的图腾，落座城市的徽章，你们的生活、目光所向，无处不在，经风吹受日晒，享受膜拜，赐予力量，何须我来辩解。我想说出的，是一个故事，一段传说，是一个关于城市本身的神话。它不被禁止，却早已飘散。是那些最初到达的先民，他们被命运揉搓，在风雨的间隙，择定应听从的声音，决定必须跟随的身影。那些先民安定下来，劳作不息，繁衍不止，一切渐渐有了模样。耕作地的边界不断拓展，终于有一天，抵达海岸，渔获由此纳入他们的生活。那时，船只、渔具都不成规模，先民在远超想象与理解的大水面前，畏惧的意念多于征服。争议随之生起，一方主张后退，远离水的威胁，一方则不愿放弃海的滋养，宁愿与水为邻。

各有所据、各有担忧，谁都无法说服对方，眼看就要分崩离析，甚至兵戈相向。灭顶之灾率先发难，覆没所有的争论与选择。暴雨倾倒，连续数月丝毫不减，庄稼被洗劫，房屋被冲毁，人与牲畜陷身滔滔，水中载沉载浮，无处可以呼告。这还不算，大海仿佛知晓先民的争执，同样发力催逼。滔天巨浪平地涌起，山呼袭来。两股水要一争高下，阵地却是血肉之躯。暴雨或海浪，单独一方就让人难以抵挡，何况夹击？数代先民的心血瞬间被席卷，只剩破碎与残存在水面上漂荡。幸存者勉强站在高地，避让大水兜头，看着水面紧逼，无法想象能够幸免，更无法想象幸免后所余几何。

哀泣、咒怨耗尽他们最后的力气，不可抗拒的绝望，任谁都再难生出侥幸，更不要说为侥幸祈祷。犹嫌不够似的，汤汤大水中，他们感到有巨物出没，必定是灭绝者在游弋。众人所见各不相同，有说是移动的高墙在翻滚、倾轧，有说是成排的戈矛、利刀齐刷刷刺来剁下，有说是吞天的巨口迎面张开，有说是一根根锁链捆缚一个个人……水位越升越高，水势越迫越急，黑暗开始笼罩，天地浑然一体。毁灭前的最后一刻，雷鸣如裂，电闪似火，震怖人心的轰响中，人们透过交织在前方的光，看见潮头浮动着巨型的蛇头。双目如帆船，巨口如城池。大蛇等待先民的惊觉，并在惊觉的那一刻开始吞食。人连同水，水裹挟器物、活物，统统进到腹中。惶恐、挣扎之后，被吞食的先民发现，身处之地居然是最安全的，比起之前被海水、雨水没日没夜地泼浇，那仿佛永恒黑暗的所在，居然是最安稳的。

等扶持、安顿好后来者，确定不会再有人被吞食时，他们首先哀恸起来。为那些在水里送命的家人、邻人，叹息他们连堕入黑暗这些微的幸运都没有。随即，他们为自身哀恸，不知何年何月才能够走出黑暗境地，甚或根本没有这样的机会。哀恸之后，还得设法活下去。他们小心翼翼地点亮必要的火烛，摸索勘探，只有蠕动的冷冰冰的黑暗如墙四合，暂时可以安生，绝对无法突破。何况，面对如此活生生的黑暗，谁又敢拿拳脚砸用利刃刺？苟且存活，留下渺茫希望，总胜过轻举妄动，招致无妄之灾。于是，众人灭掉烛火，静坐黑暗中。不得已时，他们分享着原先携带或者随大水进入蛇腹的食物。濒临崩溃时，才短暂捧出片刻的光明。

不知这样过了多久，当生不如死的感受普遍降临并挤压众人时，从一个角落响起一个童声，低低的有些畏怯，其认真却又让所有人羞愧并在羞愧中流下眼泪。"大蛇大蛇长又长 / 长长的肚里有宝藏 / 妈妈拉我走上前 / 石头身上指光芒""大蛇大蛇胖又胖 / 胖胖的人儿坐桌旁 / 妈妈看

着我的眼 / 天亮一起搭草房""大蛇大蛇游得快 / 哗啦啦的尾巴水里摆 / 妈妈捂住我的兜 / 兜里种子无损害"……就是这样简单的四句，由对大蛇的形容开始，由妈妈带领行动结束，结束的那一刻，有希望在等候。这些歌词零碎，头绪散乱，显然没有经过斟酌，但它们出口的瞬间就已然不可更改。市民们，朋友们。留心我的话的人，你的耳朵得到的，也是不可更改的。听的人无不被唤醒。听的人渐次恢复清醒，认知到，个人纵然可以生不如死，对整座城市而言，死当然不如生。一个孩童的吟唱，让他们意识到，身上那无可推卸的，活下去的责任。于是，有人捡起孩子的话，自顾唱起来，同样畏怯，同样认真。人人唱的词都不一样，可他们又迅速汇聚一起，成为无法分辨彼此的合唱。如同涓流进入海河，如同雪花落上莽原。

吟唱又支撑众人度过更加无法度量的时间。当幸存者被一口吐出，跌落地上，他们犹自一片茫然，无法确认时空。但终究，他们会清醒过来，看到被冲洗、涤荡过无数遍的往日乡土，无论故物旧有残存多少，都必须如那孩子的吟唱，胖手胝足，将城市向着未来，重新建造。

述说往事总是让人忧伤，尤其是间隔如此之远，仿佛它们是全然逸出城市记忆之事。即或有人记得一鳞半爪，也将之归档于"奇闻""轶事"，仿佛城市这一页是杜撰出来的。市民们，朋友们。以历经沧桑的时日，以石头里拽出的身体，以对城市刨根问底的追问，我愿意在这里起誓，向你们向城市所有的后来者。大蛇之事，就算细节有假，其实质、其对城市历史的把握，绝对为真，和那个孩子唱的一样。不管那一段蛇腹中的日子怎么讲述，不管留下的文字、言语多么破碎，有一点始终都在，那就是幸存者——命运与风暴筛选过的城市第二代先民，他们在蛇腹中度过的时间，有白天有黑夜。这无从考证，纯属一种必须如此的执念，一种自当如此的断言。

朋友们，市民们。原谅我的后知后觉，原谅在一片榛莽中找出一条道路的跌跌撞撞。到这里，我猛然醒悟，这一次是在为什么辩解。是为大蛇，为城市的以往，为历史发生的种种。其实，何须我辩解，大蛇为城市存亡续绝，已有徽章为证。但我仍旧要做出自己的陈述，要开口，说出这一句：历史有其幽深裥折，内里或许永远不会示人，耐心的人求真的人，需要相信它的存在，才可能产生探究的意欲，才可能探究到隐而不显的面目——这是公开公认的，关于历史的说法——即凭借意欲，在过往的烟尘中，寻找真实的发生以及发生的原理。假设前述是普遍的历史，那么关于城市的历史，我另有一点体会。那就是，只要最后的结果，能上溯、推演出可能的过程，那这个过程在历史的意义上，就必定是存在的。至少，是应该这样存在的。它或者是真实以某种方式的投射，或者是人心在特定条件下的改装，或者干脆就是教化者在其中埋下深意的涂层。

对不起，我可能把事情搞得烦琐而非复杂了。再说，城市的历史怎么可能不在普遍历史的词条下呢？让我们试着将词语探照灯射向城市历史上两个关键的节点，由此上溯吧。

最初，一户逃离战火的人家，闯入一片林子，定居下来。有了起始的点，陆续有人迁来，点渐次扩张成面，粗具规模。所有的居民不忘本，他们奉最先到来的那一家为神圣家族，家族历代男子中的贤者，为城市世袭的首领。城市的幸运，亦是神圣家族完美的基因与教育所致，那成为首领的男子确乎是一代代中的最贤者，他们庇护市民，远离纷扰，致力城市的繁荣与谐调，使得城市数百年如一的安泰。这样的幸福自然引起他人的嫉妒与愤恨，东边城市、西边城市持续不断，兴兵侵扰。首领殚精竭虑，率领市民抵抗，无奈城市地狭人少、根基浅薄，经受不住漫长的熬煎，开始现出溃败迹象。压力之下，最后一代首领昏招迭出，又刚愎自用，毁掉了城市最后一点机运。

东边城市的骑兵长驱直入，践踏着城市的每一寸土地。他们对神圣家族尤其忌惮，追索不已。市民见证了一场场宣示性的杀戮，不得不相信神圣家族已被拔除净尽，这反过来加深他们的绝望，促使他们接受东边城市骑兵的统治。漫长的两百年后，经由联姻与混血，城市再没有纯粹的先民血统。又漫长的一百年后，东边城市开始衰落，骑兵失去强大的后盾，对城市的控制日益乏力。忽然，有人站出来，声称是神圣家族的后裔，他以当世首领的名义，要求市民站过去，站在他身后，随他驱除骑兵，夺回城市。

　　应者云集。众人发现，骑兵不堪一击。借助胜利，当世首领与战败的东边城市、窥望的西边城市谈判，城市终于回到市民手中。当世首领的声望达到巅峰，神圣家族再获荣光，甚至被奉以"万世"之名。恰恰在这个时候，当世首领做了两件事。其一是详细叙述作为神圣家族嫡系一支，他的先辈如何逃离，如何隐居，并在三百年间，始终只与随同逃离的市民通婚，因而保存下城市最高贵、干净的血统。其二是他凭借血统与胜利，要求全体市民同意，废黜神圣家族的尊号，取消神圣家族的特殊地位，允许他们卸掉无尽的义务，而将后续首领的选择范围，扩大至全市的贤者。

　　近乎命令的请求，只得接受。度过初期的不适，市民发现，遴选出的贤者，确乎更能承受重担。尊号已去，但为铭记神圣家族特别是起初与最后两位首领对城市的贡献，城市的历史被分割成两段表述，前面一段称作神圣时期，后面延续至今的一段称作平民时期。我要说出的不是复述辉煌与大事记，而是挑开盖子，将平民时期历史学家最核心的质疑，带到市民们的面前，你们的面前。他们质疑的是：最后一位首领，究竟是不是神圣家族的后裔？关于那三百年的隐居与通婚，他们经过考证，认为证据不足，至少史实链条不够完整。虽然如此，却又找不出足够的反面证据，推翻那些说法。

　　没人质疑这些历史学家的意图，他们只是出于职业习惯，希望事实更加确凿。只是他们忘了，有比分解的碎片化的事实更重要的历史要求，那就是历史过程的整体安稳，价值追求的后续推进。隐居与通婚就算微有瑕疵有什么要紧？这里的重点是废黜神圣家族的特权，而这一举措为城市带来了延续至今的福祉。就算最后一位首领借用了神圣家族本身的权威，也是行使了历史应然的权力。甚至不妨说，是神圣家族的历代贤者要求他，授权他，如此。必须如此，只能如此。

　　可做类比的，是城市历史上的另一个事例——伟大的被称为"守护者"的首领下跪忏悔之事。神圣家族放弃世袭统治权后，经过一番震荡，城市形成了首领推举与退位制度，"守护者"是其中唯一的终身在位者，他当得起这一尊号，也当得起市民自发的对其终身在位的支持，但他并非一上任就当得起。在位前两年，"守护者"荒唐无道、操弄权柄，搞得整座城市怨声载道，个个盼着他任期结束，甚至有人筹划，在任期结束前，将其推翻。谁知道，一个毫无征兆的夜晚过后，他幡然醒悟，痛改前非，将纯熟的权术完全用在正道上，整合城市内部各方面力量，平衡东边城市、西边城市的压力。同时，鼓励农业、渔业、商业，建立起广泛、普遍的庇护制度，不让市民沦落为难民，更结合内部武力与外部助力，保障城市长久的和平。

　　是什么触动"守护者"回头？这是城市历史上另一件

聚讼纷纭之事。解读、探秘，不一而足，各有道理，却都没有压倒性的说服力。更让人错愕同时让"守护者"进入众神殿堂的，是他去世前，嘱咐继任者，为其塑造盛年等身像，长跪于城市最低处。那是绝对谦卑的忏悔的身姿与神情，永远在乞求宽恕，永远以倾听以述说，与来到他面前的人交流，给予对方力量。市民们，朋友们。相信在座的，没有谁不曾前往"守护者"下跪像前献花，那儿毕竟是全城除了将军塑像、画像外，摆放最多鲜花的地方。说一句话，你们都知道绝无不敬之意——将军有众多可献花的地方，"守护者"只此一处。

但我想说的，仍旧是历史学家的天真与扫兴。他们翻遍故纸堆，找不到"守护者"要求塑像的法令、言行记录或者遗嘱。早期，他们遮遮掩掩，声称是出于悲恸与混乱，相关文字被损毁；现在，他们直言不讳，声称这或者是"守护者"的糊涂，或者是继任者别有用心。有什么需要忏悔，甚至长跪不起呢？那两年的荒唐已经被漫长的奉献弥补，终身在位更从来没有被城市制度禁止。况且，直到临终，"守护者"都没有过哪怕是最短暂的"乱政"。

这些只能在纸面上循环往复的人，他们不知道，不管是守护者的本意，还是继任者的命令，下跪像都为城市精神增添了完全谦卑、彻底反省的维度。摒弃荒唐也好，悔恨终身在位也罢，不探究其中的拘泥，就事实而言，守护者下跪像树立之后，城市再也没有上演类似剧目，历史的警醒作用不是发挥到了极致，历史应然的逻辑不是运转得无比顺畅吗？

6

由迎面而来的人，确定入口，在其随后的言语、行为中，找到征兆与依据，破解心中犹疑，决定下一步的行动。朋友们，市民们。你们可有过如此可笑的以人占卜的行径？把决定权交到一个陌生人手里，跟随他偶然的举止，按下至关重要的按钮。但沿着偶然深究下去，也没那么可笑，不是吗？所有的占卜都是在左右为难之际，于现有的依据之外，求得一个新的维度，查看在这个维度下的变数，以便做出的决定更为整体，整合的指引更加全面。至于这个新的维度，来自花草、骨头、沙石还是别的，有什么关系？都是诉诸特定时刻的偶然罢了。唯有偶然，是必须尽可能多地征询的。

我生平以人为象，占卜过一次。站在时间的河岸回望，我得说，那真是决定性的一卜。此后，我所有的选择、决定都以它为元点，我的命运、得失，乃至于我此刻的话语滔滔、欲言又止，都尽在其中。只是，谁又能在占卜的那一刻，全然明白呢？六十三年前，四十二岁的我来到十字路口，面临的抉择不止关乎荣誉、物质，实在攸关生死。没谁可以给出负责任的建议，得到的意见都无法判断其背后的真实意图。为此，我暗下决心，那一刻开始，碰上的第一个人将是指定的引子，他不自知地背负着我需要的线索。决定之后，我发觉漏掉了一项关键因素，那个人是迎面而来，还是从后面赶上？毕竟，面孔是第一的更易判断的征兆。但既然向偶然索取，就得听凭偶然做主，绝无中途追加条件的道理。

我确乎多虑了。街上极为空荡，虽是匪帮占领时期的常态，可当你刻意要看到人迹时，难免会有些发慌。我转入一条更幽暗、偏僻的街道，走上一阵，总算在另一头拐过一个身影，矮小、瘦弱，一望可知并未成年。走到近处，看得清楚时，我心头一喜，那是一张干净而英气十足的脸，尽管尚未长开。他目不斜视，毫不在意我的打量，即便我随即转身，近乎尾随，也毫不慌乱。他似乎按照既定的路线，拐过两条街道，走进一家书店，求购一张地图。

"有没有不破碎的？"接过店员连续递上的三张地图，他都不满意，最后提出要求。店员惊恐、费解参半地摇头，拒绝再拿出新的来。"都是一样的，现在……只有这几年印刷的。"她犹豫地说完，再犹豫一会儿，才又补充，"你回去吧……别再到处找了……"他露出成年人的微笑，看着店员，那笑容任谁都能获得宽慰。"谢谢。我只是需要查找。"然后，他买下一张离开。我得到了需要的征兆，不必再跟随，便也买下一张。回到家里，我腾开书，从书架的暗格找出匪帮占领前的地图。两相比较，并无大的差别。

只不过，匪帮为便于管理，给城市划分出很多功能区——其中暗含着顺服程度的差异——并以不同颜色标识，因而显得他们颁布的地图像由碎布拼成。我悟到了这个预兆的含义，第二天主动前往大统领的府邸，接受他之前的提议，担任财政部长，并在随后的日子，尽职尽责，为匪帮维持财政平衡。

那个十二岁的孩子，我很快在邮政部长的家庭宴会上见到。他深受全家的宠溺，可神色间却有着超乎年龄的坚毅，仿佛那么早就为自己定下了值得终身追逐的目标。偶尔，他会在出神之余，面色忧郁，让人不忍。当然，这些都是我默默观察到的，他在大多数场合都表现出十足的教养，体现出非比寻常的克制。在超过他年龄、经历的成年人中间，他也是那么的应付自如，以至于所有人面对他时，都不自觉地带着一丝敬畏。他的外祖父——大统领任命的邮政部长，和我有着某种难以言明的共情，因而我们两家虽然谈不上深交，来往还是比较频密。不时地，我会和邮政部长在他的书房喝上一杯，彼此无言，可又因自己毕竟不是孤身在世，而获得一丝安慰。

有一个晚上，当我带着醉意走出书房，那孩子正等在门外，他告诉外祖父，有事情向我请教。由他冷峻的面容，我感到审判将至的惊恐，但还是镇定下来，吩咐司机去三个街口之外等候。我俩走出大门，并排行在深夜的空荡荡的街头，往日对暗杀者的警惕全部变成对身边这个刚超过肩头的年轻人的畏惧。与此同时，我奇异地感觉到，他驱走了暗杀者的现身。我们的脚步不合拍地响着，谁都没有说话。他在酝酿，我在等候。走到又一盏路灯下时，他停下来，掏出一支手枪，对准我的心脏。"我代表建立这座城市的先民与生活其中的人，取走你的性命。一个和匪帮合作掠夺城市的人，不配成为城市的一员。"我等待着，他却并没有扣动扳机，脸上浮现出一丝残酷的戏谑，要求我为自己辩护。这姿态激怒了我，我正要反唇相讥，却意识到因为身高，他不得不仰着头，那是一种他意识不到的要求，要求我必须尽一尽义务，转授痴长岁月予我的启示。

"我和你的外祖父都生活在城市之中。"我说，然后我看到他的脸色转为鄙夷。不能再这么曲折，我告诉自己。我抬头望望路灯，那光如雨丝洒下，我低下头，直视他的眼睛，说出那句占卜得来的话："我受命维持一张地图暂时的完整——我们，我和你祖父还有别的人——不能推辞。"毫无疑问，"地图"是埋伏在他神经系统里的关键词，我有效命中了。他站立许久，将手枪收回去。"我会判断这里面的逻辑，语言的，行为的——特别是你的，还有我外祖父的。"

我俩不再说话，沉默着走到我的司机等候的地方。他拒绝我送他回去，转身向着来的道路而去，那一刻还原成一个不堪重负的孩子。我在车上忍不住地战栗，仿佛要把恐惧、羞耻、自责全部筛出体外，我不断地追问自己：那番话是由衷的，还是仅仅为辩解？我真的意识到分配给自己的角色，而决定继续下去，不能推辞，更不能弃演吗？这追问持续至今，也亏了它，才让我支撑下来。第二天晚上，我特意赶到邮政部长家，与他在书房喝得大醉。整个过程，我都意识到，有一双冷的眼睛，在看着我们，它无惧或者说无视我挑衅的回视。当我道别，走出书房，并没有人在等候。

就这样，在无明而无所不在的注视下，几年过去。匪帮对城市的占领更为稳固，遗留下来的各项制度大体上运转有效，城市仿佛回到正轨。"即兴"更让城市勃发出极其喧腾的火热的气息，兴奋着绝大多数市民的面孔。只是在钱财赋税方面的贪婪，能体会到匪帮的本性——对此，我比任何人都体会得更深，也比任何人都难逃为虎作伥的指责。但大家又能生活其中而不知了，不是吗？孩子十六岁生日那天，邮政部长府邸举行盛大的成人宴会。他父亲少见地露了一面，他母亲则一如既往地跟在邮政部长身边，挨桌答谢，她的两手紧紧地攥住两个刚成年的儿子——孩子和他的孪生哥哥。整个晚上，那个哥哥都心甘情愿地退居一旁，将舞台留给母亲和弟弟。从母子二人的手部语言以及他母亲的神色，我猜想有什么决定已经做出。果然，第一轮答谢之后，他抓住一个机会，不引人注目地找到我。"我决定前去西边城市，积攒力量。"他已经高过我半头，轮到我抬头了。"我也去。"抬头让我说出考虑已久的话，

"我能助你一臂之力。"岂止是一臂之力。一个经验丰富的财政部长，毅然追随刚刚成年的学子，足以将他神话，这神话在他的早期不说必不可少，至少也让他声名鹊起，影响力、号召力倍增。而我将得到这个神话里必不可少的配置，"幡然醒悟"与"弃暗投明"。

他缓慢地摇头，既表示坚决，又表示这个问题他考虑已久。"你仍旧不能推辞。这是我的要求，这是你新受的命。"我没有说话。离开匪帮，投入反对力量的一方，夺回我们自己的城市——这是我梦寐以求的。为了这一刻早点到来，所有的权宜之计我都能接受，谎言、恶行、谄媚……所有对个人尊严的捶打，我都能忍受。但现在突然要抽走这一期盼，至少是无尽地延期，这不是要我的命吗？我爱城市，可在全体市民都认这爱为恨进而为此唾弃我的情况下，要我怎么能够继续爱下去？他看出来了，但没再往下说。好在，他的眼中饱含着期待、鼓励，而不是厌弃，让我没有当场垮掉。第二天，我强撑着前往码头为他送行。除了邮政部长父女外，还有几个随从，他的伙伴。我顾不得避开风险，径直将他拉到一旁，递过去一个大信封，他依言抽出一截，看清是一幅旧日地图后，迅速收起。我等待着，希望这番剖白有用，期待他安排我随后赶去会合。

他望了一会儿海平线，吐出一句话："我维护着一张地图正面的完整，你维护着它的背面。背面是混沌的，更不可或缺。"说完，他向外祖父走去，拥抱之后，又亲吻了他母亲的脸颊，随后登船。船起航前，他冲我挥挥手。我没有回应，但我已完全清醒。以往，我说"受命""不能推辞"并非托词，但对城市的这一段历史中自己扮演什么角色，想得并没有那么清楚。即使想清楚了，也并不甘心。现在我知道了，我和他的外祖父以及相类的人，那个特指的"我们"，被指定的角色就是这样，没有比例、线段、图案、经纬……一切符号的地图背面，混沌的空白。无论自知或不自知，都要承担下去，继续下去。我当然可以离开，可以前去西边城市，追随他成为反对的力量。但支撑了这么久，突然要求翻到地图正面，成为无法忽视的一部分，不是太贪心了吗？意识到这一点，我就不能再装糊涂，坐视破损、残漏的发生。

接下来的节奏却也没有那么快。他学成后回到城市，待在外祖父的乡下别墅里，侍奉体弱的母亲，两次因病推掉大统领的委任，但除了更严密的监控，并没有受到特别的惩罚。整个城市有序与混乱的交替更加频繁，更无规律，但匪帮似乎得到了更多的人心，至少公开场合已经有人开始由衷地歌颂大统领。但我知道，地下的岩浆快要喷涌，他在引导着一切，他在等待时机。出于本原的默契，我们没有再联络，可我清楚自己应该做什么。况且，那"应该"不需要我强求，只是顺势推一把。十年煎熬后，果然，鲜花广场的枪声出人意料又如人所愿地响起，市民纷纷站到他的身后。巷战最为激烈的时期，一个年轻人闯入财政部，引爆身上的炸弹，炸死两个阻挡的匪徒，溅了我一身的血。这是什么信号？是孤立的个人引发的事件，还是将军的意志推动的产物？还没容我理出一点头绪，将军的部下就于当天夜里到来，要求我安排那场会面。

是在匪帮大统领的府邸。将军对大统领的府邸比我想象的还要熟悉，汽车停下，他率先下车，我紧紧跟上，将军的卫队长在最后。看得出来，大统领遵守了对我的承诺，没有进行任何刻意的带有胁迫性的安排，更没有告诉府邸里的匪徒，来者何人。门口、厅里、楼梯上……各处闲站或警戒的匪徒，尽管都对我同行的两个人投来异样的目光，更从我这个经常出入的人居然手持大统领准予一切方便的凭证上嗅到不一样的气息，可确实没有一个人刁难我们，更没有谁表现出不友好。他们的轻松、随意，甚至让人几乎要忘掉，外面仍在进行的战争。大统领办公室门口沙发上的两个匪徒拦住将军的卫队长，并准备对将军搜身时，大统领制止了他们，并让其他人全部出去。

我看看大统领，又看看将军，不确定只剩三个人的房间里，是否应该由自己先开口。如果开口，事先准备的介绍的话是否合适。念头转动间，大统领转身，将军跟过去，两人并肩，站在落地窗后面。从那里望出去，虽然有几处冒着浓烟，但城市显得异常宁静，仿佛那些是炊烟。

"要害大多还在我手里。"大统领语气轻淡，仿佛在自语，"你知道吧？每一处都埋有足够的炸药，只要我一挥手，只要我这里的钟声响起，整座城市都将被炸成碎片、粉末，你们眼见的一切，不过是陪葬。"

我的额头、脸颊、脖子、后背……整个身体，一定被事先埋下了抽排的水泵，或者简易的龙头，并且被大统领的话给启动与拧开。汗水迅速浸透了我，或许不仅仅是汗水。在其中挣扎一会儿之后，我意识到大统领说的是"你们"，于是求救地看向将军。

将军神色不变，但他同样陷入沉思，也可能仅仅是在等我看过去，因为他说话时，同样声调不高，同样只看向窗外。"你知道为什么四十年来，市民始终管你们叫'匪帮'吗？"

大统领等了等，转过头看将军一眼。那一眼不包藏任何情绪，只是一种转承，为将军可以更自然地说下去。将军便说下去："治理这城市是什么？是一套完整的系统的运作，机械一般。越往上越抽象，越深入越符号化。你站在这里，城市与市民就有权要求你舍弃情绪，抛下不甘，安居于一个符号，主动纳入这个系统。可你，你们，给出的回应是什么？即兴！在这个舞台上，即兴只意味着，对免责的贪求。纵享城市的滋养，又事先推脱败坏的责任，毫无治理者的端正，不是别的，只能是匪。"

这一次，大统领没等，他再扫将军一眼。我发现，将军有些微的不自然；我发现，汗止住后，身上更湿。将军提高了一些声量，头偏过去一点，更对着大统领一些。"明白你心存的侥幸。你认为，即兴也是符号。不，往深里追究，你们不是即兴。即兴需要想象力，这正是你缺乏的。你能想到的，不过是炸药引爆的，简易的覆灭。即兴需要不拖泥带水的行动力，甚至先于想象力，但你的手挥动不了。如果你让钟声响起，让城市灰飞烟灭，那么你平庸的想象力至少还有几分凶狠，你们也就不是匪帮，而是恶魔。可从匪到魔，是你根本克服不了的距离。说到底，你的即兴，不过是装腔作势，在表演之前，就已自怨自艾。"

大统领的办公室桌旁，有一个酒柜，里面常年放着几瓶城市最珍贵的出产。我走过去，打开酒柜，拿出三只杯子，各自倒上半杯金黄的酒液，回到窗前。将军略作谦让，大统领毋须客套地拿过一杯，与将军与我轻碰后，却没有送往嘴边。

"你知道我为什么让你离开吗？"大统领的话反倒让我的心悬起来。我注意到，将军端着酒杯的手微微颤动了一下，让他优雅的饮酒动作显出一丝仓促。"我不是被你说服了。你以为成为一个符号那么简单？你以为你有它需要的那份时刻清醒的忍耐？你以为，治理一座城市需要的想象力、行动力可以简化成几句话？你真的以为，战斗就能得自由？挥手让钟声响起，让城市不复存在没那么难，但我不想便宜你。那样一来，你将轻易获得传奇的句号。可对你来说，一切刚刚开始。你走吧，城市留给你，作为检验。你现在还理解不了我的矛盾与畏惧，我对你的祝福与诅咒是同一的：愿你永远理解不了。"

　　说完，大统领再次伸过酒杯，与我轻碰，随即吞下一口。将军则一口将那金黄倒入体内，他站立片刻，随即略一颔首，转身离去。送大统领离开之后，我回到财政部。那里已经荒芜一片，所有人都逃离了，文件、笔墨、档案、账簿……各式各样的东西野蛮生长在每一寸空间，让人难以下脚。走廊、角落、办公桌甚至楼梯转角处，所有预料之中与预料之外的地方，都散落着纸币与硬币。几套工作服工整地挂在衣架上，仿佛最后一批等候"散去"指令的工作人员。我推开自己的办公室，还好，它保留着我之前离开时的模样，没有谁擅自闯入过。打开灯，在办公桌后坐下。我拿起笔，想起就任财政部长的第一天，在呈交匪帮大统领的文件上签字的场景。那时候，我就清楚，那是坐实自己一生骂名乃至将来在历史上隐身的签名。而现在，无论我写下什么，都不会让它重新示现。但我仍旧写，仍旧写。写下我对城市财务状况的了解，后续应该推进的事务，尤其是在税制上的改革。没有什么意义，我知道将军不会认真对待它，我是给自己写。毕竟，地图的背面更不允许空白。

　　将军的卫队在三天后进入我的办公室，一人领头，五个人荷枪实弹，这是必然的待遇。领头的人递给我一个熟悉的信封，我知道里面是什么，但仍旧打开。比我当初送

出时多了一道折痕，显然是为便于携带；纸张泛黄，超乎
它的年龄。

7

市民们，朋友们。请允许我伸出无实体的双手，它们
已被时间啄食一空，却又随着讲述挥舞，自有其不可见的
凌厉。同时，请允许我伸长脖子，在你们的脸上，从你们
的瞳仁里，觑一眼自己的形象。目光掠过可能稀疏可能斑
白的头发，掠过可能褶皱纵横可能平展如初的脸庞，但必
然落于作为根基的空，只有空，仿佛于无，可空无中的实
在，是属于石头的恒久，并不能轻易风化成沙，如水流逝。
石头里的隐居是无梦的，更是无痕的，我几乎忘掉自己，
忘却往事。却被舌头唤醒，这一根再也长不出滋味的舌头，
这空无的口腔内部豢养的实有之蛇。述说的意欲，引导它
的复苏，引领我从石头内部走出来。舌头越过唇齿，伸出
体外，横亘在阳光与尘埃之间，只为得到一点点街巷之喧
嚣与海风之咸涩的慰藉。它沉沦于记忆过于长久，以至于
丧失了基本的弹性，只能长年在石头的内部徒劳地等候，
等候越来越稀薄的语言的甘霖。现在，它等到了。谁将聒
噪啊，谁将倾诉。又是谁，将顺从错置的曲谱，吟唱不可
更改的歌？

这是谁的歌？朋友们，市民们。请原谅，原谅我私藏

的念头，一颗为己的初始的心。原本，在没身于无边的黑暗的那一刻，我就将自己等同石头，息了心脏跳动的同时也息了与这世界相往还的念头。自此，只是纯然地在着，只是偶然地经历着时日的冲刷，再没有什么能给我留下痕迹。连这个"我"，也不再是往日那具体的于置身世界判然而出的"我"，他是一整块石头上紧致地拥抱成团的颗粒之一，是一片苔藓上肉眼无法分辨的一粒孢子，是一团炽热能量内微不足道的一阵辐射……不过，话头既然拾起，说一说实在之物也无妨。譬如，这一个房间。

　　从九号监狱迁来一号监狱的那一天，我就知道，自己将在这里度过余下的生命。实话说，我没想到还能有这样的置身之地——偏居一隅，位于海岬的最高处，整座监狱的尽头，还有哪里能比这里更僻静？地势高，站在门口能窥见阳光透彻的大半个监狱；窗户面海，随时有浪的拍击声。海天湛蓝，远方弯远，心情完全不受拘束。房间不大，但整洁超过我以往的卧室。市民们，朋友们。毫不夸张地说，我将这一切视作礼遇，视作将军暗地里的补偿。当然，我们都知道，他本不必这样做。我时常踱步，从窗户到门，从门到窗户，舒展筋骨，排遣对家人的思念。我知道，他们不会被苛待。我也知道，他们不会获准前来探望。偶尔，我会利用阳光经由窗户射进来的短暂时间，躺在它划定的范围，晒掉身上的霉菌。

　　百无聊赖又不愿点数海面上的船只时，我就来到门后，站在这一侧或者那一侧，窥望狭小格栅外面的监狱角落。向左，是楼梯以及它通往的庭院，庭院里有几盆高大的常绿的植物，我叫不出它们的名字，但似乎看得见它们的叶脉以及叶面上的虫子，巡逻与警戒的狱警，也经常站在植物旁边，嗅闻它们的气息。向右，则是短短的一截水泥廊道，常年摆着三个形状极其不规整的铁架子。无论向左还是向右，都有能耗去我大量时间的景致、物件，尽管它们与窗外的所见一样，偶尔会让我厌倦。但交替使用，足够抵御任何烦恼。特别是那些狱警，他们带给我如此近距离的人的气息，让我不至于忘掉自己。

常年盯着狱警看，让我摸索出规律，他们两年一换，并且总是由新人替入。不过，我弄不清楚这背后的含义。是锻炼年轻人，还是保持监狱的活力；是提防他们与犯人勾结，还是防范他们与犯人生出恩怨。当然，更有可能的是，一切都只是随机或无心的生成。有一天，盯着盯着，我忽然发现，自己能够以他们嘴唇的翕动，读出他们的意思。这吓了我一跳，顿时觉得世界吵闹不堪，可稍一琢磨，这事又稀松平常。毕竟我看得太久，都忘记人换到了第几批。不过，我不忘提醒自己，那些话可能是我的臆想。所谓的吵闹，不过是轰响的耳鸣。这确实是一种诱惑，孑然的牢房内，能望见人声的颜色。于是，我比往常更频繁地站到门的左侧，比往常更焦急地望着狱警。是些最平常的话，家人哪，工作哪，回忆往事、焦虑现在、筹谋未来，或者单纯地询问一份表格如何填写,一次聚餐如何点菜……噢，市民们，朋友们。永不厌倦，给我再多这样的话语，让它们在我耳边循环吧。永不厌倦。每一句话都是一根触须、一个钩子，牵扯着我，阻止我向墙壁内退得更深。

正是这样。当我明白在墙壁内退得超出了限度，悬在如发丝般纤细柔弱的那最后一点余地上，再多一点点就会永堕黑暗时，是那翕动的嘴唇拽住了我，将我一点点向外起。"明白"一词并没有准确表达出我当时的境地，因为那时"我"近乎涣散，近乎消融于石头、沙粒、空的房间与海浪的声响，近乎于无，近乎于无梦之眠。回到之前交代过的那个场景，被光唤醒，是游丝般的光，金黄、灿烂，绝不炫目，可一旦出现绝不熄灭。它在空的房间里的游动，显明这房间的形状、结构与维度，显明逾越于一个房间的意识，于是我复苏于是我明白。我明白了自己蜕去肉身，退进墙壁，在其中安稳与止息了转瞬即逝的片刻或者漫长迤逦的时日，但我终于苏醒，并且摆脱了身体的限制，以空无而直接到达。首先到达的，是一枚徽章，群蛇之海的颠荡游弋成光，随即到达一声啜泣。

一声抑制不住而从手掌间漏出的啜泣，伴随着往回收起的抽噎。我悚然一惊，从石头里挣了挣乌有的身体，逐渐认清面对的情形。是个小狱警，他双手捂着脸，仿佛要把上面的雀斑抹落在地，肩膀不停地颤抖，真像一个初登舞台，只能用夸张撑开"表演"二字的配角。在他旁边，他的两个年长不了多少的同事，对面而立。两个人在激烈地争吵，谁都没在意小狱警的情绪。我可以听见，却仍旧执着于读取他们的嘴唇并抓住一些破碎的词语，"守卫"、"再生者"、"唤醒"、"战斗得自由"（啊！我一激灵，他们是将军专诚派来的吗？）、"神"、"父亲"……小狱警无法继续他的沉浸式体验，松开双手，雀斑粒粒涨红。他没有看他正在激辩的同事，向我这方望来，望穿墙壁而越过宽阔海面，直抵庞大的观看者。显然，他的目光推翻了第四堵墙。

"没有办法爱，我只有畏惧。"他停顿下来，给出观众足够的情绪时间。"全是害怕的药水……没有真实……哪里找得到爱的土壤……不要沃土，贫瘠之地，盐碱之地，统统没有。"他伸出右手，搭在右侧同事肩膀上。"你们拟定的，都是多余。"他伸出左手，搭在左侧同事肩膀上。"冠冕永远自行戴上。"我晃晃脑袋，以为看见了传说中的王子。幻象消失。那两个人停止争辩，三个人并不嫌恶地互相捶打几下，前后脚走到那张地图前，它折痕纵横，薄如一片黄叶。九号监狱时，我就将它挂在墙上，搬来这里后，又将它带过来，面向窗户以及窗户外面的天空、深海，张贴着。最开始，我经常在它面前驻足，凝望因为微缩而更加完整的城市，它的每一个地段，每一条街道，进而回想每一座建筑，放置一个个活生生的人。看得久了，地图便成为墙壁的一部分，顶多是颜色有所不同的砖。小狱警向着地图右上角伸出手去，准备将它揭下。除了地图背面可能被阳光短暂晒到这一想象让我并无实存的身体些微发痒外，这个动作并没有让我有更多的反应。

那个小狱警懂得我的感受并存心似的，抓住地图右上角的手指又收回。"是要来新的犯人吗？还没空多久……"他问，手指胡乱划拉一下，指向我。"对！"两个略年长的狱警中相对高些的那个说，"要关的人多了，哪儿能空着？"他也胡乱在房间里划拉一下，手指同样指向我。"也是。"小狱警的手指又一次划拉，第三次指向我。"监狱嘛，不就是拿来关人犯的！"那一个相对矮些的狱警一锤定音，他往前一步，食指指甲抠起地图左上角一点，拇指配合，将薄脆的地图揭起。地图中间，沿横向的折痕，有一缕被撕裂，留在墙上。小狱警用右手的拇指，捻着墙壁，搓掉了那一缕。相对矮些的狱警随意地对折了两下地图，拿在左手。三个人空望房间一眼，转身走出去，门外传来上锁的声音。留下我，经受着由窗户拥进来的海浪的轰鸣、阳光的推挤。最终，我从石头里走出来，在空无中收束出空无的身体，注视着因地图揭去而显出几分新的那一块墙壁。

市民们，朋友们。我不是虚伪矫饰的人，经见的流荡世事，漫长幽闭时间的冲刷，更洗去了我的感伤自怜。我没有因为房间即将更换新的住客，我残存的痕迹会被完全抹除而失落，更不会因为三个狱警言谈间对我毫不在意，更准确说全无印象的漠然，而有一丝的不甘。我只是对眼前的示显不解，困惑于它究竟是奇迹，还是启示，或者只是实然。没错，那张地图已经被揭走，可它又留了下来。在它原先遮蔽、现在亮出的不到一平方米的墙壁上，我仍旧能看见它纵横的线，颜色不一的图例与标识，那不是某种类似拓印的痕迹，而是向内的伸展，而且，还在继续如藤蔓往四面八方扩散开去，仿佛要由此张开如网，兜住全部的时空，把这座城市带进石头深处。这是一张没有正面与背面区分的地图，得见的每一处，都在正面所是的同时是其背面，反之亦然。这属于某种抽象，尚在理解范围内，真正让我困惑的，是多出来的部分——在墙上，在地图的正面与背面之间，在地图的正面同时又在地图的背面，赫然是将军的签名。

朋友们，市民们。毋须再三确认，只是一眼，我就认出了偏右下角的那个花体签名，它确凿无疑是将军的。但这代表什么？我愿意拿任何东西打赌，不管它存在不存在，赌我的记忆，赌我记忆的准确无误，赌我记忆准确无误的一个细节，那就是，在那一眼之前，无论是地图的正面、背面，任何地方，绝无将军的签名。不管怎么说，那张地图对我而言，都过于关键过于象征，与我相处的时间都过于漫长。我对它的熟悉程度绝对胜于拥有过的任何东西，甚至胜过我的脸庞与眼睛，甚至……对不起，我的灵魂。不。朋友们，市民们。我的意思不在于事物自身的幻术，我的兴趣更在于去追索，那个签名出现在墙上，我的眼前，究竟是什么意思。它是单纯的由时间显影的奇迹吗？告诉我即使在一次性的流动下，时间依然会不经意地传来回声，远去的波涛总是会悄无声息地回潮，拍打在某个不被注意的角落。它是抽象的被人心简化的启示吗？提醒我，一张地图的背面与正面并无实质差别，当你试图选择某一面，同时已被另一面捕获。或者，它根本就没有什么多余的需要阐释才能抵达的目的，它只是这个样子，因此就这样显现。

　　是在那个时刻，我转过身来，决定将胸中承载的事实敞开一些角落。因为，它们是，可能也只是，实实在在的事实，坚硬如我栖身的石头。不是为自己敞开，而是为将军。当然，我知道如何才能让自己局部的事实既向将军的投射，不湮没在个人的记忆之沙里，又不至于带棱带角，造成哪怕轻微得至于无但仍旧让我无限内疚的磕碰。于是，我一次次伸出双手，扒住墙壁扒住石头的缝隙，将脑袋与整个身体，尤其是那失去唾沫滋润的舌头，从冰冷中带出来，带到阳光下。带到广场上，带到百合雕塑前面；带到市政大厅，将军的油画肖像对面；带到游动餐桌前，面对着蓝底金纹的徽章……带到所有我留下过足迹的地方，将往事一遍遍唤醒。不对，不是唤醒往事，是唤醒往事那些隐微的多半已复原而无迹的折痕。

　　我不是要讲出全部的细节，那过于喧宾夺主，是事实上的强硬的自作主张。我不做陈述的追求，而只予必不可少的辩解。是的，辩解。再没有更能满足我需求的方式，虽然貌似先行带出了立场。但这就是我分得的，是我应该应分的。我知道，我所辩解的人与事，大多并无此需求，或者是没有空间，或者是没有必要——就当作是我由此递出一句话一撮碎末的暗道与秘穴吧。于是我游走在前述场所，游走在它们周遭冰冷的石头墙壁之间，喋喋不休，欲言又止，口中复苏如蛇的舌头滑行完它全部的话语后，我再次回到石头内部，一切尚未来得及变动分毫。是的。市民们，朋友们。瞬息可以万念，电光石火足够万年，只要你甘于没身在石头内部，你就拥有这样的特权。

我得承认，活着的时候，我的思绪都没这么乱过。往事回涌乱流，几块礁石隐约起伏。那个女人说："为你将来——"……大统领说："祝福与诅咒是同一的。"……我说……不，我决定不再说。市民们，朋友们。原谅一个久居石头内部的人的决定，他向你们请求开口的机会。得到你们的俯允，却在最终的时刻选择闭嘴。这并非轻浮与反复，而是演练之后的慎重。是啊，开口永远只能说出局部，我将沉默，由此保守住全部的事实。你们看得出来，我无意戏弄。但如果这个请求以及它可能隐含着的什么让你们生出期待，请允许我用另一个请求偿还。那就是，当沉默超出应有的限度，当死亡横扫另一具威严的身躯，试图将他向灰烬与火焰斥退、向粪土与陶土演绎，或者，用生铁般的虚无笼罩住一切的时候，我将再度从石头与墙壁里拖拽出自己，推搡出自己，站在听众席上，以始终如一的沉默，或者以虔敬的目光，看向背光的大理石砌成的森森的孤寂的席位，面对已经被时间与遗忘的潮水抹平所有特征，因而举止、言行都已无关紧要的那一个辩解者，说出那句会得到正确评估与回应的话。毕竟，我存身过的时间与空间，我的言行举止，我所有的絮语、所有的罗列，在天平的这一端都轻如一根鸿毛，都只是希冀托起那一句话。

将军，请您开口。

劳作表演

垫场

第一年

　　一辆老式卡车停下。驾驶室前门打开，左右各下来一个男人，站在后门前。左边的男人二十六岁，右边的男人三十岁。后门两边先后推开，左边一个二十四岁的女人扑出来，左边的男人抱住她，在地上转一圈，随即放下，两人互相凝视着。右边伸出一只手，右边的男人一只手握住它，另一只手前伸、搀扶，出来一个腹部明显凸起的二十八岁的女人。右边的男人和女人还没来得及说话，车厢栏板右侧，翻身跳下来一个五岁的男孩，他再举手，抱下从栏板上翻出的一个三岁的男孩。两个男孩跑到右边的男人和女人身旁，五岁的男孩站在三步开外，三岁的男孩则小心地上去，抱住右边女人的右腿，耳朵贴在她的腹部，右边的女人伸出右手，抚摸他的头。为便于区分，右边这一家人编号为一，左边的自然为二。在他们的时间里，在这个地方，这一命名方式将延续下来。

一号家庭的男人拍拍一号家庭女人的手，对两个儿子各说了句话，两个男孩呼喊着跑开。他又在女人脸上轻吻一下，拉着她绕过车头，到了左边。简单交谈后，一号家庭的男人掏出一包烟，递给二号家庭的女人一支，二号家庭的男人摆摆手。二号家庭的女人松开牵着的手，往旁边让出七八步，从兜里掏出火柴，点燃烟。一号家庭的女人指指两个男孩，往他们玩闹的地方走去。一号家庭的男人看她走远，这才拿出一支，点燃，猛吸一口。烟在体内盘桓好一会儿，缓缓吐出。

二号家庭的男人冲这边指指点点，手指所向，近处是一片缓坡，坡顶大片杂草丛生的平坦之地，远处是面积广大的芦苇荡，芦苇荡的右侧是浅草覆盖的湿地。"苦谈不上。"二号家庭的男人摇摇头，"再苦总比原来好些。这么些年，两家人值得带走的东西一卡车装不满，还有什么值得留恋的？何况，谁都看得出来，匪帮的日子不久了。不管是不是离开，他们都不可能心甘情愿，那又是一场仗，什么不都打得稀碎？我只是……担心，这里是不是安全？""绝对安全不好说，这一路过来多不容易你知道，谁没事往这里来。再说——"一号家庭的男人又抽一口，同样指指点点，"这片芦苇，芦苇周围的沼泽，这一带的传说，都是安全屏障。"他缓口气，又说："那次意外来到这里，我就决定一家人搬过来。我们不会再回去。你们可以先看看，喜欢和习惯，就留下来；不行再说。"

　　二号家庭的男人没再答话，走向卡车车厢，把着栏板，翻身上车。一号家庭的男人猛抽一口，烟扔在地上，踩灭。他跟上去，打开后挡板。一个往下递，一个接过来，分作两堆。快要卸完时，二号家庭的女人走过来，看着两个男人忙活。等二号家庭的男人递出最后一个纸箱子，她上前一步，和一号家庭的男人一起，托着它，放在右边那一堆物品的最外面。

第二年

　　三月。两家的房屋先后落成，以木材为主体支撑，以芦苇为墙体、房顶，墙的四周抹上一层层黑色的淤泥。一号家庭三个房间，中间是待客厅，两旁是卧室，男女主人使用左侧的，两个儿子共用右侧的。只有一张床，放在左侧房间。右侧房间是芦苇编织的厚垫子，垫子上是褥子、被子。房子后面，是单独出入的偏房，锅灶碗盘等用具之外，还有一张圆桌。二号家庭只一左一右两个房间，右边的房间中央，摆有一顶帐篷，篷布的蓝色已变浅，中段粗略地缝上一大块布。左侧的房间摆着一张长条桌，看不出来是书桌、化妆桌还是别的。房间左侧开有门，门后同样是作为厨房的偏房。

　　如之前设想，一号家庭的男人开车为人运货，早出晚归。跑远途时，两三天或更久，着一次家。二号家庭的男人先是垂钓，后来撒网，芦苇荡里渔获颇丰。两个女人则用前一年收割的芦苇，编织日常用品。每过一段时日，两个男人载上鱼与编织品，到市里售卖，换回所需物品，包括一艘独木舟、一张二号家庭的木床这样的大件。

四月。一号家庭的女人出现生产征兆时，男人并不在家。一号家庭的次子在右侧房间玩耍，听到妈妈的叫喊，跑过去后听她的话，往二号家庭跑去，路上碰见哥哥。一号家庭的长子没听弟弟说完，转身飞奔。二号家庭的女人赶来时，一号家庭的女人羊水已破，但她仍冷静地向二号家庭的女人做出安排——接生得以完成。一号家庭的男人回家时，新出生的女婴已练习完最初的哭泣。二号家庭的男人傍晚从芦苇荡里出来才听到这个消息，他从渔获中选出两条，去鳞、剖腹，熬煮好鱼汤，馋得两个男孩围着灶头不停转圈。自此，只要抽得出时间，二号家庭的男人就过来逗弄女婴，抱着她四处转悠，对她说话，逗得一号家庭的三女咯咯直乐。

九月。二号家庭的男人独自出门，傍晚回来，挎着的篮子里装满东西：给两个男孩子的糖果，给小女孩的彩色摇摇球，生肉与熟食……二号家庭的女人从开垦的菜地里准备好蔬菜，陪着男人在厨房里一通忙活。菜摆上桌时，一号家庭的男人赶了回来。两家人围坐在那张长条桌周围，二号家庭的男人拿出一瓶酒来，给在座无论大人还是孩子，都多少倒上一些。大家举起杯子或碗，碰撞之后，喝下深红的酒液。二号家庭的男人宣布，明年他们将为父为母。

十二月。一号家庭的男人得到一份每月三次送货的固定工作，每一次来去需四天。

第三年

一月。严寒降临，整个芦苇荡完全冻上。一号家庭的长子带弟弟踏上水与泥，整日闲逛，越走越远。一天午饭后才回，一人捧着几个干瘪的硬如顽石的石榴。两人脸色煞白，一个不停嚷嚷看见了鬼怪，另一个不断纠正说，是神仙。一号家庭的男人听明白他们话里有"死人"两个字，吩咐他们吃过东西，随后与二号家庭的男人拿出割芦苇的长刀，一同出发。

离得不算太远，但要在芦苇荡里绕几绕，快接近海边时，上到一座以往掩在芦苇丛中，被水隔绝的小岛，岛上一片树林。都是石榴树，树上犹挂着小拳头般的石榴。地上掉落的更多，冰凉空气中仍有腐甜。树林西侧，是一棵巨型石榴树，三人合围粗，上面石榴不多，孩子头颅大小。离地两人高，枝条弯折，向一根粗大的横枝上合拢，另有木棍、木板，乃至纸板，搭出一个窝状小屋。

两个男人上去，小屋内是一具尸体。一副完整骸骨，盘腿向海，姿态庄严。白色骨头上一层浅灰色霉菌，另有几处发绿。头颅与小屋内，俱无毛发。两个男人没向两个孩子多做解释，只是告诉他们骨头不会害人，今后不要前来打扰。

六月。一号家庭的男人请来一位女医生，为二号家庭的女人接生下顺产的女婴。女医生多停留了几天，以按摩手法，解决了二号家庭的女人的出奶困难。

十月。之前帮助接生的女医生退休，带着儿子搬了过来。两个男人帮着他们在二号家庭旁边，建起新的芦苇泥房。一号家庭的男人来去两趟，拉回女医生的家具，包括一套完整的玻璃柜台。女医生的儿子永远一个人待着，反复念叨"水在金鱼心里吐泡"，念完一遍，叹一口气。一号家庭的长子几次找他玩耍，还没靠近，他就停止念叨，直直盯住对方，身体后缩。再向前，他就发出尖锐的叫声。试探几次后，一号家庭的长子不再搭理他。一号家庭的次子开始很畏惧他，有一天，找不见哥哥又不见大人，一号家庭的次子从家里拿出一个石榴，一步步挨近他，说："给你，给你，给你……"女医生的儿子没接，也没停止念叨。一号家庭的次子在他旁边坐下，扒开石榴皮，递过去的石榴籽被他放进嘴里。

这一年，女医生五十五岁，她的儿子十九岁，他们为三号家庭。

十二月。三号家庭二十四岁的女儿前来探望，女医生没让她进屋。二号家庭的女人劝说无果，留她在自己家住有半月。三号家庭的女儿教会两个女人，如何用石榴做果酱。

第四年

春夏间，大火烧掉了二号家庭的房屋。傍晚时分，火舌沿着房顶与墙上的芦苇来回，不可阻遏。二号家庭的男人匆忙跑出，衬衣烧去一块，头发烧掉几处。二号家庭的女人抱着女儿在一号家庭玩耍，母女俩随其他人赶来救火时，现场只剩下一片通红。二号家庭的男人站在一旁，看着妻子和女儿，沮丧如死水。二号家庭的女人张张嘴，没说出什么来，在灰烬的空隙，她看到厨房里那口锅红如锦鲤。

当天晚上，二号家庭一家住在三号家庭家里。二号家庭的男人进到三号家庭儿子的房间，三号家庭的儿子整个身体顿时紧绷起来。三号家庭的妈妈拉着儿子的双手，说了很久，他才安静地躺下。二号家庭的男人找来一张芦苇席，铺在地上，熄灯准备躺下，随即听见"火在月亮眼里发芽"，一遍一遍。他坐起，看向三号家庭的儿子，声音漫过来，他再也躺不下去。终于撑不住时，起身卷起席子离开房间。去到屋外、檐下，去到院子里、星光下，声音仍在。最后，二号家庭的男人扔下席子，跑起来。

第二天早上，一号家庭的女人抱着孩子来到三号家庭，让两个女儿在一起玩耍。在一号家庭、三号家庭的帮助下，二号家庭的女人依靠极少的柱子与木板，搭了一间正房一间偏房，偏房仍旧作厨房，正房则作此外的一切用途。厨房里，用淤泥与芦苇搭了一个台子，充作餐桌。搬进去那天，其他人终于相信，二号家庭的男人确实离开了。面对他们的安慰，二号家庭的女人伸出手指，抹去女儿新流出的涎水，说："跑得远，回来就慢。"

第五年

三月。一号家庭的长子开始跟从三号家庭的妈妈学习。一号家庭准备了郑重的仪式，被三号家庭的妈妈拒绝。她认为，城市的现状不会持续太久，孩子将来应该进入正规的学习渠道，自己能做的不过是前期启蒙。一号家庭的长子展现出强烈的兴趣与天赋，对三号家庭的妈妈介绍的自然、人力两种医学途径都极为痴迷。

白天，三号家庭的妈妈带着他勘察环境，四处寻觅，所有草木泥石的性能、对症，详细介绍，两人还取回不少，晾晒、烘焙、蒸煮，分门别类放进玻璃柜台。晚上，借助带来的医学典籍、解剖图像，深入介绍人体结构、病因病理、施治手段。一号家庭的男人利用不出车的空隙，还将两人送往城市的药店，在三号家庭的妈妈熟识的人那里，认识各种药物，它们的成分，服药的剂量等。他们也带回一些日常用药，摆放在另一个玻璃柜台。

一号家庭的次子对此缺乏兴趣，他按照一号二号家庭两个女人的安排，读写基本的字词，演算基础的算术，背诵几首简单的诗歌，并不吃力，但仅此而已。没有探究的兴致，没有若渴的意欲。但一号家庭的次子自有擅长，每天都带领着三号家庭的儿子与两个小女孩，或者帮大人干一点活，或者玩一些足够消耗精力的游戏。

五月。三号家庭的儿子暗疾发作。没有什么狂躁与不可控的表现，他只是不再念叨那句话，不停地走来走去，步子急而摇晃，随时准备摔倒。他甚至会在夜里爬起，在紧锁房门的房间里转圈。小小的空间，到处都是他的身影，每一寸地上都是他的脚印。三号家庭的女人一筹莫展，她早前经历过两次儿子的发作，没来由而生，没来由而去，吃药、打针都没有效果。"只能靠神的眷顾，或者偶然踩对点。"

一号家庭的长子提出试试，他没说具体的办法，只是让三号家庭的女人放心。一个一号家庭的男人在家的早晨，父子俩驾着独木舟，带着三号家庭的儿子向芦苇荡深处划去。直到下午，三个人才回来。三号家庭的儿子平静下来，嘴里恢复了念叨。只不过，他念叨的话，在"水在金鱼心里吐泡""火在月亮眼里发芽"之外，多了句"要坐就坐在石榴左边"。与之相随的，是他从此多了一个习惯：盘腿坐下，双手搭在膝盖上，右手不时上举，在空气里轻摸一下。

八月。三号家庭的妈妈协助下，一号家庭的女人顺利诞下男婴，称为一号家庭的四子。

信天翁要发芽

第六年

　　二月。自黄昏的光里，一个收税官走了进来，看起来长醉未醒。他来到二号家庭和三号家庭这一边，先蹲在旧年灰烬旁，捻起残余的灰，放在鼻子前闻闻，指头伸进嘴里尝尝。"过时的火。"他起身，看向站在房檐下的二号家庭的女人。"就一直烧下去？"他问。女人没吱声，拉住女儿伸上去的手。"也是。燃烧旧房子，长出新房子。"他说着，走上前，向二号家庭的女儿伸出手，"你好呀。"

　　"你是干什么的？"三号家庭的女人出声挡住他。"看看，看看。还是忍不住，还是问出了口。"他摇摇头，收回手，脸色变得严肃。"话一旦出口，就得落在地上。"然后，他从斜挎着的皮包里，拿出一沓纸，一支笔。两个女人看见那沓纸红黄两层相间，变了脸色。"你是……收税官？"三号家庭的女人问。收税官右手食指在嘴前做出嘘声动作，唰唰在纸上写写画画。"三个成人，一个孩子。噢——看出来了，还是算孩子吧——两个成人，两个孩子。这是你们应缴纳税款，人、房屋、土地、衣着……统统计算在内，一次缴清。你们知道该去哪里缴付，你们知道偷逃漏的结果。啊——还有，你看看你看看，不能轻易问话。"

　　说着，他撕下红色的一张，晃晃黄色那张，往一号家庭赶去。

　　八月。噼啪之声大作。当天夜里，一号家庭的男人带着一车无法送出的货物赶回来。传言鲜花广场有人开枪，要求所有人行动起来。人群聚集，枪声处处回应。三号家庭的女人一边听着响声，一边应和儿子："石榴。给你石榴。今年的石榴都给你。"没几天，大家习惯了枪声。一号家庭的男人不想耽误货主的事，强行出车，回来时头上裹着纱布，纱布里血污犹在。接下来，一号家庭的男人留在了家里，操持起原来二号家庭的男人的活计，割芦苇、打渔。

九月。陆续迁来六个家庭，依到来的早晚编号为序。四号家庭是个单身男人，二十八岁。五号家庭的男人六十七岁，女人六十三岁。六号家庭一大家子，祖父七十二岁，祖母七十五岁，外祖父、外祖母都七十四岁，男人四十八岁，女人四十五岁，还有个小女十八岁。七号家庭的男人四十五岁，孤身带着三个女儿，长女十五岁，次女十二岁，三女九岁。八号家庭的男人二十二岁，女人二十六岁。九号算作"家庭"比较勉强，男人一二十三岁，男人二二十二岁，女人一二十三岁，女人二二十二岁，女人三二十二岁。

他们带来各样消息：匪帮内部势力未能平衡，自相残杀；城市原本的居民不堪继续忍受匪帮统治，起而反抗；东边城市、西边城市联合，借助不安分守己的人，给城市制造混乱；匪帮与城市原居民的年轻一代，相互勾连，针对两方老旧力量……原本的三个家庭判断不了该听信谁的，但知道他们都是来避难的。于是，合力给各个家庭建造了大大小小的房屋，木材不足，房屋矮小不少，临时居住总还可以。

　　十月。又有三个家庭同时到来。十号家庭的男人三十岁，女人二十九岁，女儿五岁。十一号家庭是个单身女人，三十五岁，她手里拿着一台一望可知高级的照相机。十二号家庭的男人、女人都是四十三岁。六个人是跟着二号家庭的男人走来的，二号家庭的男人找到一号家庭的男人，给他们临时安顿好之后，才回到自己家里。他和二号家庭的女人说话，亲吻女儿的脸颊，似乎只是出去串了个门。

　　一号家庭的男人带领其他人，同样为每个家庭建造了房屋。最初的那个缓坡上面的平顶上，布满每个家庭的房屋与院子，很有些街区的模样。只有九号家庭，五个人坚持在离其他人几百米，接近芦苇荡的一小块平地上，建起一个院子。他们老窝在院子里，偶尔出来，支着画架到处写生。

　　十二月。互相熟悉起来。四号家庭的男人手极巧，优化了现有的编织流程，发展出新的样式，原来的两个女人加上六号家庭的小女、十号家庭的女人，被他组织起来，共同编织芦苇制品。五号家庭的男人是退休教授，八号家庭的女人之前是教师，他们搭配出基本的教育机制，三岁至十五岁都可以在其中获益。五号家庭的女人是小提琴手，带着一号家庭的次子与三女、二号家庭的女儿、七号家庭的长女与三女练习。十一号家庭的女人时常在芦苇荡里、沼泽地边拍摄，偶尔也会记录下众人的画面。九号家庭的五个年轻人心血来潮时，也上来教孩子们一些东西。

第七年

五月。一对父女来到。父亲六十六岁，头发与胡子同样花白，硬挺如铁丝，衬得一张脸宽而威严，让整个人比实际上更加高大。女儿二十四岁，高挑、白皙，目光冰冷，是超出其年龄的冷艳。父女俩各自拎着一只不大的皮箱，并肩走来时很是从容。一号家庭的男人不在家，四号家庭的男人接待了他们。他让出自己的一块地盘，招呼大家为父女俩在上面建起房屋和院子，是为十三号家庭。

七月。月初，枪声稀疏起来。八日午饭后，声浪一波波扩散过来，传导至每个人的身上，热烈可及。九号家庭的男人一、男人二驾着小汽车出去，随他们一同回来的，是轰隆隆的炮响——单纯庆典意义的炮声。一共四十声，鸣炮四十响！男一说："匪帮四十年的统治结束，城市回来了。回到了全体市民的手里。"男二说："是将军，伟大的坚毅的沉稳的果敢的将军！在鲜花广场，开了枪，市民们主动站在他的身后，随他一起反抗，不到一年，击溃匪帮的力量，夺回城市，重获自由！"

月底，九号家庭的五个人驾着小汽车离去，没和这里的任何人道别。

八月。八号家庭与十号家庭，先后尝试回到城里，但来自将军的命令已经明确：暂时不允许人员流动，先行在原地生活，等待统一指令。市里传来的情况更不容乐观，成片的区域支离破碎，到处都是瓦砾灰烬，各个行业显见萧条。

十二月。最后一天，传来消息：将军交出权力，他的卫队长以市长身份，履行管理城市的职责。鲜花广场举行了典礼，众多市民在场见证。这里没有事先知道消息，自然缺席了典礼，但大家仍打探回各式各样的消息，聚在一起聊了一个通宵，共同赞美了将军，并因"市长"这一称谓，充满对生活的期盼与热情。

第八年

一月。八号家庭的男人再度入城，当天晚上带回最新消息，市长延续将军的命令：不允许人员流动。

二月。一号家庭的男人在大家协助下，挨着原来的房子，建起一间大屋，开了一家日常用品店。紧挨着日常用品店，十三号家庭的女儿请众人帮忙，建了两间小屋，开了一个咖啡馆。

三月。一名市长属下到来，宣布已知的命令，勘察周遭的地形。他问这里叫什么，被问到的人看向一号家庭、二号家庭、三号家庭，最终都看向一号家庭。一号家庭的男人犹豫着说出"芦苇——"长子拦住他，说出"石榴"。三号家庭的儿子率先回应，他说："要坐就坐在石榴左边。"一号家庭的男人不再说话，任由儿子对市长的属下说："石榴，这里叫石榴——""石榴街区。"市长的属下截住话头。

　　四月。五号家庭的女人用家里的三把小提琴、一把中提琴，与她的几个学生为石榴街区的居民举行了一场"春天音乐会"。

　　五月。市长的那个属下再度到来，宣布市里正式将石榴街区纳入管理范围，跟随他前来的两个人中，二十三岁的小伙子担任管理员，前收税官担任通达员。九号家庭留下的院子，成为管理员与通达员的住处与办公场所。

　　六月。趁一号家庭的男人出车，二号家庭的男人找到十号家庭的男人、四号家庭的女人、三号家庭的妈妈等，商定石榴街区在市里设置的管理处外，建立自身的互助机制，共同推举一号家庭的男人为负责人。一号家庭的男人回来后，表示愿意承担维护街区、与管理员乃至市里沟通的责任，但不需要机制化。

　　七月。管理员找到一号家庭的男人，希望他支持自己的工作，同时提醒，市里绝不允许各个街区自行其是，"那比匪帮统治还要糟糕"。

　　八月。一号家庭的男人受邀参加市里第一个"战斗得自由"庆典。回来后，他告诉大家，只远远望见市长一面，将军没有出席。

九月。一号家庭的长子通过遴选，被城市医科大学预科录取，学习医学。相邻的苹果街区一体学校建设完成，周边十个街区的孩子由统一校车接送，初阶及一二三阶教育，统统在其中得到一体式解决。一号家庭的次子、三女、四子，二号家庭的女儿，七号家庭的三女，十号家庭的女儿，进入一体学校。

十月。八号家庭的女人的教师资格终于被认可，获得一体学校的聘书，每天随石榴街区的孩子们，乘坐校车上下班。

十一月。仍旧是那个市长属下带领规划、水利、农业等方面专家，两次来到街区，在一号家庭的男人陪同下，围绕整个芦苇荡考察，拟定改造计划。

十二月。十三号家庭的女儿，与四号家庭的男人，完婚。自此，两个家庭合并为一，称四号家庭。

第九年

三月。石榴街区的居民从规划图上，看清楚他们存身之地的面貌。这里不是孤岛，它只是一小块被遗忘之地，芦苇荡、沼泽、淤泥……并没有蔓延至不可收拾。仅仅因为，浓雾加上海风，让这里不那么适宜生活，仅仅因为，这里的泥土、蔓草淤积成湿地，陷没人与动物，夜间磷火闪烁，让一系列传说附着其上，因而成了先民口中的不祥之地，成了市民集体的禁忌。实际上，它离最近的街区不过二十公里，在它的外围，大大小小几条道路纵横环绕，联通不需要那么大费周章。甚至，城市著名的海滩与它的直线距离，也远比所有人想象的近。

七月。石榴街区改造初步完成。淤泥、沼泽改造成良田，种植水稻；芦苇荡保留，为芦苇编织品提供原料，并加以养殖渔业的规划。居住点得以进一步细化，各个家庭相应的一片土地得以清晰。在原来的基础上，整理、铺修出一条通往石榴林的道路，可供一号家庭男人的货车通行。石榴林在规划中得以扩大，以便种植更多的石榴树。

九月。七号家庭三女进入苹果街区一体学校二阶学习。

十月。八号家庭夫妇经由管理员，办理离婚手续。众人另行为男人修建房屋，是为十四号家庭。

六号家庭的祖父睡梦中去世。一号家庭的男人入城拉来棺木，入殓后的第二天，举行送葬仪式。棺木被抬上老式卡车，六号家庭的家人坐在其周围，卡车缓慢行进在前面。街区无论长幼，统统步行，跟在后面，向石榴林走去。最后，依据城市的传统，在《百合颂赞》中，在"请缝合我们残留的身体，为它缀上不朽的金线；请摇曳我们的灵魂，让它如你一般洁白"的反复吟唱中，棺木入土。按照城市传统，墓地前竖起镌有姓名的铁制铭牌。六号家庭的祖父成为石榴街区安埋的第一个逝者，开始亡灵的守护。

　　葬礼结束后，一号家庭的男人带领众人，来到那棵巨大的石榴树下，他抬手请大家看向那窝状小屋，说了里面是一副安坐的骸骨。"是咱们石榴街区的尊者。"五号家庭的男人，退休的老教授一锤定音。没有膜拜的仪式，但就此沿袭下来——每当街区有人去世，入土后，生者都会来这棵石榴树下静默站立片刻。

　　十二月。送葬回来的第二天，六号家庭的外祖父开始没来由地咳嗽，不猛烈但持续不休，让他根本没有时间与精力顾及别的事。三号家庭的妈妈按照感冒、肺炎先后开药，服用后都不见效。半个月时间，老人只能卧病在床，但他意志反而更为坚定，拒绝前往市里就医。中旬一个下午，老人停止呼吸。随后几天，葬礼的流程又进行一遍。

第十年

　　四月。管理员传达市长最新指令，要求登记在册，各家庭原居住地址，从事行业、工作性质，以及"条件允许下，迁回原址意愿"。街区掀起不大不小的波澜，居民们聚在一起议论，相互打听。十四号家庭的男人最为积极，挨门串户，劝说、怂恿。"原来多好啊，什么事都不用干，随随便便就能养活自己。现在干的那些活，怎么能叫工作呢？"他指着到处跑的孩子，"这些孩子倒欢实，心都野了。需要到城里，知道真正的生活是什么样，了解各式各样的礼仪。"又说，"人生就是这么一回事，我是打定主意不要孩子了。"

没有多少人在意十四号家庭的男人的话，吃不准的是指令里的"条件允许"是什么意思。什么条件，谁允许？流言不知道从何而起，说这是一个圈套，信息登记后，那些符合需要的人，要被征调至更艰苦的地方。甚至，信息就是拿来顺藤摸瓜，找出每个人纷繁的社会关系，以便从大家身上榨取一切。极短时间内，流言就在街区传了几个来回，每一遍都添加进来不少新作料。最后上交时，"意愿"一栏里，所有人都空着。

九月。一辆吉普车开来，停在管理员与通达员兼作办公室与住所的院门口，下来三个身着制服的军人。一个站在门口，两个进入院内。少许，押着管理员、通达员出来。并没捆绑，更无手铐脚镣之类道具，管理员与通达员低着头，迈步无力，似被无形之手推着。三个军人押着两个人来到居住区，其中一个宣布："我们是将军的卫兵，奉命前来押解管理员、通达员。管理处的工作暂停，后续会有人来。"五个人上车离去。晚间，八号家庭的女人从学校归来，带来解释这一切的消息：将军复出，解除了市长的权力。

一号家庭的次子进入苹果街区一体学校二阶学习。

十月。新一任管理员到来，居民们发现，他就是那天留在院门口的那个军人。管理员公布几项命令：一，作废四月登记的信息，所有人就地生活，断掉迁回原地的念头；二，命令下达之日起，石榴街区与整座城市同一，以面包为主食；三，从今往后，石榴街区的稻田改为麦地，立即着手准备；四，石榴果酱确立为本街区主打产品，石榴种植、养护、采摘、制酱规范流程，委派二号家庭的女人统一管理。

十一月。月初，在将军派来的技术员指导下，石榴街区第一次种下小麦。

十四号家庭的男人和十一号家庭的女人相好。鉴于他们大多数时候仍旧在各自的房屋生活，鉴于他们并没有履行结婚手续，家庭序号保持不变。八号家庭的女人听到这个消息后，没有做出任何散播消息的人期待的反应。不久，有人看见十一号家庭的女人上门，为八号家庭的女人拍摄了两个整天，室内室外、保守大胆、本色夸张……洗出的照片挂在八号家庭的房屋里，是一场出色的展览。八号家庭的女人邀请大家前往观看，并为展览定名——"眼见"。

十二月。中旬的一个早晨，八号家庭的女人取下所有的照片，装入两个整理好的包裹，上校车离去。听回来的学生说，学校为她提供了住宿。

第十一年

二月。四号家庭的女人产下双胞胎，女为长，子为次。

街区居民尽数前去探望，共饮四号家庭男人自酿的酒庆贺。四号家庭的父亲，那位须发皆白的威严老人，好几次开怀大笑，频频与众人举杯。因事登门的管理员，被众人强拉着喝下一杯。

四月。在同一个技术员的指导下，收割麦子，脱粒。一号家庭的男人买来面粉机，为各家制作面粉。

五月。又一辆吉普车开来，停在四号家庭的院门口，车上下来两个同样身着制服的军人，司机留在座位上。四号家庭的父亲正在院门口，两位军人走到他面前。双方都没说话，四号家庭的父亲身板仍旧挺得笔直，神情却如释重负。一位军人看守着他，另一位军人进到院子里。不一会儿，四号家庭夫妇跟出来，男人、女人怀里各抱一个安睡的婴儿。四号家庭的父亲俯下身，在两个孩子脸上各亲吻一下，随即跟从两位军人上吉普车，离去。当天晚上，四号家庭的女人对前来安慰或打探的人说："父亲是匪帮的得力分子，海滩登陆的第一批，他去接受早该到来的审判。"

如此直接，反而让其他人没话。无论是父亲还是女儿，都没人声讨，更别提女婿与孙辈。普遍好奇的是，四号家庭的父亲是如何暴露的。有人说，是他喝酒的动作、神情，引起管理员注意。有人说，是他酒后不经意吐出的几个词，让管理员起疑。没这么复杂，有人对这些说法统统否认。另有人说，老人是在劝管理员喝酒时，亲口吐露的。口误还是故意，无从确认。

九月。管理员送来通知，四号家庭的父亲已被判处终身监禁，不允许探视，无减免可能。市政管理当局会统一提供日常生活物品，家人毋须寄送。四号家庭的女人收下通知书后，拿出二月请十一号家庭的女人拍摄、放大洗出的全家福，让四号家庭的男人制作了精美相框，挂在正屋墙上。

十月。技术员再次到来，旁观小麦种植，偶尔予以指点。她接受邀请，轮流在不同家庭用餐。住则与之前一样，在十一号家庭。

十一月。吉普车开到一号家庭门口，下来的两个卫兵让一号家庭的男人召集居民。卫兵宣布，因执行将军命令不力，管理员被免职，将被带回接受惩罚。又说，更换主食为面包，象征城市面貌更新，必须彻底执行。鉴于石榴街区偏远，且根据调查，十二号家庭夫妇外，无人擅长烤制面包，因此不予惩罚，但绝不允许再以面条为主食——"这是……匪帮都不能接受的旧日习惯……"这些话引起骚动。另一个卫兵做出说明："面条是匪帮到来之前的主食。将军不允许匪帮统治时期米饭作为主食的习惯延续，但绝不意味着，城市需要回到匪帮到来前的纷乱时期。"

随卫兵一同到来的，还有刚离开不久的技术员，她说会在最短时间内，教会大家烤制各式的面包，美味得再不想其他食物。随后，卫兵宣布，技术员被任命为新的管理员。

第十二年

　　一月。第一任管理员与曾经当过收税官的通达员被释放，两人都来到石榴街区。二十七岁的第一任管理员到达的第二天，即与六号家庭的小女结婚，从此他改称为六号家庭的小女婿。前通达员获准成为石榴街区的居民，随同前来的，还有他的妻子。这一年，前通达员五十岁，他的妻子五十岁。一号家庭的男人在其他人的协助下，同样为他们建造好房屋，他们是石榴街区的十五号家庭。自此，编号系统关闭。

　　二月。管理员宣布，鉴于十五号家庭到来得晚，不能分得石榴街区的土地；鉴于十五号家庭男人的实际情况与曾经作为通达员的工作经验，市政管理当局聘用他为协助员，帮助管理员处理街区的日常工作。

　　三月。管理员召集众人，宣布：在十二号家庭夫妇协助下，主食更替顺利完成，已上报市政管理当局，以为备案。她认为，市政管理当局回复中的"庆贺"不能等闲看待。因此决定，今年麦收后，举行盛大庆典，请其他街区市民前来游玩，以提高石榴街区影响。当务之急，是议定庆典形式。

　　二号家庭的男人建议"持续一个月的狂欢"，被四号与十四号家庭的男人率先否决。十四号家庭的男人"恢复吞食兽……"的建议被管理员半途截住，她瞪了他几眼。

七号家庭的长女建议："烤一个史上最大的面包,邀请市民前来享用。"得到五号家庭夫妇,退休教授与小提琴手的响应:"史上最大的涂满石榴果酱的面包!""最大的面包!"

"要是——"十四号家庭的男人再次出声,"能邀请将军,为面包切下第一刀,那将是整个活动最华彩的地方!"

管理员这次看着他,郑重点头。

十一月。数月的筹备后,"大面包"活动如期举行。因为活动的象征意义,因为将军首肯光临,市政管理当局给予全力支持,动用了一台铲车,才将十二号家庭夫妇烤制的,足有九百九十九公斤重的特大石榴造型面包,从特制的窑里弄出,放在特制的平台上。在最后一刻,将军因特殊情况无法到场,为活动留下遗憾,却也吊起所有人的来年期待。一号家庭的男人、管理员与将军的卫队长共同举刀,切向面包。接着,八位石榴街区居民站上平台,为早早排好队,准备领取面包的市民分食。至午夜,才分完面包,共有五千一百零七位市民得到面包,现有的石榴果酱消耗净尽。

十二月。卫队长全力支持下,石榴街区通电。十二号家庭夫妇在其房屋旁另搭出一间,开了面包店。

第十三年

一月。"大面包"活动让石榴街区名声大振,陆续有人来玩，在芦苇荡里划船、钓鱼，在麦田旁闲看。临走时，再带走仿大面包造型的不同尺寸面包与几瓶石榴果酱。一号家庭的男人与二号家庭的男人联合，从别的地方购买石榴，再按照各家的需求，分配下去制作果酱。七号家庭的长女征得管理员同意，在芦苇荡边整理出一片水面，搭出一个平台，留出一半观景，一半建造五个芦苇屋，供来玩的人住。

八月。二号家庭的女人在管理员支持下，联合一号、十号家庭的女人，获得城市管理当局资金支持，从西边城市引入生产线，专心投入石榴果酱的生产、经营。七号家庭的次女进入果酱公司工作。同样在管理员支持下，四号家庭的男人从城市银行贷出一笔款项，从东边城市购买设备，将芦苇编织作坊升级为公司，七号家庭的三女、十四号家庭的男人外，另从城市别的街区招聘了三名工人。

九月。一号家庭的次子进入苹果街区一体学校二阶学习。

十月。管理员对石榴街区重新规划，划分各个区域职能，拟定计划书，递交市政管理当局，重点包括改造现有的芦苇住房为泥石结构、产业与观光区功能清晰分割，同时规划部分麦地为住宅区域，以便安置招聘来的工人，容纳将来更多的人员到来。

十一月。第二届"大面包"活动如期举行。将军侍从室首席幕僚直接否决了将军出席的可能，因而街区主动减小面包至八百公斤重，实际到来的市民仍低于预期，为三千二百三十二人，平均得到的面包重量超过去年。

十二月。六号家庭的小女顺产下一个男婴，称为六号家庭小女的长子。

第十四年

四月。二号家庭的男人被聘为城市游乐园的顾问，陪同其董事长考察石榴街区是否可以开设分园。居住区、麦地、芦苇荡……可以看的地方不多，二号家庭的男人便讲。许多世纪之前，这里是一片汪洋，神经过时，被两只信天翁吸引，不小心掉下一团鼻涕。鼻涕入海生根，浮出水面，扩张成淤泥，吞食遇见的一切。第一代先民远远望见，折断手边芦苇甩过来。芦苇落在淤泥边缘，蓬勃生长，这才阻断了淤泥的进一步扩张。淤泥之前吞食下的一切见此，心底痛切，恨芦苇没有早到，让自己免遭灾殃。因此，每有风过，那一切的亡魂就随而上升，呜咽泣诉。

董事长听完，哈哈大笑，拍着二号家庭的男人说："俗套，但容易生根！"

五月。二号家庭的男人协助游乐园派来的项目组，以芦苇荡、麦田为根基，打造石榴街区两个支撑点，兼有观光、历险性质。董事长特别嘱咐，"把那个故事装进来"。麦田因此拿出三分之一，恢复成沼泽，作为神的鼻涕。芦苇荡则进一步被具象化，一部分视作第一代先民甩过来的根系，一部分则是后续衍生。情节增添，区域分割，游乐园初具规模。

二号家庭的男人进一步发挥，准备将石榴林纳入游乐园。石榴树与墓园、红红的石榴与铁制的墓前铭牌，冲击力十足。一号家庭的男人拦住二号家庭的男人，劝他给街区留出一片不受打扰的区域。管理员支持一号家庭的男人，她对游乐园主导的石榴街区改造计划持否定态度，认为将破坏现有的石榴果酱、芦苇编织等各个家庭的生计。

六月。将军卫队长陪同城市游乐园董事长再次来到石榴街区，向众人宣布，市政管理当局支持石榴街区的改造计划。管理员对此不以为然，卫队长希望她能目光放长远。管理员说，除非今年"大面包"活动将军到来。

九月。四号家庭的长女、次子进入苹果街区一体学校初阶学习，一号家庭的三女二阶学习。

十月。石榴丰收，石榴果酱的订单翻番。

十一月。第三届"大面包"活动如期举行，期待进一步降低后，今年仅仅烤制了五百公斤重的大面包，不料来了八千八百九十七人。十位居民参与分配，每位游客得到的面包少得可怜，蘸上果酱后两三口就送入嘴里。吃过面包后，没有人散去，以至于街区可以站立的地方，都有人。传言纷纷，说将军将在子夜时分到来。

子夜前一刻钟，卫队长与董事长共同出现。在众人失望的躁动中，卫队长宣布，解除管理员职位，由协助员暂代职责。在众人不解的目光中，董事长宣布，为明年六月石榴街区游乐园开园预热，现场抽取十位幸运游客，他们将获得终身免费贵宾卡；另有一百位幸运游客，他们将获得一年内有效的免费体验卡。

十二月。前管理员找到十一号家庭的女人，同样拍摄了两天，在石榴街区她选定的所有地方。照片洗出后，前管理员带着它们离去。

第十五年

三月。一个清晨，十四号家庭的男人离开了石榴街区。他是从自己的房屋出的门，经过十一号家庭的门前时，向她卧室多看了几眼，稍有犹豫但并未停下，只是幅度轻微地挥了挥右手。在卧室窗帘的背后，十一号家庭的女人默默站立片刻，随即拿起床头柜上的相机，拍下十一号家庭男人远去的背影。

四月。新的管理员到来。这次是个五十二岁的中年男人，他带着一条威猛的狼犬，名叫"子弹"。到的第二天早上起，管理员就开始早晚各一次，给子弹"放风"。他在前面迈出行军般有力的步子，子弹在绳子允许的范围内，前后窜动。从居住区到麦地、沼泽周围，他划分成两个区域，分别巡查。

六月。游乐园开园前一周，被临时通知关闭。与此同时，流言传来，说卫队长被指控谋杀，已被勒令自尽。城市游乐园董事长卷入其中，已被逮捕，接下来将面临起诉。谋杀？针对将军还是别人？已采取行动还是尚在计划？……各种疑问出现于街区居民的闲谈中，但也仅限于闲谈。

七月。吉普车再次到来，两名军人在管理员的办公室询问了二号家庭的男人，关于他与董事长的工作关系，他所见闻的董事长与卫队长的来往。"我只是讲了个故事。"二号家庭的男人说完，又讲了一遍鼻涕与芦苇的故事，他回忆不出董事长与卫队长之间任何值得一说的交往细节。

八月。城市游乐园新任董事长到来，他特意让二号家庭的男人把那个故事又讲了一遍，并说这个故事现在比石榴街区比城市游乐园,都更有影响。"将军亲口告诉我——"董事长以二号家庭的男人记忆中的方式拍了拍他，低声说，"你这个故事让他整整保持了一周的好心情，晚上入睡都轻松不少。"说完，董事长再次以二号家庭的男人记忆中的方式哈哈大笑。不过，笑到中途，董事长猛然顿住，目光直直地盯住二号家庭的男人，二号家庭的男人赶紧低下头。

董事长同样在石榴街区转了一圈，他认为，仅仅开发以前的项目规模太小，无法保持长期吸引力。董事长决定，计划中名为"城市之眼"的摩天轮项目，放在石榴街区，"以最大最亮望得最远的眼"，看向全体市民的城市，看向东边城市，看向西边城市。那时候，石榴街区将成为整座城市的地标。董事长并与新任管理员商量，如何选定具体位置，如何与涉及的居民商议赔偿，将来可能雇用的居民数量。

十一号家庭的女人送了一台便捷相机给一号家庭的四子作为生日礼物。

十月。城市游乐园的专项小组到来，考察石榴街区土质、风向、风力等各项因素。

十一月。第四届"大面包"活动取消，石榴街区的居民对此平静接受。管理员组织一号、二号、十号、十二号四个家庭的女人与五个临时雇来的女工，统一接待没有收到消息或者不死心前来的市民，说明了"大面包"活动就此取消，并向他们赠送石榴果酱。

六号家庭的小女顺产下一个男婴，是为六号家庭小女的次子。

十二月。城市游乐园专项小组报告回馈，选定的位置是，石榴林。

第十六年

微寒的风吹。吹过芦苇，幼小的芦苇枝摇动，粗壮的芦苇茬颤动，水面盛着微明的晨光晃动。吹过麦地，冒出土地没多久的麦苗摆动，土块刮下几粒，填入空的空隙。

吹过泥浆、枯草，它们习以为常，虚张声势地回应两声，作为响动。吹上屋顶，早已卧倒、干枯的枝叶误以为是一次唤醒，但很快就会发现，这不过是室内人梦里的侔动。

　　就在这微寒的凌晨，梦里寒风无法卷入其内的微寒街区，六号家庭的房门拉开一侧，两个老人搀扶着走出来，回身关上门后，走出房屋的混沌，走到晨光里。右边的是六号家庭的祖母，今年八十六岁的白发的女人，她昨天刚剪短的齐耳短发仍旧浓而密，她右手挂着日常那根竹杖。左边的是六号家庭的外祖母，今年八十五岁的灰发的女人，她那薄薄的头发出门前刚梳成一团绾在头顶，头发下是皱巴得任何年龄都显得夸张的脸。六号家庭的外祖母没有挂杖，她扶着六号家庭的祖母的左手，自己就是另一根手杖。

　　两位老人以每一下都踩在原地般的步子走出居住区，走向麦地，再从麦地旁边的路，穿过，走在那条货车曾经拉着两具棺木而过的路上。她们走到两座坟前，已然放亮的天光又被弥漫开的雾遮挡大半。六号家庭的祖母与外祖母完全不受影响，甚至可以说是被雾引导着，走向石榴林那一侧的墓地。她们分开，分别抚摸着面前的铁制铭牌，一个沉默一个喃喃。雾又涌上来，淹没两具摇晃的身体，混淆她们的话与沉默。等它终于退开时，两个人各自离开铭牌，又搀扶在一起，被注入力量一般，以稳定不少的步子，走着。

　　她们没有往回走，是向下，往另一侧而去。不需要提醒，不需要浓雾的再度牵引，她们走到那由麦地改成的沼泽边缘，站在安稳的地面上，看向散乱覆着一团团草的泥土，看着雾从它内部升起，听着清晨的声音被它咕嘟嘟冒出的泡越煮越大。八十六岁的祖母扔掉右手的竹杖，左手更加用力地攥住八十五岁的外祖母的右手。两棵干枯的树，或者说一棵枝条互相搀扶的枯树，向着沼泽走去。她们的身体已然毫无重量，脚下的淤泥已被吓坏，因而走了好一段路，双方才达成一致，开始缓慢地摇摆地互相谅解地，一方下沉一方吸纳。

淤泥没过她们的嘴巴时，两个人仍旧如在铁制铭牌前那样，一个沉默一个喃喃。

第十七年

一月。严寒再度封冻整个街区，芦苇荡水面、沼泽地淤泥统统被冻上，麦地里的土也被封冻上一层硬壳，游乐园最后一名看守员工离去。临走前，她在一号家庭、二号家庭的两个男人的陪同下，再度来到石榴林，站在四位老人的铁制铭牌前，说了一番带有私人感情的祈祷、祝福、悔恨兼而有之的话。

二月。十四号家庭的男人回来，曾指导大家种植小麦、烤制面包的前管理员与他一起，还抱着八个月大的男婴，他们收拾好十四号家庭的房屋，安顿下来。当天晚上，十四号家庭的男人带着前管理员挨家拜访。他指着前管理员说，是他的妻子，怀抱里是他俩的儿子，前年他们在荔枝街区举行的婚礼。

来到十一号家庭门前，十四号家庭的男人还没说话，门就拉开了，但没人出来。前管理员进去，片刻，里面传出笑声。十四号家庭的男人进去，看见十一号家庭的女人抱着孩子，正在逗他。小家伙的目光紧紧跟随她的一根手指，在它的弯曲、伸展中，一会儿惊奇，一会儿大笑。

自此，今年三十二岁的前管理员改称十四号家庭的女人，男婴称十四号家庭的儿子。

三月。三十六岁的新一任管理员到来，他把所有家庭请到游乐园留下办公楼的会议室。石榴街区遇到了大麻烦，两位老人的死唤醒了市民心中沼泽地吞食一切的记忆，旧传说被一遍遍渲染后，流传得更为广远。石榴街区直接被市民们称为"鼻涕街区"，与之相关的一切都受到歧视、排斥。果酱、芦苇编织品、石榴形状的面包等特色产品销路断绝本来就无法承受，游乐园的关停更是最猛烈的一击……六号家庭的男人、女人、小女、小女婿四个人站起，向所有人鞠躬，但居民们拦住了他们将出口的话。一号家庭的男人发了狠，要求六号家庭不要再道歉，失去老人的是他们，他们根本没错，不能捡起这个本就该不存在的负担……十四号家庭的男人站起。"讲一个故事之前，想不到这给了沼泽地能量。"——他必须道歉，为他讲给二号家庭的男人的那个故事，"给予了鼻涕潜藏在市民心底最深处的吞食的力量"。但这样的话，他只说一次，他是听到石榴街区发生的事故、受到的影响，决定回来的……二号家庭的男人也要站起，一号家庭的男人按住了他。

嚣嚷逐渐平息后，管理员说出召集大家的目的：将军特批，市政管理当局拨出建筑资金，不足部分由城市银行低息贷款，为石榴街区房屋改造提供全力支持。这一次，先不考虑产业投资，仅仅是告别芦苇泥屋，改善居住条件。等街区的面貌焕然一新之后，新的商业机会必将到来。

四月。十四号家庭筹备开办芦苇造纸厂，管理员支持，街区居民入股。七号家庭长女获委任，负责造纸厂日常工作。下旬，设计师、施工方入驻，街区改造开始。

九月。六号家庭小女的长子进入苹果街区一体学校初阶学习，四号家庭的长女、次子一阶学习。一号家庭的三女三阶学习。一号家庭的长子获得以将军命名的奖学金，前往西边城市深造医学。一号家庭的次子通过严苛的程序，被选拔进入将军的卫队。十号家庭的女儿通过遴选，进入城市大学，学习法律。

第十八年

五月。一辆蓝色小汽车来到石榴街区，停在七号家庭正在施工的房屋旁边的空地上。车门推开，下来一个三十

岁的长身青年，穿着一件石榴街区不常见的正装。青年从
副驾驶座拿出一束玫瑰，走向正在工地上忙碌的人们，直
走到一动不动盯着他看的七号家庭长女面前。玫瑰递过去，
七号家庭的长女笑一下："不说点什么？"青年向看过来的
人们挥挥手，低下头看着她，说："玫瑰从枝上剪下来——"
他顿住。七号家庭的长女继续望着他，他摇摇头："要说的
话，别人是教不会的。我要说的是，我回来了，谢谢你等
着我。""谁等着你？"七号家庭的长女又笑一下，"玫瑰从
枝上剪下来——然后呢？"

　　"是因为——"青年俯下身，在她耳边说，"是因为有
花瓶在。玫瑰会枯萎，花瓶总在。"然后又说，"后面这句
是我自己想明白的。""这还差不多。"七号家庭的长女接过
玫瑰，"别站着了。"青年点点头，脱下正装外套，回去扔
在驾驶座上。七号家庭的男人早认出他是四号家庭之前芦
苇编织公司雇的工人，点头同意他的加入。在更远处忙活
的七号家庭的次女从青年出现的那一刻，目光就没有离开
过他。此刻，她看向自己的姐姐，在七号家庭的长女抱着
玫瑰转身去找花瓶的那一刻，眼泪涌出，沿着她的脸颊滑
落在地上。

　　六月。之前到来的青年和七号家庭的长女在管理员见
证下，举行了婚礼。自此，青年改称为，七号家庭的长女
婿。第二天，七号家庭的次女离开了石榴街区。

　　九月。六号家庭小女的次子进入苹果街区一体学校初

阶学习。

　　石榴街区改造完成。整个街区范围与原来差不多大小，各家房屋的位置也没有太大的变化，只不过院子变小了，腾出的地方拿来拓宽街道。浇筑的房子，灰色、白色、深石榴红搭配，比芦苇与淤泥构成的房子稳重得多，明亮得多。两层或者三层自主，多少个房间、房间的布局自便，总算让整个街区不那么规整，不至于一目了然。一号家庭、五号家庭、十一号家庭三家在院子里用芦苇、淤泥搭建出符合各自愿望的配房，让街区有了隐隐的沧桑感。中旬，管理员协调下，十五个家庭一户户搬入新家，并于全部入住的当晚，予以庆祝。

　　十月。那天下午，例行散步之前，五号家庭的男人，年已八十的老教授从楼梯上摔下来。五号家庭的女人，七十六岁的小提琴手，在院门口等待一刻钟后，回到屋内，看见丈夫倒在楼梯转弯的平台上，血覆额头，手里攥着他上楼为妻子取的外套。救护车两个小时后赶来，五号家庭的夫妇双双上去。

　　十二天后，救护车回。出事后第二天赶去照顾的七号家庭的三女、十二号家庭的女人先从车里下来，她们取下轮椅，在医生帮助下，将五号家庭的男人架进去。因为颅内出血，种种原因下无法手术，五号家庭的男人完全瘫痪，身体无法活动，口齿不再便利。不时发出的呜呜声证明，他仍旧想与他人说话，与年龄与身体状况不相符合的清亮眼神证明，他的灵魂是清醒的，只不过被封闭起来。

　　十一月。十四号家庭的男人从城里请回来两个有经验的男销售人员，一位年长些，一位年轻些。

第十九年

　　三月。芦苇纸张的销售仍旧不见起色，十四号家庭的男人召集股东商议，并邀请了其他家庭的成员。十四号家庭的男人没想到，市民对石榴街区这一带的偏见这样深，记忆的唤醒因他而起，受到惩戒应得应分，但是拖累股东过意不去。难道石榴街区就这样一直被漠视、回避？所有人就这样坐困愁城？除非，大家离开，回到来的地方……管理员打断十四号家庭的男人，警告他将军的命令不容讨论。

　　年长的销售员提示，偏见之外，芦苇纸的特点不鲜明也是销售业绩不佳的原因之一。年轻的销售员补充一个不久前偶然得到的消息，厂里因某个环节失误造出的一批废纸，正被人搜寻，据说是因为作画效果极佳。"命运的琴键经常由观众按下。"十四号家庭的男人向造纸厂的技术员，他的妻子确认失误的环节可以复现后，一拍桌子感叹道。

　　六月。麦收后，石榴街区"纸上衣食"主题艺术节举行，为期一周，城市内部以及东边城市、西边城市擅长纸上绘画的七位艺术家逐日到场。按照十四号家庭夫妇的策划，这七位艺术家未必是领域里最顶尖的，但都是在公众那里，尤其是在本城市民那里大名鼎鼎的。七位艺术家在特为艺术节制造的纸上尽情施展，对纸有任何更适合个人喜好的改进要求，都将被造纸厂采纳，试验至他们满意后，以他们名字或指认的方式命名，供他们终身使用外，面向市场推出。和"大面包"活动不同，艺术节没有招徕那么多的市民，可到场的都是多少懂行甚至追逐某位艺术家的。

到了晚场，"纸上衣食"得以更字面地体现——两款"特种纸"备好，一种由艺术家随心所欲裁剪，现场披挂上自身，同时给他们随机选中的观众；一种由艺术家以石榴果酱为主材，以其他果酱为辅料，在其上挥洒、涂抹，完成后切割成一份份，艺术家本人邀请观众，分而食之。这两个环节酝酿出与十四号家庭的男人预期相符的效应，并逐日叠加。最后一天，八百多人赶来，等在制作现场外，准备分享由本城艺术家绘制的巨型长卷，原本够一百人食用的"先民供奉百合图"。

七月。"纸上衣食"主题艺术节连带效应下，四号家庭的男人推出相关芦苇编织品，公司有了不小的起色。二号家庭的女儿结束一体学校二阶学习，开始在母亲的果酱公司上班。

九月。十四号家庭的儿子进入苹果街区一体学校初阶学习，六号家庭小女的长子一阶学习。

十二月。汇总、分析全年的经营状况，十四号家庭的男人松了口气："纸上衣食"艺术节对纸厂的影响推动没到最乐观估计的程度，但销量特别是七款艺术家特供纸的销量保持了稳定，够纸厂生存下去，尽管艺术节的花销让一整年的工作无有盈利。

第二十年

五号家庭的男人枯瘦如寒冬枝条，在春末的和煦里醒目地摆放在街区的早晚。轮椅几乎与他共生为一体，移动、停驻、穿行于人声的尖峰或者末梢，带来一股噤声的冷气，一片深渊底取出的冰。热闹与聚集都在他出现的刹那，映照到一切必将归于寂灭，于是当场凌乱，立等破碎。可五号家庭的男人要的似乎并不是这些，他的目光更加清亮、灼热，穿透眼前事物皮相的同时，更想牢牢地抱住它，抱住它消逝前虚与委蛇的幻影。五号家庭的女人不忍违拗，以衰朽的身体以十二分的尊严，亲自推动着轮椅，出没于目光的波涛。只能是她，其他事上七号家庭的三女、十二号家庭的女人乃至别的人都能代劳，唯有这件事，只能是她才可以熄灭五号家庭男人眼中熊熊燃烧的否定之火。

仲夏的某一天，五号家庭的男人终止了人群里的寻觅、游弋，五号家庭的女人领会他的意思，推轮椅到水边，让他面朝芦苇翻滚的绿浪，静坐下一整天。水面酣睡，银鱼跳跃，来往的几只小舟也打扰不了。第二天是麦地边，守着热气从割断的麦茬、干燥的土块里升上去，成为白云的一部分。第三天是沼泽地，两位老人的投身反而让它永久存身，无人起念更改。泥浆更加黏稠，从早到晚翻煮，吐出枯骨、朽木、鞋子，不知何处来的一枝孤荷，孤荷上两只反瞪着五号家庭的男人的青蛙。然后是石榴林，是亲疏显见的四处墓地，然后是从另一侧修筑过来的道路……远远近近，石榴街区守候一遍后，五号家庭的男人不再进食。

听闻消息后，人们没有惊讶，没有惋惜，这是一件必然的事。他们不相约，但自然地互相避开，避开这不符合死亡漫长前奏的热闹，分别登门，来到五号家庭。在一楼整洁得偏冷清的客厅里，五号家庭的男人坐在轮椅里，守在漆面映出人影的餐桌前，看向到来的邻居，好几个还听过他的课。五号家庭的男人处在枯枝进化成一只鸟的至关重要的前一刻，目光在动静之间集中又涣散，他明白所有人出口的未出口的话，一切都无必要回答。于是，就相对枯坐。于是，坐到最后，五号家庭的女人总会递上拧到合适，湿度尚存的毛巾。于是，探望的人接过来，在老人的身上，接续前一个人擦起来。擦探望者自知的一部分，擦掉植物的特性。

最后一天，五号家庭的女人谢绝了探望者。托一号家庭的男人买来的红玫瑰，插进花瓶里，摆在五号家庭的男人的面前。随后，她关上门，房间里传出提琴声。即使不太懂的人，也听得出五号家庭的女人精力不济，影响到了

琴声的流畅，转换与衔接间过于长的停顿。但即使不太懂的人，也完全感受得到，琴声里的诉说、缠绵、伴随、豁达，每一个声调每一种情感既是初音又是尾声。整个街区就笼罩在这提琴声里，从午后至于黄昏，直到它没有预兆地，戛然止住。

第二十一年

一月。管理员宣布将军批准市政管理当局呈上的方案，石榴街区建设火电厂、居民安置与补偿、人员招聘等环节得以明确——麦地、沼泽统统被征用，作为电厂的主体部分；芦苇荡这一侧保留，作为生活区的一部分。街区居民，按照标准，补偿土地各方面损失，有意愿者，只要身体允许，七十岁以下都可以在火电厂安排适宜工作，以便人人能为街区做贡献，不离开熟悉的环境与生活。

市政管理当局没予以任何协商、通告，直接安排从靠近麦地尽头的另一侧开始修一条宽阔的石子路，石榴街区的居民就此明白，事情没有更改余地。好在，一号家庭的男人"保留石榴林，不惊扰亡者"的主张得到了尊重。与此同时，二号家庭的男人被聘为火电厂的顾问。

二月。火电厂举行奠基仪式，将军出席、剪彩，现场发表简短演说。阐述火电厂在城市历史上的意义外，将军对石榴街区的发展予以肯定，赞赏其中展现出来的市民沿

袭自先民的开拓精神。按照计划，奠基仪式后，将军会前
来街区视察，与居民交谈。为此，全体居民在街区做准备，
卫兵更一早到达布控。

　　不料，演说之后，一位火电厂筹备组的女士，在握手
环节，就势扑过去，紧紧搂住将军，疯狂亲吻脸颊，一再
捕捉嘴唇。拉扯之中，更抱着将军摔倒在地。现场混乱至
极，卫队长稳住局面后，怒斥被控制住的女士，是"一团
不管不顾的沼泽深处涌出的鼻涕"。将军止住卫队长，劝慰
了痛哭中陈述自己刚才"大脑一片空白，只剩下对将军的
爱，是闪耀的爱在驱动"的女士。将军似乎没有大碍，但
在卫队长与首席幕僚坚决劝阻下，取消了后续行程。

　　对于石榴街区的居民而言，由于行程的取消，上述演
说与混乱完全成为传说。何况，其中还夹杂着，到场的将
军"只是替身"，这样阴谋性质的猜测。但听到卫队长那句
"鼻涕"怒斥后，他们先是和转述的管理员一起哄笑，随即
认同了管理员的判断：不要再指望将军会来到石榴街区。

　　七月。六号家庭的长子被火电厂聘用，这才找上门，
和父母妹妹相见。吃了顿沉默的晚饭后，六号家庭的男人
和女人带他去石榴林的墓地。到了墓地，祭拜完四位老人，
六号家庭的长子在转身的瞬间，忽然跪下，六号家庭的男
人拦住他要说出的话。六号家庭的男人说："即兴没错，可
谁又能……"话同样被他的妻子截断。第二个周末，六号
家庭的长子带来自己的妻子、儿子和两个弟弟一个妹妹及

他们各自的家庭，一大家子总算得以团聚。鉴于长子带着妻子、儿子搬进火电厂安排的住处，二女、三子、四子第二天回到城里，这些勉强纳入编号系统的人，就不记述细节了。

　　九月。六号家庭小女的次子进入苹果街区一体学校一阶学习。

　　十月。一个月的三阶学习后，一号家庭的四子坚决退了学。一号家庭的男人与女人商量后，同意他跟着十一号家庭的女人学习摄影，同意他不时去往城里学习摆弄各种机械。

第二十二年

　　三月。火电厂开启运营。当天凌晨四点半，十一号家庭的女人起床。事实上，她整夜辗转，并没入睡。装备早已妥当，简易相机拿在手里，专业设备挂在脖子上，三脚架、镜头等一律放进袋子，袋子斜挎在肩上。出门之前，十一号家庭的女人特意在镜子前横向移动两个来回，对自己移动机器般的模样点点头。

　　推开门，对着扑面而来的空气，对着空气中夹杂的鸟鸣，十一号家庭的女人轻语："吸入第一口气，你在它身前。吐出最后一口气，你遥遥相望。"这话她一共说了三遍。第二遍是对着十五号家庭的狗，它跟着她跑上好一阵；

第三遍则是冲着远处同样推开门，站在院子里刷牙的七号家庭的男人。

十一号家庭的女人由此开始守候与抓取，特别是在火电厂启动键按下前后。几十米开外十号家庭男人伸长的脖子、十号家庭女人踮起的脚尖与大张的嘴；炉子门打开瞬间，喷出的火光映在六号家庭小女的长子的脸上，给他镀上铁红；仪表前因为每个数字的指示，搭在一起的十数只手，最上面少了半截位置的正是二号家庭的男人的右手；十二号家庭的男人站在自家院门口，仰起脖子望着输电线，防备上面的滋滋响声掉下来……

七月。一号家庭的长子结束西边城市的学习，回到城市，回到石榴街区。他告诉父母，在任教城市医科大学、担任市政管理当局医学专职顾问两个选项之外，自主一条新路：回到石榴街区，创立一所具备街区属性的专科医院。"这颗石榴熟透了，正被徐徐打开，白色的膜、红色的籽，膨胀分明，需要一只看护的手。"

一号家庭的长子解释着，觑看父母的脸色。一号家庭的男人全程沉默，他只是在确定儿子说完后，才点点头，看向妻子。一号家庭的女人同样一句话不说，只是在丈夫点头之后跟着点点头，她始终看着进门不久的孙子。一号家庭的第一个第三代，三岁的长孙低下头，紧紧拉住二十六岁妈妈的手。

一号家庭的长子的妻子弯腰在儿子耳边说了句什么，

一号家庭的长孙抬起了头。十秒钟对视后，一号家庭的长孙向祖母露出笑容。

八月。六号家庭的小女产下一女，是为六号家庭小女的三女。

九月。十四号家庭的儿子进入石榴街区一体学校一阶学习。

十月。东边城市忽然送来一份三年期的大订单，各项条件优厚，造纸厂的关闭计划得以搁置。十四号家庭的男人召集股东会，申明会以这一份订单为契机，为纸厂开拓新空间，但各位股东有别的投资机会也请抓住。月底，十四号家庭的男人押送新一批纸张前往东边城市交付，探明大订单的缘由："纸上衣食"艺术节邀请的七名艺术家中，一位西边城市艺术家被聘为东边城市教育总负责人，他设计的艺术标准考试中，将以石榴街区芦苇纸为指定用纸。

十一月。东边城市第一批纸张余款及第二批纸张预付款到账，十四号家庭的男人算定本金加累积分红后，主动让其余股东赎回股份，只留下三名员工。七号家庭的长女进入火电厂，就职总经理助理，离开造纸厂的其他居民，亦先后进入火电厂上班。

十二月。火电厂第二期员工用房竣工，石榴街区相形之下，越发微小。

第二十三年

一月。三号家庭的儿子走在清晨的街上，手里拎着一根芦苇，上面串着五六条煞白的鱼。煞白的带着雾气的水滴顺着鱼尾滴答在路上，每滴答一下，路上就溅出一个乳白的点。"水在鱼心里生根。"三号家庭的儿子嘀咕一句，停下来拍拍鱼，抬起手挡住新放出的阳光。走上几步，三号家庭的儿子转身，拿脚踩住一个个乳白的点，踩成稀薄的一个个白团。"冰在鱼身上生根。"说完，三号家庭的儿子再转身，往前走。走着走着，三号家庭的儿子从芦苇上取下一条鱼，往路旁草丛里扔去。"奶在鱼眼中生根。"三句话三个动作无规则地交替着，半个小时也没走多远。中间，三号家庭的儿子同样没预兆地，走进草丛里，手摸仿着鱼，游到藏匿的鱼身上，伙同它游回芦苇上。这样，他走到四号家庭的门前时，芦苇上仍有三条鱼。"奶在鱼眼中生根。"三号家庭的儿子轻声说，说完取下一条鱼扔向四号家庭的房门。房门顺势打开，如同迎接鱼的回归。四号家庭的男人看着落在几米开外瞪着自己的鱼，望望三号家庭的儿子，将要开口，右手忽然掩上鼻子。四号家庭的男人上前，一脚将鱼踢入旁边的灌木丛，右手拿开一点，又更猛烈地掩回去。四号家庭的男人目光追踪上走远的三号家庭的儿子，收回后看向远处的芦苇荡，上面众多的乳白色的点，顾不上关门，迎着它们向芦苇荡走去。

　　二月。一把火烧光芦苇荡里的死鱼后，石榴街区的臭味逐渐散去，至少散到大家都能接受的地步。三号家庭的儿子安静下来，不再拿着一挂鱼玩耍他的游戏。

　　七月。石榴街区医院在火电厂第二期员工用房毗邻的新建大院内开业，一号家庭的长子被任命为医院院长。将军侍从室的首席幕僚受委派，专程出席开业仪式，同时授予一号家庭的长子另两份聘书，聘请他为市政管理当局兼职医学顾问，以及城市心肺联合研究会副会长。聘请与调来的员工、购买与制造的仪器，当月内陆续到位。

　　九月。四号家庭的长女、次子进入苹果街区一体学校二阶学习。

　　十月。市政管理当局撤回原命，取消火电厂成立单独管理处，将其合并入石榴街区，新的石榴街区包括原有的居民区，新建立的火电厂、医院，以及芦苇荡、造纸厂、石榴林等，基本上仍是最初的范围。与此同时，成立新的石榴街区管理处。新任命的管理长随同该命令到任，原管理员继续在原岗位上就职。管理长就任的第二天即登门拜访一号家庭的男人，希望今后的工作得到更多更有力的支持。

　　十一月。火电厂修出一条新路，将石榴林劈成两半，大多数石榴树居于一侧，两棵残留的石榴树陪着四座坟居于另一侧，伐倒的五棵石榴树被四号家庭的男人搬回家。路开通以后，大型货车往复其上，一车车炉渣、钢渣拉了出去，倾倒在石榴街区近海的滩涂上。

第二十四年

二月。一号家庭的生活便利店装修完毕，升级为超市营业。一号家庭的女人带着四女，负责超市日常运营，请了六号家庭的女人帮忙外，又雇了两个女工，其中一个是原来果酱厂的员工。

三月。一号家庭的四子拆开父亲那辆老式卡车，做成一个站立的巨人，每一个零件都没有舍弃，每一个零件都恰在其位。管理处征求居民意见后，用铸铁在居住区的中心位置焊出基座，巨人立在上面，木挡板做成的披风漆成金黄色，衬得巨人的锈迹斑斑的脸更加沧桑。偶尔，一号家庭的男人进货之后，会将新买的厢式货车停在巨人的旁边，漆光闪亮的新车如同一个后生。偶尔，三号家庭的儿子会站在巨人旁边，摆出他顶天立地的站姿。

五月。四号家庭的女人的咖啡馆重装开业，现在它更像是个酒吧，到了晚上尤其热闹，多是火电厂的人进进出出，周末经常到凌晨两三点才关门。六号家庭的小女、小女婿从火电厂下班后，每天一个，轮换着在咖啡馆帮忙。逢上星期五六晚上，他俩和四号家庭的男人，都会来到咖啡馆。

八月。一个黄昏，五号家庭的女人如常推着轮椅散步，她不时停一下，与相熟的邻居打个招呼，说上两句。她还从轮椅后面倾斜过去本已佝偻的身子，与轮椅里端端正正摆放着的小提琴盒说一两句。轮椅推到了居住区的尽头，五号家庭的五人没有如往常那样折回，而是坐了上去，打开提琴盒，拿出小提琴，拉奏起来。微风伴着琴声，送到正在用晚饭的居民耳畔，他们从中听出一丝熟悉的诉说，禁不住有些感叹。等他们用过晚饭，串门、散步或者闲聊时，琴声仍在。等夜色渐浓，他们回到家时，才意识到琴声不知何时已停，而且五号家庭的女人并没在琴声停止前后回来。终于有人披衣前去查看，五号家庭的女人早已歪在轮椅上，溘然逝去。唯有她的双手，一握琴，一捏弓，似乎要开始新的乐章，似乎一切乐章都可收束。

九月。一号家庭的次子回街区探望。言谈间，人们得知他去年初即升任将军卫队第七小队队长，并且在今年六月奉将军之命成婚。碍于命令，婚事未能提前告知父母，并且无法携妻子回来探望。

十月。十二号家庭在火电厂居住区租下一个店面，作为面包店分店，由十二号家庭的男人维持。十二号家庭的女人每天早上、午后各烤制一次，蹬着小车送过去后再回到居住区，照看老店。

十一月。二号家庭的女人缩减石榴果酱公司规模，摒弃机器代劳的所有环节，恢复最初的纯手工。石榴果酱以一号家庭的超市为主要销售平台，逢上其他街区的客户进货数量较多，则由一号家庭的男人送去。

第二十五年

　　三月。一号家庭的男人陪同市政管理当局委派的三位调查人员考察石榴街区，成功说服他们取消对石榴林的进一步规划，转而将重点放在火电厂东南、医院毗邻的最后一块麦地上。综合考虑后，那里被纳入规划，预备在上面修建新的一体教育学校，包括初阶、一阶、二阶、三阶整个大学之前的完整教育流程，以适应火电厂员工与周边同样发展壮大的街区需要。

　　四月。麦熟的下旬周末，石榴街区所有的居民，不管自家是否还有麦地，无论是在火电厂上班或者自谋营生，都来到麦地，看着收割机、脱粒机等各样机器将最后一批麦子变成麦粒，他们把地上大个的麦穗拾起，放进机器里。没有伤感，更没有欢呼，只是站在麦地周围，静默地看着。待机器完成工作，停止轰鸣后，一号家庭的男人站上收割机，告诉居民们，十二号家庭的夫妇晚上将用大家亲眼所见的新麦，烤制一个五十斤的石榴面包，作为"大面包"活动的回声，以示纪念以示道别。"从此以后——"一号家庭的男人最后说，"我们所食的，不再是我们汗水所得的。"

　　七月。同样是下旬周末，一辆车载着四个人驶进街区烦热的上午。深绿色的车身高大，一静一动异常显眼，它在十一号家庭的门口稍作停顿，不等十一号家庭的女人从屋内出来，一下驰到货车制成的巨人面前，对视良久后，又猛地起身在居住区兜上一圈，最后停留在一号家庭院门口。

一号家庭的男人在院内整理一棵槭树，见车终于停下，放下工具，走出院门。车上的四个人也已下来，站在向他这一侧，齐齐望过来。两男两女，均四十来岁模样。几句话下来，一号家庭的男人明白了，他们是当年短暂待过的九号家庭。一号家庭的男人一面请他们进屋坐，一面让闻声出来的女人去知会别的家庭：老朋友到访。

各家陆续来了人，面对"怎么少了一位"的疑问，四人中的一个从后备厢捧出骨灰盒。骨灰盒上的照片还是在这里生活时，十一号家庭的女人所拍，大家一眼认出是当年的女人三。四人说明来意：女人三临终前，想要回到石榴街区入土，她始终忘不了那一年的生活。众人唏嘘感叹中，一号家庭的男人点头应承，他去说服管理长。

九月。六号家庭小女的三女进入苹果街区一体学校初阶学习，一号家庭的长孙一阶学习，六号家庭小女的长子二阶学习。

十月。三号家庭的妈妈没有缘由地，忽然在家里晕倒，血顺着嘴角流出。三号家庭的儿子看着她，发出撕心裂肺的尖叫，招来了四号家庭的女人。她拨打电话，救护车赶到。两周后，检查确诊，三号家庭的妈妈肺癌晚期。

十一月。十四号家庭的男人整理好最后一批订货后，关闭造纸厂。做出这个决定的当天晚上，他在四号家庭的女人的咖啡馆，一个人喝酒至凌晨。接下来，十四号家庭的男人花了一个多月，与一号家庭的四子共同拆解机器后，利用所有的零部件，制作成一条机械大蛇，摆放在居住区中心基座上，老式卡车改成的巨人脚下。

第二十六年

六月。二号家庭的女人眼看三号家庭的妈妈再支撑不下去，没和她商量，让二号家庭的男人前去二十多年前记下的地址，多方打听，找到三号家庭的女儿。她当即叫上丈夫随同二号家庭的男人赶过来。女儿跟着二号家庭的女人进到卧室时，三号家庭的妈妈正在昏睡，三号家庭的儿子坐在床边椅子上，嘴里反复念叨着"金鱼""石榴""胳膊""血"这几个词。女儿没有惊动妈妈，她走上前拉起弟弟的手，他抬起头看着姐姐，认真地把几个词重复一遍。姐姐伸手在弟弟脸上抚过，跟着他说了一遍。这时，三号家庭的妈妈醒过来，她睁开眼睛看着女儿，脸上浮现少见的喜色，说："大儿，你找到我了。"说完，喘几口气，又盯着女儿身后的女婿看上许久，目光再回到女儿身上，说："二儿，你们为什么不一起来？"说完，又昏睡过去。女儿望着妈妈，忽然号啕大哭。哭毕，不顾阻拦，给妈妈收拾好，将她抬上叫来的救护车，拉着弟弟一起上了车。

七月。三号家庭的女儿护送妈妈的骨灰回来，在一号家庭的男人的帮助下，将妈妈在石榴林里安葬。三号家庭的儿子全程跟着姐姐，但没吐出一个词，没表现出对居民与环境的熟识。三号家庭的女儿葬礼后将房屋的钥匙交给二号家庭的女人，托她照料，说自己能够接受这件事时，会来处理。临别之前，三号家庭的女儿说，妈妈在去世之前清醒了一阵，她们解开了心结：两个哥哥的事并不怪妈妈，也不怪她，更与弟弟无关。

八月。十号家庭的女儿回到石榴街区完婚，丈夫是她在城市里的律师事务所创办者兼合伙人，今年二十八岁。婚礼当天，将军侍从室的首席幕僚到场，并在证婚环节说："婚姻稳定人世、性情和灵魂。"这让居民们断定，听到的流言——十号家庭的女儿、女婿经常承接一些让市政管理当局不快的案件——是假的。

九月。四号家庭的长女、次子进入苹果街区一体学校三阶学习。

石榴街区一体教育设施投入使用，初阶、一阶、二阶、三阶完备，据说将来可能开办一所与电力特别是火电有关的大学。一号家庭的男人送长孙入学时，见到离开十多年的八号家庭的女人，得知她被调整至石榴街区，继续从事一阶教师的工作。并且，八号家庭的女人在离开石榴街区后的第二年，与学校里的同事成婚，膝下已有十四岁的女儿、十二岁的儿子。一号家庭的男人告诉八号家庭的女人，她的房屋早已在街区改造中被拆除，但街区规划里始终保留着她的院落的位置。随后，八号家庭的女人带着四十八岁的丈夫和两个孩子回到居住区，看望邻居，查看为她保留的土地。她与丈夫商定，在上面盖起一座两层楼的房屋。搬进来之后，八号家庭的女人请十一号家庭的女人为她拍了全家福。

十二月。三号家庭的女儿前来打听，弟弟是否回到了街区。她说两天之前，他像往常那样在客厅里玩，嘴里反复说着"妈妈，石榴"，她锁好房门出去买回五个大石榴，却发现房门大开，人已不见踪影。得到否定回答后，她匆匆离去。五天后，三号家庭的儿子衣衫褴褛、鼻青脸肿地出现在自己家门口，二号家庭的女人将他带回家，为他更换衣服、安排饮食，并电话通知三号家庭的女儿。赶来后，她对弟弟自己找回来心疼不已又大感不可思议，陪他住了两天。再想带他回去，三号家庭的儿子抱着家门口的柱子，无论如何都不撒手。二号家庭的女人说服她，让他留在石榴街区，大家代为照顾。

第二十七年

二月。四号家庭的女人接到通知，父亲病危，监狱方出于人道考虑，允许她前去见上一面。她在丈夫陪同下赶去，两天后回来时，带着父亲的骨灰盒。骨灰盒上的照片是四号家庭的父亲年轻时，衣领上别着匪帮标志性的勋章。石榴街区的居民对此没有异议，但管理长听说后两次登门，一次确认，一次劝说更换。四号家庭的女人拒绝了管理长，说这得到了市政管理当局的特别准许。管理长核实之后，没再坚持让她更换照片，但拒绝了她将父亲埋葬在石榴林墓地的请求。一号家庭的男人听说这件事后，征询居民们的意见，大多数人不置可否。

三月。四号家庭的女人邀请管理长、一号家庭的男人共同参加父亲骨灰的抛撒，她说这是父亲留下的备选方案。管理长拒绝出席，但同意部分骨灰撒在石榴街区各处。当天，在居民们陪同下，四号家庭的女人带着丈夫、双胞胎孩子，捧着骨灰盒，先来到石榴林，由一号家庭的男人率先抛撒，将三分之二骨灰留在石榴街区的石榴林、芦苇荡、居住区等地方。其余的三分之一，则在另一个周末，绕道出海，撒进了万顷波涛。

八月。十四号家庭的儿子和一号家庭的长孙到芦苇荡浅滩里捞虾，三号家庭的儿子坐在岸上他们带去的小桶旁。后来，两个男孩从浑浊的泥水里起身，拎着小桶回家，一路上争论着谁捉的虾多。晚饭时，二号家庭的女人挨家挨户寻找三号家庭的儿子，两个小男孩才想起，他们上岸时他就不见了。又分头找了一圈，天完全黑下来之后，二号家庭的女人给三号家庭的女儿打去电话。三号家庭的女儿连夜赶来，加入寻找，一直到天亮。一号家庭的男人甚至违背他自己定下的禁令，爬上那棵巨大的石榴树，窝状小屋里也只见到那盘坐的骸骨。五天后，三号家庭的女儿回去了。临行前，她拜托二号家庭的女人，有任何弟弟的消息都告诉她。

　　九月。六号家庭小女的次子进入石榴街区一体学校二阶学习。

　　十月。十五号家庭的男人，现任协助员到龄退休。管理长按照惯例，向他颁发了退休勋章，并通知，市政管理当局准许他与妻子离开石榴街区，回到他们之前生活的地方。十五号家庭的男人与妻子商量后，决定留在石榴街区。一号家庭的男人为他们组织了一场仪式，欢迎他们正式成为石榴街区的住户。其实，从为他们编号的那一天起，这就是定了的。

　　十二月。新的协助员到来，是一个二十二岁的女孩，刚从学校毕业。

第二十八年

　　灰尘先于惊觉之前，以肉眼不可见的方式落下。落在一号家庭后院的两棵槭树上，五裂掌状叶从无至有、由绿转红，灰尘填满其变化之外的时空。落在四号家庭两个孩子撕扯后落在窗台上的两页书上，一行行字的中间，蘸出一条条灰色的线。落在十一号家庭挂在前院的巨幅照片上，那是灰尘最为短暂的临时落脚点，于偶然的早上十点至必然的下午三点，迅速被抖落，但汇入地上借助一张肖像的横切面绘成的直线。落在七号家庭的长女忘在阳台衣挂挂着的外套上，当她早晨伸手取下披在身上准备上班时，发现露水糅合灰尘渗进去，改变了外套的颜色。落在老式货车改造成的巨人的上眼皮上，沿着眉毛与睫毛之间的地带，堆成另一副眉毛或者一双内藏的眼。落在墓前八块等大的铁制铭牌上，横的方向共竖的方向，那些勾勾画画而成的名字的高高低低处，并不放过。落在早被雨水冲洗过很多遍的芦苇尖上、石榴叶端，那儿总不经意地积存着四号家庭的父亲的骨灰，数量微乎其微，痕迹无法彻底除净，只能被灰尘一再混淆、稀释。

　　一旦惊觉，灰尘才真正落下来，被所有的眼睛看见。十五号家庭的男人和女人，同时看见灰尘落在每一户人家的窗台上，无论是否打扫过无论刚打扫完多久。十二号家庭的男人和女人，先后发现自己家的面粉不管密闭得有多好，只要打开一次，颜色就会变得不再那么白一些，面包的味道也随之变化一层，尽管顾客还没有察觉，尽管烤好的面包正在因为落在上面的灰尘而变色。八号家庭的女人和前两年被新认定的八号家庭的男人，彼此意识到对方的声音在出口的刹那总有一点点偏差，而每次的偏差都与上一次的偏差略有偏差。二号家庭的男人递给二号家庭的女人新鲜的石榴之前会用水再冲一遍，二号家庭的女人接过石榴之后会用布再擦一遍，有一天他们明白了不间断落下的灰尘让他们在一遍遍的冲洗与擦拭之间，连一次石榴的递与接都永远无法完成。

于是咳。六号家庭七十一岁的男人与七号家庭六十八岁的男人，分头在自己家里咳。一个在取出一支烟，点燃之后，放入嘴里的同时由外向里咳，咳一声人就缩小一分，必须抓住某个窒息前的瞬间，借助咳的力量，汲取一股青色的烟，吞进肺里，抚慰每一个躁动的肺细胞，身体借势一点点舒展开来，恢复至为下一次收缩做好准备。一个蹲在马桶上，腹部肌肉勉力挤动，内压缓慢凝集、增加，但奔着不受控制的方向而去，由里向外，搅裹成一团联动的肺细胞给出力量，冲过气管，推开牙齿与嘴唇的密闭，弹出一串逐渐减弱的声音气泡。他们也相搀扶着咳，家门口，在路上，在说话之前把手搭在对方的肩上，互相助力，互相鼓劲。只有在火电厂保卫室里交接班时，才咳得隐晦、克制，带着充塞整个居住区的咳嗽于其内的完全的彼此信任。

于是其他人在咳嗽中学会与灰尘共生，而十四号家庭十二岁的儿子、一号家庭九岁的长孙、八号家庭十四岁的儿子、四号家庭十七岁的次子，四个男孩决定找出灰尘的来源。他们蹲伏在家里、街道、天台，看着扫帚、吸尘器惊扰又归并的尘埃，摇摇头，否定它们能够集结起持续的阵仗。他们从芦苇荡里盛出污黑的水，怎么都无法二分成透明的无色无臭的水与飘扬的巨石般坚固的尘埃，摇摇头，否定了灰尘能够从其中脱身而出，上天张扬一番后再次落下，循环以往。他们查看长辈父母的手、脸、衣物，确定这些现成之物不能依凭时间于无中滋生无尽的灰尘。他们以侦缉的热情，倾听长辈父母的言语，留意父母长辈的脸色，关注兄弟姐妹的情绪，无奈地得出结论，这些无形无体无质无量的观察对象，同样不是漫天落下的灰尘的渊薮。正当他们找不准源头，得不出结论，深陷沮丧与自责之中，无意间抬起头来，目光定定落在火电厂两根巨大的烟囱上，它们如象王那撩天的鼻孔，正往外吐出不间歇的黑烟。

十四号家庭十四岁的儿子立定、一号家庭九岁的长孙立定、八号家庭十四岁的儿子立定、四号家庭十七岁的次子立定，四个塑像般立定的男孩，伸出直直的手指，指着两根长长的烟囱。一直指到从一号家庭到十五号家庭，所有仍在居住区生活的成员，站在原地，目光定定地看向烟囱。一直指到火电厂、学校、医院，所有的员工与工作人员，好奇地停下手里的工作，如风中之树，顺从各自的方向，好奇地看向两根撑住乌黑天空的巨柱。

第二十九年

一月。一号家庭的男人为长子送去妻子特意为其烤制的生日蛋糕后，从医院里出来，下大院侧门最后一级台阶时踩空，摔到地上。爬起来后，他一瘸一拐地坚持走回家，右脚踝已经肿大。三天后，冷敷等常规手段用尽，仍不见好。在一号家庭的女人劝说与陪同下，一号家庭的男人再次来到医院，经过检查，右脚踝外翻 II 度骨折。

　　二月。一号家庭的长媳顺产第二个孩子，是个女孩，将一号家庭的次子去年出生的女儿纳入序列，这是一号家庭的第三个孙辈，但遵从树枝分叉的原则，称一号家庭长子的次女。一号家庭的次子收到消息后，特意让妻子回来看望，并送上一张多功能音乐婴儿床，据说是他在参与设计的基础上，根据女儿的使用情况，予以了调整。言谈间，一号家庭的次媳透露，一号家庭的次子已经升任将军卫队第一小队队长，极得第三任卫队长信重。

　　三月。十五号家庭的男人咳嗽久治不愈，经检查，确认为肺癌中期。

　　四月。二号家庭的女儿与一体学校修建时认识的男友结婚，他是个二十六岁的塔吊司机。拗不过二号家庭男人的意见，小夫妻从学校搬来与父母同住。十五号家庭的女人照顾丈夫之余，开始担忧自身身体状况，也做了一个检查，同样确认是肺癌中期。

　　五月。一号家庭的男人建议下，四号家庭的女人对外推出其店里浓咖啡与十二号家庭店里牛角面包搭配款，广受欢迎。两个家庭各自推出三种咖啡与面包，在火电厂与医院中间地段，开出一家咖啡面包速食店。

六月。一号家庭的男人摆脱轮椅与拐杖，下地行走而不再疼痛，但右脚迈出的每一步都比左脚矮一点。一号家庭的长子将其送至市内专科医院检查，得知是右脚踝骨错位所至，可通过手术矫正。一号家庭的男人认为能够行走即可，不必非要统一两只脚的高低，拒绝手术，直接回到石榴街区。三号家庭的女儿打来电话，告诉二号家庭的女人，因丈夫工作变动，全家搬迁，如果弟弟哪天回到石榴街区，请送至新的地址，或通知她前来。

七月。十一号家庭的女人题为"石榴瓣膜"的摄影展开幕，展场既有四号家庭的女人的咖啡馆、石榴街区管理处的会议室、一体学校的展览室这样偏正式的场所，又有一号家庭女人的超市的生鲜区域、十二号家庭面包店的烤房、火电厂的两根烟囱这样非正式的地方，连盛装面包的纸袋、超市购物袋、果酱瓶盖等一切与生活关系紧密的位置，统统用了起来。二十多年，十一号家庭的女人拍摄的这几十个人的数万幅肖像中挑出的数百张，顿时让石榴街区人潮汹涌且澎湃。一号家庭的四子策划了这场展览，他还用十一号家庭的女人的自拍肖像制成一个等大的立体像，与老式货车改装的巨人并肩而立。

八月。十号家庭的女儿回家，原计划陪父母过周末，却待了十天。十天内，她和石榴街区范围内的很多人交谈，问的问题大多与灰尘有关。六号家庭小女的长子开始跟从十二号家庭夫妇，学习烤制面包。

九月。四号家庭的长女和次子，即那对双胞胎，同时通过考试，进入城市大学学习设计。姐姐如其所愿，学了建筑设计。弟弟在服装设计、玩具设计之间犹豫，家人的反对，反将他推向了服装设计。入校前一天，四号家庭的次子告诉四号家庭的男人，一定要为父亲设计一条庄重的长裙。

十月。七号家庭的次女，不期然回到家里，住了一周又不告而别。这一周，她不与任何人说话，对自己在外面的生活一概不提。

十一月。一号家庭的三女离开一号家庭的女人的超市，前往石榴街区的医院，成了一名护士。

十二月。二号家庭的女儿顺产一个男婴，称为二号家庭女儿的长子。

第三十年

五月。市政管理当局委派的规划、测量专家再次到来，他们在石榴街区外围转了一周，据说是调整之前的规划方案。一号家庭的男人受邀请，与他们一起工作了三天，回答基本的疑问，反馈居民的想法。他们离开之后，他告诉居民们，市政管理当局决定：火电厂要从现有厂区往西北扩，修建二期工程，石榴林与墓地不动，但墓地预留的空间将大为减少，将来需要伐去大部分石榴树。与此同时，原本处在远景规划中的大学，也会体现在这一次的规划中，预备三五年后启动修建。到那时，石榴街区将不再孤悬，而与芒果、栗子、蒲公英三个街区紧密相连，另一面则是乱石堆就的海滩以及汪洋。

六月。火电厂第二期工程动工，一号家庭的男人代表全体居民与火电厂董事长、一体学校校长、石榴街区管理长，以及代表医院的一号家庭的长子，共同参加奠基仪式。

六号家庭小女的次子开始跟着十二号家庭夫妇学习烤制面包。

八月。持续的极度闷热中，芦苇荡于一天中午"煮沸了"。十号家庭的男人最先发现，给出这一说法，后来的见证者完全采用，并且都认为，再没比这个更贴切的。整个芦苇荡，行舟的水面，茂盛的芦苇丛中，从地底向上翻煮，气泡吐出水花，咕嘟咕嘟直响，又急又密。淤泥、垃圾、芦苇根……想得到想不到的东西，被翻上来，大部分再覆下去，少部分被喷离水面，在空中翻滚，落回水里或者落在芦苇叶子上。不一会儿，鱼、虾、蟹顺着水泡翻出来，它们不能喷入空中，不再落进水底，一动不动地浮在水面，让站在岸上围观的人们想起几年前，伴随着三号家庭的儿子的嘀咕，集体死亡的鱼。随即，他们就闻见臭味，过于上次，过于记忆里所有。黏稠、黑色、蠕动的臭味，自芦苇荡喷薄而出。

九月。十号家庭的女儿回到街区，调查芦苇荡上一次发臭。一应痕迹早被几场大雨冲洗干净，芦苇荡早已恢复往日模样，芦苇丛生，水面碧绿。人们在岸上如常生活，小孩子仍旧钓鱼、捕虾。十号家庭的女儿的问题让人不解，大家认为，不过是芦苇荡发了一次脾气。或者，是被火电厂镇压的沼泽里的吞食力量，终于找到一个出口，翻上来，见了阳光就休止了。十号家庭的女儿不与人争辩，只听人说，记下他们的话。临走前一天晚上，十号家庭的女儿把愿意来的人都请进家里的客厅，说出她的判断：芦苇荡发臭由造纸厂与火电厂共同造成，问题并没解决；火电厂的空气更是……十四号家庭的男人打断她，起身离开，其他人陆续跟上。

第三十一年

二月。一号家庭的女人从超市的一位供货商处得知：蒲公英街区最近出现一个傻子，长发披垂、衣服整洁，四五十岁模样，整天提着一个不知道哪里来的黑灯笼，有时低着头四处转悠，有时站在桥上一动不动。他不理人，人要是问他，逼急了就吐出一句"蒲公英的伞全撑在你头上"。一号家庭的女人告诉二号家庭的女人，两人都脱不开身，就让二号家庭的男人前去确认。他回来说，一眼就能确定，那人清醒得很，灵光得很，不管他是不是装的，绝不是三号家庭的儿子。

四月。十五号家庭的女人早晨服药时，一股从未体会过的窒息感笼罩了她。她事后跟人说："我一下子掉进个特别大的塑料袋里，乱看乱摸乱动，空气全都被抽走了。"窒息薄而透明，紧贴住她的皮肤、毛发，裹住全部感官，却又在她要放弃挣扎的瞬间，遽然离去。呆愣片刻之后，十五号家庭的女人感受到全然的舒畅，"第一次得到呼吸的好一般"。她忍不住告诉碰见的每一个人，得知这经历与感受独属于自己。月底复查时，一号家庭的长子反复对比核定后，告诉十五号家庭的女人，她的肺癌好转迹象明显。

七月。十一号家庭的女人让一号家庭的四子给自己拍一组照片。他想了三天，答应她。和平常仿佛，十一号家庭的女人没特别的衣着、妆容、行为，她按照要求，出现在日常的地方，做着日常的事——路边站立、咖啡馆里喝啤酒、院门口聊天、超市场选商品、骑自行车出门……一遍遍地，同一个动作、同一句话、同样的笑容，重复再重复，周边的一切已开始变形，仍要重复。一号家庭的四子在镜头后面盯着，提出要求，她完全配合。拍摄十天，挑选、洗三天，最终拿出十四张照片。十一号家庭的女人一一看过，说："我是石榴街区，石榴街区是我。"第二天，她去了医院，肺癌晚期确诊。

九月。一号家庭的长孙进入石榴街区一体学校二阶学习。六号家庭小女的三女因罹患肺结核，休学一年。十四号家庭的儿子通过遴选，进入城市大学，学习表演。

十一月。火电厂二期工程建筑工地一辆塔吊倒塌，砸倒正在浇筑的一面墙，随之一声巨响，地下裂出一条长口，墙与塔吊跌落其中，黑色泥浆汩汩喷涌，漫溢施工现场。连带着，扯倒另一辆塔吊。二号家庭的女婿在第一辆塔吊操作室里，倒塌时逃离得迅速，躲过裂口的袭卷。救助女婿并为他庆幸时，临时来到工地的二号家庭的男人被另一辆塔吊扫倒在地，女婿送到医院，查明断了两根肋骨。

十二月。第一批收割的芦苇晾干后，四号家庭的男人起手编织，但芦苇应声断裂。换掉一根，仍旧断裂；换掉一根，继续断裂。这样十数根之后，四号家庭的男人放弃这批芦苇。但换掉一批，仍旧断裂；换掉一批，继续断裂。四号家庭的男人划动小船，深入芦苇荡，从不同地方新收割一些。

二号家庭的女儿产下一对双胞胎女儿，即二号家庭女儿的二女、三女。

第三十二年

一月。十五号家庭的男人要求出院，回到家里。十五号家庭的女人征询一号家庭的长子意见后，用轮椅将他推回家里。每天早晚两次，十五号家庭的女人推着十五号家庭的男人在居住区转，绕着巨人、长蛇缓慢地一圈圈转下去，遇上人闲谈几句。通常是十五号家庭的男人说他当年匪帮时期，担任收税官，经历的种种匪夷所思的事，人们对他表现出来的神奇态度，其中有无数他此前从未提及的事例、细节，每一次讲出来都不重样。讲述的间歇，十五号家庭的男人不停深呼吸，他的表情让人相信，用力呼入的空气不是身体需要，是语言需要。他不停讲不停讲，居民们纷纷招架不住，远远望见他就心生怯意，绕道而行，可他还是在讲。以至于，当他某一天去世之后，存储在空气里、滋生在泥土里的话语与往事，仍在人们耳畔爆裂，如熟透的豆荚，弹出一粒粒种子。

四月。十一号家庭的女人请回十号家庭的女儿，请居民们到家来。她对十号家庭的女儿说，她相信曾经的造纸厂，现在的火电厂，特别是后者，败坏了水与空气，造成现今的局面，请十号家庭的女儿帮助大家摆脱困境。她又对其他居民说，仔细听听自己的咳嗽，就知道缘由何在，不能再继续这样下去。十一号家庭的女人对两方面都说完，就让他们离开。一号家庭的四子最后与她道别，她说："照片这下完成了。"第二天中午，十一号家庭的女人被发现，前一天夜里不知何时，已逝于床上。床头柜上，写着简短遗言，她的房屋与房屋里的一切，都遗赠给一号家庭的四子。

九月。一号家庭长子的次女、二号家庭女儿的长子，进入石榴街区一体学校初阶学习。

十一月。经过一年的淤泥淘洗、晾晒，浇筑混凝土，加固地基等工作之后，火电厂第二期工程继续建设，然而开工当天就各种不顺。二号家庭的女婿听从二号家庭男人的劝说，拒绝再次进入塔吊操作室，代替他的，是个从蒲公英街区招来的小伙子。登机梯上行二十米不到，忽然停住，折腾半小时后才继续。出了登机梯，小伙子向操作室走不到一半，把住架子，前行后退都无法继续。三个人用绳子系住他，带回地上。小伙子说他在中途不小心低头，望见翻滚着沥青般热气腾腾的深渊。当天夜里，脚手架、塔吊等完全被拆卸开，部件分门别类，码放得整整齐齐。临时被安排来看守工地的七号家庭的男人发誓，夜里没人来过，没听见任何声响。火电厂董事会与管理处协商后决定，暂停二期工程。

　　十二月。四号家庭与十二号家庭联合的咖啡面包速食店在蒲公英街区、栗子街区各自开设一家分店，以新开发的巧克力牛角面包搭配石榴汁咖啡为主餐。

第三十三年

　　八月。一天深夜，吉普车、装甲运兵车来到，一共十多辆，下来四五十人，个个荷枪实弹，面容严峻。领头的人申明，他们是将军卫队第九小队的卫兵。他们一部分把守居住区要道及重点位置，另一部分分布在各个家庭门口与屋后，余下的九个人跟随领头的人，来到四号家庭门口。

居民们早被惊醒，人人待在屋内。静默中，传来拍打四号家庭房门的声音。

四号家庭的男人打开门，领头的人并不与他说话，只是吩咐将他看好。随后，他们进到屋内，一个卫兵看住四号家庭的女人，另外七个卫兵楼上楼下，逐个房间搜查、清点。最终，他们认定可疑的物品也没装满一口小箱子，且多是从四号家庭的次子房间里搜出来的设计手稿、笔记等。最醒目的，是一把狭长的匕首，手柄与刀身都绘着色彩丰富、内容诡谲的图案，一侧写着"即兴之刃"，另侧写着"向将军夺取"。

领头的人拿过匕首，翻来覆去看过几遍，让人带着四号家庭夫妇离去。四号家庭的男人看见匕首时，脸色唰地白下来，他径直向四号家庭的女人走去，不顾看守他们的两个卫兵的喝止。领头的人止住卫兵，任四号家庭的男人握住四号家庭的女人的手，进而将她搂进怀里。领头的人给四号家庭夫妇留出更换衣物的时间，并让他们备上几件衣物，随后带他们离去。

留下的十来个卫兵又看守了五天居住区，这才接到命令离开。

九月。两辆吉普车到来。一辆车上下来两个卫兵和一个女孩，看到的人认出，是四号家庭的长女，双胞胎里的姐姐。另一辆车上先下来上次到来的领头的人，他拉开车门，四号家庭的男人与女人先后下来。四号家庭的女人捧着黑色的骨灰盒，四号家庭的男人拎着他们上次带着的箱子。一个多月的时间，夫妇俩全然脱相。

领头的人没说话，转身上了车，迅疾离去。四号家庭的长女这才上前，她想要搀扶四号家庭的女人，被拒绝后又伸手去接骨灰盒，同样被拒绝。四号家庭的女人指指四号家庭的男人，长女连忙上前，从父亲手里拿过箱子。箱子脱手的刹那，四号家庭的男人再难站稳，幸好围上来的人中，十四号家庭的男人迅速上前，一把抱住他。一号家庭的男人等几人纷纷助力，半搀半架之下，四号家庭的男人被扶进卧室。

三天后，四号家庭将次子的骨灰葬入石榴林墓地，他们没和任何人说，但在家的居民都参加了。下葬当天，四号家庭的男人穿了一件白色的兼具披风与长裙风格的连体衣服，四条长长的褶皱贯通上下。四号家庭的男人动起来时，白色衣服上面的金线展现，是一枝百合。有人记起当年四号家庭的次子上学前说的话：一定要为父亲设计一条庄重的长裙。

十二月。一号家庭的次子回到石榴街区看望父母并住下，从他左手缺失的食指、中指以及缓慢的行动中，人们猜到发生过什么事，但除了与一号家庭的长子的两次酒后絮语，他什么都没吐露。交谈中，一号家庭的长子得到一些碎片：东边城市……刺杀……长裙……外祖父……炸弹……匪帮余孽……伙伴……他知道了，弟弟是为将军受的伤；

也听到了弟弟的哭诉："我救得下将军，救不了小家伙。"

　　月底，一号家庭的次子应要求返回卫队。直到其离开，一号家庭的长子始终没有向他求证过什么，更没告诉父母只言片语。

第三十四年

　　二月。上一年收割的芦苇尝试种种办法之后，仍旧无法用于编织。至此，四号家庭的男人留存的芦苇原料几乎用尽。最后一批，他用来编织了一幅肖像。一把椅子与一株百合相对，百合居于前景，迎风盛开，椅子面朝观者，位于后景。椅子前面是个男人，他站在椅子前，同时坐在椅子上。也可以说，椅子前面有两个人，一个站着，另一个坐着，但两者大部分身躯共有。或者可以说，椅子前面的男人在一个画面上，呈现了站与坐的连续性。或者还可以说，椅子前面站着一个男人，他的衣服上除了金线缀成的百合，还有一个坐着的男人的肖像。无论见到的人有多疑惑，四号家庭的男人都只是点点头，不予解释。也无论见到的人有多疑惑，一眼就能认出，椅子前面那个男人的脸庞上，同时是四号家庭的父亲和次子，也就是作为匪帮人物的外祖父与作为刺客的外孙。现在他们都是亡者，现在他们都复活在芦苇上。

　　四月。火电厂二期工程再次启动。原来打下的基础完全拔除，向下深入挖掘，乌黑的淤泥、松软的沙子一律刨出来，誓言一定要挖到最坚固的地基上，再一点点往上修建。一号家庭的男人召集居民商议后，向十号家庭的女儿出具正式函件，授权她的律师事务所代理沟通，必须停止二期工程建设。十号家庭的女儿很快带着一名女助手回来，同时还有聘请的检测机构的人员。她向火电厂与管理处出具法律函件，要求在正式裁决出来之前，停止施工；同时，她聘请一号家庭的四子为临时助理，协助检测机构工作。火电厂则一面由法律部门应对十号家庭的女儿，一面继续挖掘。

五月。石榴街区居民在一号家庭男人组织下，到现场抗议、阻拦。管理长与火电厂董事长同时到场，管理长宣布一号家庭的男人并不具备代表石榴街区的资格。董事长则宣布，石榴街区居民，凡本人、家人继续参与抗议与阻拦的，一律被辞退。被两人宣布的消息点爆般，一阵雷鸣从地下传来。不给众人留出反应时间，挖掘开的数百平米见方的深坑内渗出油般黑水，迅速没过挖掘机车轮。随即，响声变调成一串咳嗽，不待大家反应过来，深坑底喷出黏稠的黑色淤泥，如一根巨柱，出地面十来米。

两台挖掘机直接被冲出，歪在地面上。管理长、董事长、一号家庭的男人甩开争执，招呼其他在场人员，七手八脚地从挖掘机内扒拉出两个司机。所有人都被兜头落下的淤泥浇个正着，成了蠕动的虫子。其中一个司机刚从驾驶室里出来，即推开抓住自己的手，发足狂奔，嘴里喊着：
"沼泽吞食！沼泽吞食一切！"

　　淤泥喷发开来，周边的泥土迅速软化，上面的建筑、物体纷纷倾覆其内，不但二期工程的重启泡汤，火电厂原有的围墙也被扯开一部分，跌落其中。幸运的是，淤泥在离主要生产区域尚远即止步，仿佛只是警告一下。一号家庭的男人招呼之下，所有人纷纷后退。一直退到现场之外，石榴街区的居民转身离去。管理长与董事长相互望望对方身上的泥水，同样离开。

　　六月。市政管理当局派出专员前来传达：火电厂二期工程永久停建，现有运转中的一期工程，要求火电厂必须对空气、水等予以排污清洁化处理，降低对石榴街区的影响。所有被辞退居民，一律回到岗位，期间薪酬补发。一号家庭的男人陪同二号家庭的男人，逐户、劝说，火电厂员工翌日复工。十号家庭的女儿当天离开，回到其律师事务所。

　　七月。二号家庭的女儿顺产一个女婴，即二号家庭女儿的四女。

　　九月。一号家庭的长孙进入石榴街区一体学校三阶学习，二号家庭女儿的次女、三女初阶学习。

　　十月。一号家庭的四子与十号家庭的女儿的女助手完婚，后者二十六岁，自此称为一号家庭的四媳。婚后，两人搬入十一号家庭的女人留下的房屋。

第三十五年

　　三月。市政管理当局特批，四号家庭夫妇可以搬往鲜花广场居住，以便他们能够在那里租下场地，开设新的咖啡面包速食店。十二号家庭夫妇与四号家庭的女人商定，自此以后，所有新开设的咖啡面包店，十二号家庭占据的股份由六号家庭小女的长子拥有。六号家庭小女的长子跟随四号家庭夫妇去了鲜花广场，负责新店面包烤制。

　　新店开张当天，一号家庭的夫妇应邀前往鲜花广场。一号家庭的男人回来说，生意非常好，六号家庭小女的长子烤制的五百个特色巧克力牛角面包一小时内售罄，更推出了一百公斤重的石榴面包，切割赠送答谢，引得店前排起几百人的长队，让他想起当年"大面包"活动的盛况。一号家庭的女人说的则是，四号家庭的长女不仅出落得一表人才，更是出息非凡，进入市里重要的建筑事务所没两年，就独立带领一个小组了。听者赞叹之余，不免为四号家庭早逝的次子叹息一声。

　　四月。管理员离职，管理长一周内三次找到十四号家庭的女人，希望她能回到管理处，协助他工作，管理处需要一个熟悉石榴街区、了解每一户人家的人。十四号家庭的女人三次拒绝后，管理长找到一号家庭的男人，一号家庭的男人说服了十四号家庭的女人。当月，十四号家庭的女人到管理处上班，接任管理员。二号家庭的女婿买下一辆汽车，开始出租车运营。

九月。一号家庭长子的次女、二号家庭女儿的长子，同时进入石榴街区一体学校一阶学习。六号家庭小女的三女二阶学习。

十月。四号家庭的女人带着六号家庭小女的长子回到石榴街区，将她之前开设、现由六号家庭的小女夫妇照看的咖啡馆转至六号家庭的小女夫妇名下。临走之前，四号家庭的女人特意拜访一号家庭的男人，拜托他照看儿子的坟墓。说到父亲骨灰抛撒在这里，儿子骨灰埋葬在这里，四号家庭的女人落下泪来。她告诉一号家庭的男人，将军前不久到过店里一次，一个人坐在角落的一张桌子后面，吃下一个巧克力牛角面包，喝掉一杯石榴汁咖啡。她开始没在意，但认出将军那一刻，禁不住浑身颤抖，想要冲他嘶吼几句。她不知道能吼出什么，她也明白，儿子的死不能怪罪将军，甚至她此前一直都对将军心怀歉疚，但见到将军坐在十米开外，像个正常人那样吃喝，就是有东西在心里涌动，想要奔出柜台，冲着将军去。最终，她控制住了自己。在将军起身走出店里时，望着将军萧索的背影，想起他和当年一起逃亡来石榴街区时的父亲年龄相仿，却苍老了十几二十岁，她颤抖得更加厉害，眼泪止不住地流。她不知道是为谁为什么而流泪，是因为怜悯、愤怒、哀叹，还是别的。至少，四号家庭的女人擦去正在再次流下的泪水说，不是因为恐惧。

十二月。一号家庭男人的四媳生下一个男孩，称为一号家庭男人四子的儿子。二号家庭的男人自火电厂退休。

第三十六年

二月。灰尘落得更快更多。十四号家庭的男人早上打扫干净，房间里该擦拭的地方抹布一一走过，窗台上每一寸缝隙都用小型吸尘器扫过一遍，可到午饭时，窗台上又能见到薄薄的一层。十四号家庭的男人放下手里的面包，喝掉一口汤，不听妻子的劝阻，拿出吸尘器，推开房门，绕到窗台前。一阵工作的声响之后，吸尘器传来空转声，喝着汤的十四号家庭的女人不由得抬起头，不见丈夫的身影。走到窗边，看见他倒在草坪上。

救护车赶到，将十四号家庭的男人送至石榴街区医院。送担架车进去时，十四号家庭的女人无意间回头看一眼火电厂的烟囱，灰尘似乎落得更快更多。几天之后，检查结果出来，十四号家庭的男人得的是石榴街区居民指定重症，肺癌，已是中期。

五月。一号家庭的三女与石榴街区医院一位三十八岁的医生结婚，男方几年前离婚后，带着目前九岁的儿子独自生活。自此，医生称为一号家庭的三女婿，小男孩称为一号家庭三女婿的儿子。

七月。十号家庭的女儿回到石榴街区，看望她的女助手，一号家庭的四媳。她在家住下来，与父母、助手聊天之外，更多的时间用来调查火电厂的排污处理，措施、效果、进一步计划等。火电厂管理层对她很是客气，派出专人陪同，并提供所需的数据、方案、规章……

调查进行到第五天，十四号家庭的男人让儿子将十号家庭的女儿请去，委托她两件事。一是为整个石榴街区的居民，无论现在是否健康，无论是否健在，代表他们向火电厂索赔，如果得不到所有人的授权，他愿意单独授权。二是通过法律途径，不排除向市政管理当局乃至将军申诉，要求火电厂关停，或迁出石榴街区。十四号家庭的男人说："生活其中，会让人忘掉污染，但肺记得，心脏记得。"

十号家庭的女儿走访一圈，各家对索赔很支持，对火电厂的处理意见不一，毕竟不少人都在厂里上班。况且，大家习惯了有这样一个火电厂在旁边，看着它的巨大的烟囱，听着它运转的声音。倒是十五号家庭的女人，来了两次，拜托十号家庭的女儿，一定要让火电厂赔偿，一定要让他们迁走。十五号家庭的女人早已不药而愈，身体硬朗得像一块煤。她说，要是没有火电厂，男人就还在，就还有人给她讲那些稀奇古怪的收税的事。

十月。一号家庭的次子送给四子一部胶片摄影机，以及很多胶片，塞满了运送的吉普车后座与后备厢。一号家庭的次子没有回来，他安排了两个卫兵。从卫兵们的称呼中，一号家庭的四子知道哥哥两个月前晋升新一任将军的

卫队长，但除了一号家庭的长子，他没再告诉任何人这个
消息。

第三十七年

七月。大雨持续，日渐干涸的芦苇荡一天不到，就恢
复了原来的水位。到第三天，水没过残留的芦苇梢，居住
区的街道上积满水，整个石榴街区仿若汪洋。火电厂二期
工程已被填上的工地大坑，趁着雨势，冒出密集的气泡。
一号家庭的男人每天冒着雨水，早中晚三次巡看一番。一
号家庭的四子劝不住，从第三天起，每天陪同巡看，更坚
持与父亲在腰间拴上同一根三米长的绳子。

第七天，水从芦苇荡漫上来，石榴街区只剩下建筑还
伫立水面上，恍若漂浮。火电厂与两根烟囱，望过去形如
汪洋上的巨轮。一号家庭的四子叮嘱父亲看仔细，父子二
人走过居住区，向火电厂二期工程的废弃工地走去。离着
几十米，脚下的水已加速向大坑流去，一号家庭的男人站
住脚张望，一号家庭的四子一扯绳子，示意快离开。

父子两人转身之际，脚下土地被水泡够似的，发了软，
扯着双脚下陷。一号家庭的四子冲过去，抱起父亲，踩在
地面如蜻蜓点水，奔回去几十米。勉强站住脚，回头望见
离开处的水面已倾斜，正往大坑那张开的嘴里倒。雨水终
于停下时，一番清点，吞进去的，除了雨水，还有一侧的

几棵石榴树，另一侧的火电厂更是被扯下一大片厂房，止步于一根烟囱几十步之前。所幸大雨下至第五天时，火电厂已停产，没有人员伤亡，没有伴生危害。

八月。一号家庭次子深夜来到一号家庭四子的家，进屋之后，他让弟弟找来父亲与哥哥。一号家庭的四个男人在客厅桌旁坐下后，次子说，他是来道别的，妻子和儿子已在码头上等着，一家人会连夜离开，前往西边城市。一号家庭的次子让父亲不要担心，西边城市已安置好，他会在那边平静生活，将军保证了，不会找整个家庭的麻烦，不会派人去那边追索他。一号家庭的男人看着次子良久，最终只问，是否需要把一号家庭的女人叫来。一号家庭的次子摇头，他没法面对她的伤心。他请他们放心，他没有背叛将军，但遇到的问题除却他离开无法解决。必要情况下，将军与卫队会给出说明，他是因为接受不了同时任命两个卫队长而负气离开。但这一说法只能由上面给出，他们不能率先公开，更不必解释。说完，一号家庭的次子与父亲、哥哥、弟弟分别拥抱，走出门，消失在夜色里。

九月。六号家庭小女的长子与四号家庭的长女回到石榴街区举办婚礼，居住区的所有人来到四号家庭的院子，为两个年轻人祝福。四号家庭的男人、女人，六号家庭的小女、小女婿，四位家长站在门口迎接大家，草坪上准备了晚餐。婚礼之后用餐间歇，一号家庭的男人将四号家庭的女人请到一旁，递给她那把狭长的两侧写字的匕首，是一号家庭的次子临走前留下，让父亲转交的。还有一句话，是将军将匕首交给一号家庭的次子，让他物归原主时转告的。将军说，那不是他想要的。

一号家庭的长孙结束三阶学习，开始在石榴街区医院充当志愿护工。一号家庭四子的儿子、二号家庭女儿的四女，进入石榴街区一体学校初阶学习。

第三十八年

二月。十四号家庭的儿子与他的剧团，在火电厂两根烟囱下搭出简易的露天舞台，为石榴街区演出了他创作、导演、参演的新剧《喜剧》。石榴街区全体居民都去了，大家看不太懂那五个流浪汉一般的演员演的是什么故事，但他们东拉西扯的台词确实很引人发笑。笑完之后，抬头看着射灯照上去，两根烟囱犹如撑住天空的柱子，又让人出神。演出结束后的第二天清晨，十四号家庭的男人和女人，跟着他们的儿子离开了。

三月。管理处宣布，将军签署命令，火电厂爆破、拆除。用了一周时间，火电厂安置好员工，清理、拆除、搬运走能够使用的设备。随即，一个黄昏，随着三声爆炸，火电厂的两根烟囱跌落在地，主厂区瓦解崩散。尽管消防车早早就位，一刻不停地喷射，烟尘仍旧腾地而起，数十米高，直到第二天中午，才从空气里消失。石榴街区还在火电厂工作的仅剩下七号家庭的长女夫妇，七号家庭长女的安置早已明确，将会调去火电厂在山竹街区的总部，七号家庭长女婿则得到一笔安置费。随后三周，挖掘机、推土机等各式车辆从早至晚地忙活。到了四月中旬，火电厂旧址上，只剩下残留的地基、渗入地下的煤渣，暗示着往日。

　　六月。二号家庭的女儿顺产下一对双胞胎，依序为五女、六子。产妇与婴儿出院回到家里的当天晚上，二号家庭的女人为他们张罗了隆重的庆祝晚宴，特意请回六号家庭小女的长子，他为晚宴烤制了三米高的独特石榴面包。不使用石榴果酱，而是石榴籽，也不铺在面包表面，而是包裹在内里。出炉时，二号家庭的女儿让丈夫抱着双胞胎儿女站在一旁，让长子和三个女儿与自己一起握着切刀，切下去。热气带着面包内里与石榴的香味，瞬间充盈整个房间，一粒粒的石榴籽更见晶莹饱满。二号家庭的女儿切下两小块面包，喂在父母的嘴里，然后给丈夫喂上一块。"很早，我就梦想着有一堆儿女，和我一起切开面包，分食石榴。"二号家庭的女儿摸摸自己的腹部，"现在你可以休息了。"

　　七月。七号家庭的长女从山竹街区回来，与丈夫到了管理处，办理离婚。走进管理处，两个人沉默着，出来时同样。他们从管理处往七号家庭的房屋走，仍旧像以前那样肩并着肩，只是沉默仍在延续。经过站立的巨人塑像前，六号家庭小女的三女骑着自行车迎面而来，车筐里满满放着一支支的红玫瑰。七号家庭的长女叫住她，问明白小姑娘是从栗子街区批发的红玫瑰，往医院那边去卖，趁着假期挣点零钱。七号家庭的长女笑了，告诉她，医院没有几个人会买红玫瑰。六号家庭小女的三女，一只脚支在地上，一只脚踏着脚蹬，愣在原地。七号家庭的长女看着刚刚离完婚的前夫——为便于明确，仍旧称呼他为七号家庭的长女婿——七号家庭的长女婿买下所有的玫瑰，并用车筐里的剪刀修剪一番，送给七号家庭的长女。七号家庭的长女这才拦下一辆出租车，抱着满怀的玫瑰离去。

九月。二号家庭女儿的次女、三女进入石榴街区一体学校一阶学习，六号家庭小女的三女三阶学习。

十月。市政管理当局安排专家前来做了测量、规划，并通过管理处告诉居民们，准备在火电厂的原址上，修建一座综合性的医院。居民们联合起来反对，希望终止医院的规划，修建以前规划的大学。同时，他们再次找到十号家庭的女儿，委托她：如果医院的规划不被否决，就起诉市政管理当局。

十二月。管理处传达市政管理当局的回复，医院规划终止。管理长私下说，是将军的决定。管理长还说，火电厂已拆除，大学不可能修建。

第三十九年

一月。管理长传达将军命令：全市解除迁徙禁令。

三月。三号家庭的女儿带着五岁的孙子，搬进妈妈和弟弟留下的房屋。二号家庭的女人得知她要来，提前三天将房屋里里外外打扫一遍，并将房屋前后的草坪、树木予以整理。搬来后的第三天，三号家庭的女儿请人移植两棵樱桃树，种在后院。

四月。四号家庭的男人和女人回来，住了三天，收拾、修葺房屋，该更换的更换，该重新置办的重新置办。又过了四天，六号家庭小女的长子开着车，载回了四号家庭的长女和她怀抱里四个月大的男婴。第二天，四号家庭请所有石榴街区的居民到家里参加晚宴，四号家庭的女人告诉大家，他们将迁出儿子的骨灰，葬入雪松公墓。得到市政管理当局批准，他们买下另一块紧挨着的墓地，葬下四号家庭的父亲不同时段的八套衣服。

六月。一场持续数日的大雨将人们困在自己的房屋，天放晴时，一号家庭的男人发现，五号家庭的房屋住进了人。他前去察看，刚推开院门，一个男人就迎出来，胡子有点凌乱外，整个人都很利落。男人面带笑容，邀请一号家庭的男人进屋坐。屋里的气息舒适、自然，仿佛他已在此住了几十年，让一号家庭的男人怀疑自己记忆有误。他喝了一杯男人手磨的咖啡，闲聊上几句，叮嘱对方有需要

可以找自己，随即离开。自此，这位四十三岁的独自生活
的男人称为，暂居五号家庭的男人。

九月。七号家庭的次女回到石榴街区。和上一次不同，
她自踏入石榴街区的那一刻，就与迎面而来的每个人说话。
消失多年，她却仿佛一直生活在这里，记得每一个当年的
旧人，认得每一个她离开后到来与出生的新人。她的话和
表情不让任何人不自然，最多有一点恍惚。她回到家里的
当天晚餐时，在餐桌旁告诉父亲，她明天去结婚。七号家
庭的男人看着以前的长女婿，似乎这一切是再自然不过的
事。第二天，他们真的去结了婚。自此，以前的七号家庭
的长女婿改称为，七号家庭的次女婿。

十月。上旬的一天午饭前，十号家庭的女婿回到石榴
街区。衣着仍旧整洁，但没有佩戴以往必备的领带，疲态
掩藏不住。居民们问候时，他仍旧礼数周到，但回应有些
机械。十号家庭的女人将他让进屋，他匆匆洗手后，拿起
面包就啃。再猛喝了一口汤，十号家庭的女婿接过十号家
庭的男人递上的酒，一饮而尽。十号家庭的男人添的酒倒
至一半，忽然看见女人变了脸色，望着院门口，扭过头去，
两个卫兵正往里来。十号家庭的女婿说是找他的，让岳父
母继续用餐。说完，他松弛下来，面包送进嘴里，细细嚼
完，才举起酒杯，吞下深红的酒液。随后，站起身，迎向
推门进来的两个卫兵。

第四十年

一月。十号家庭夫妇进到市里，一周后带着女儿三岁的儿子回到石榴街区。当天晚上，一号家庭的男人先登门，其他得知消息的居民陆续到来。十号家庭的男人为所有人倒上咖啡后，便站在一旁陪着一号家庭的男人、二号家庭的女人抽烟。十号家庭的女人告诉众人，女儿女婿被要求待在鲜花广场的家里，有十个卫兵轮流守候在屋外，未得批准不能靠近。日常用品、饮食等卫兵都可以代买，因而生活没有问题。她还告诉大家，女儿特意让她转告，这次是因为雪松街区的事。

二月。一号家庭的女人一天夜里睡去，再没有醒来。将其安葬之后，一号家庭的男人每天早上都前往她的墓地，与她说说话。第七天那个周末，从墓地回到家之后，一号家庭的男人再不开口说话。后来，一号家庭的三女从当天陪着去的继子口中得知，父亲离开母亲的墓地后，去了石榴林，在那棵巨大的石榴树下站立了很久。

三月。一号家庭的长媳接过了一号家庭的女人留下的超市，新请了七号家庭的次女。一号家庭的四媳在石榴街区开设了自己的律师事务所，第一件案子，是正式起诉市政管理当局对十号家庭的女儿女婿采取的非法措施。

四月。三号家庭的女儿种下的樱桃树果实成熟，红红的鲜嫩果子缀满人们的眼。居民们应邀到来，三号家庭的女儿端上盛满樱桃的盘子，大家共同品尝石榴街区的第一批樱桃。放进嘴里的果实很快吐了出来，其酸其涩是他们此前从未体验过的。月底，八号家庭的儿子结婚，妻子是在栗子街区邮政局工作，与他同岁。婚礼后，八号家庭的儿子、儿媳继续回到栗子街区生活。

五月。将军侍从室首席幕僚来到石榴街区，与一号家庭的四子、四媳长谈。离开时，首席幕僚面色阴沉，但一号家庭的四子与四媳没透露谈了什么。面对居民们的打探与热心，一号家庭的男人仍旧一言不发。过了两天，暂居五号家庭的男人推开一号家庭四子的房门，两个人同样在书房一番长谈。

七月。将军的卫队长派来车辆，直接从医院将一号家庭的长子接走，没给丝毫准备时间。半个月之后，卫队长陪同一号家庭的长子回到父母的房屋，他向父亲递上一份杰出勋章，说是将军指定颁发。一号家庭的长子说，将军并且保证，如果愿意，一号家庭的次子随时都能回到城市。一号家庭的男人接过勋章，对后面的话摇摇头。一号家庭的长子又说，他已经被将军任命为城市卫生部长兼医科大学校长，立即上任，因此道完别就得离开。一号家庭的男人点点头，拿过一张纸，写出儿媳、孙子留在石榴街区的要求并得到卫队长同意后，他站起来用力地拥抱了自己的长子。

八月。十二号家庭的男人和女人举行了一场晚宴，邀请所有居民参加。晚宴上，十二号家庭的男人宣布，夫妇俩就此歇手，不再烤制面包，与四号家庭联手经营的咖啡面包速食店等一应事情，全部交给六号家庭小女的次子打理。当晚离开时，每个居民都收到了十二号家庭的男人和女人精心准备的礼物——一筐面包，共有十五种各不相同的形状与口味。

九月。十号家庭女儿的儿子进入石榴街区一体学校初阶学习，二号家庭女儿的四女、三号家庭女儿的孙子进入一阶学习。

十月。十号家庭的女儿、女婿回到石榴街区。十号家庭的女儿感谢了上门看望的邻居，再次劝慰众人，他们的遭遇与石榴街区的事无关。第二天，十号家庭的女儿、女婿来到一号家庭四子的房屋，与一号家庭的四子、四媳一起午餐。一号家庭的四子特别请来暂居五号家庭的男人，说他是来自东边城市的专栏作家，将军特许其在城市内自由活动，这次亏得他出力。暂居五号家庭的男人谦让几句后，问十号家庭的女儿接下来的打算。十号家庭的女儿已被取消律师资格，准备先歇一阵，但她先要和昔日的女助手商定，是否继续那桩诉讼。暂居五号家庭的男人劝他们放弃，他认为将军与市政管理当局不可能妥协，继续下去只有一个结果：失去今后类似情况下，仅余的弹性。

十一月。下旬一天黄昏，一号家庭的男人忽然开口，他让长孙拿过那枚勋章。摩挲良久，一号家庭的男人对长孙说："我得准备好，你也得准备好。"

十二月。一号家庭的次子回到家里，卫队长带着三辆吉普车陪同。比一号家庭的长子上次从容一些，一号家庭的次子陪父亲和家人吃过午饭后，待了一整个下午。卫队长对一号家庭的次子很是恭敬，任凭他与家人畅叙别后情况，自己带着所有的卫兵去了火电厂旧址。一号家庭的次子告诉一号家庭的男人，勋章与自己无关，是哥哥成功手术抢救将军获颁的。一号家庭的次子告诉一号家庭的四子，自己是在西边城市看到他拍摄的纪录片，动了回来一趟的念头。那部纪录片传播极广，各处都兴起过声援十号家庭女儿与女婿的活动。两方面综合，将军同意他回来，并且来去自由。一号家庭的次子告诉一号家庭的三女婿，他晚上见过将军后即连夜离开，回到西边城市。如果一号家庭的三女婿同意，一号家庭的次子就带着他的儿子和哥哥的长子，一起离开。

第四十一年

哗啦声拖沓，持续了很长时间，但没人在意，翻个身就回到梦境。天亮时，寒意笼罩，更没谁在走出家门前，留意。一号家庭的四子，脖子上挂着相机，拉开院门，看到两条灰狗跑过，前面那条嘴里叼着什么，四爪迈开，后面那条低声叫着，追两步停下，在地上闻两下，又追两步。

这时，他从寒意中辨别出一股异味，不浓烈，可入鼻再也甩不掉。不和冷空气混作一团，就那么成丝成缕顺着鼻子里的毛细血管，往脑袋里渗，一点若有若无的恶心就那么驻在体内。跨出院门两步，一号家庭的四子回过身，走三步，又停下。顿得一顿，再扭过身，出了院门。不需要再度辨认，那味道就是指引的藤。顺着它，一号家庭的四子向着火电厂的方向走去，步子不敢太快，他怕越走味道越强烈，步子不愿太快，他不想很快走近。那异味并没变得浓烈，只是更顽固了一些，似乎不仅钻进鼻子，还攀住眼睑，往眼球与瞳仁上敷去，于是便忍不住地眨，眼皮开始颤。也许因此，所见的石榴街区每一座建筑都在微微抖动，被挠着了痒处，或想要甩脱那味道。

　　走到火电厂旧址，望得见芦苇荡的深处，低低趴着一摊，寒气中轮廓并不规整，但仿佛能望见成了形的味道正从上面袅袅而起。一号家庭的四子立住，拍下两张。拍的瞬间，那一摊仿佛在镜头里动了动，巨型章鱼的腕足缠了过来。挪开镜头，复又匍匐在地。往前走一阵，拍几张，路竟然如此经得住走，章鱼的腕足越来越多，活动的幅度越来越大。到后来，镜头不再是赋予它活力的指令，而变成阻挡它肆虐的法宝。轮廓在消失，一摊物什在具体，并经由具体，显现出临时组合的意味，进而显明，不过是胡乱堆放在一起。终于，一号家庭的四子到得跟前，面对着一大堆垃圾，难以相信自己的眼睛。主体的建筑垃圾旁边，倾泻着厨余垃圾，一块块的正在加速腐烂的东西，固然让人睹之反胃，却又难以相信，之前那章鱼般缠绕的味道生于此。

第四十二年

二月。垃圾倾倒得更加放肆，石榴街区的居民迟迟无法从这种震惊中缓过神来。运载垃圾的车辆不光是在夜里，白天也开始出现，垃圾车、卡车这样情理之中的不说，厢式货车、小轿车、铲车、摩托车乃至各种想象不到的车辆都赶过来，如动物扑向新发现的水草丰美之地，留下啃啮的齿印与排泄物，又匆匆离去。芦苇荡是一只可大可小的胃，起初的垃圾已然露出水面，后面的垃圾不紧不慢地吞下，浮出的面积固然在扩大，可扩大的速度比之于倾倒的数量，仿佛只是做个标识，招引更多的垃圾而已。异味仍在空气中飘浮，既不增强更不减弱，维持着那天早晨的若有若无，让居民们恍惚。

三月。一号家庭的男人找到管理长，要他向市政管理当局抗议，停止在芦苇荡倾倒垃圾，清理已有的。管理长第二天去了市里，当天晚上回来，找到一号家庭的男人，告诉他市里没有受理。第二天开始，一号家庭的男人挨家推门，劝说大家，不能让垃圾继续增加。花了一周时间，才让居民们从恍惚中挣脱开，认同他的意见，但谁都不知道该怎么办。一号家庭的男人让四子陪自己去了一趟市里，回来后说，情况都和长子说过，长子会找机会告诉将军。

四月。三号家庭的女儿种下的樱桃树丰收，但果实更加无法入口，鸟也不食，只好挂在树上一颗颗自然掉落。

五月。管理长请在家居民到管理处，告知大家，市里对石榴街区另有规划，目前的垃圾倾倒是规划中起始部分，不可能更改。但将军批准石榴街区整体迁移，居民有三个选择，领取补偿费用自行搬迁，服从安排统一迁往山竹街区，或者留下来，一笔补偿之外，规划落实过程中优先安置。管理长回答不了未来的规划是什么，其私下打探的消息仅限于，芦苇荡将在三五年内填平。众人散去后，管理长告诉一号家庭的男人一个小道消息，新任的将军侍从室首席幕僚认为，石榴街区的吞食因由在芦苇荡，它吞掉了整座城市大半好运，必须填上且必须用垃圾填上。

七月。七号家庭的长女回到石榴街区，带走了七号家庭的男人、三女。六号家庭小女的长子回到石榴街区，接六号家庭的小女、小女婿去鲜花广场定居，六号家庭小女的次子受委派，前去枇杷街区经营新开的咖啡面包速食店，但每天晚上仍旧回到石榴街区。三号家庭的女儿带着她的孙子回到他们之前来的地方。十号家庭的男人、女人终于同意女儿的意见，全家搬去了鲜花广场。

九月。一号家庭的四媳决定，将律师事务所迁往百果广场，儿子跟随她过去，母子俩周末偶尔回来。一号家庭的四子留在石榴街区，照顾父亲之外，继续他的拍摄、摄制。石榴街区的咖啡面包店停止营业，但六号家庭小女的次子每天回到街区时，会带回来一些日常食用的面包，由十二号家庭夫妇售卖。同时，还可以通过他们定制需要的面包。

十一月。二号家庭的女人不再制作石榴果酱，公司停业。

十二月。一号家庭长媳的超市停止营业，她带着女儿去了市区，与丈夫生活在一起。一号家庭的三女、三女婿前往荔枝街区医院工作，随后搬了过去。

第四十三年

一月。七号家庭的次女来与一号家庭的男人道别，他们决定搬走。她说，就算那些垃圾一时半会儿不会产生直接的危害，光是闻着那味道，足以让人记起，生活从一开始就崩坏了，余下的不过是漫长的腐烂。一号家庭的男人看着七号家庭的次女，又求助地看向刚巧过来的他的四子，父子俩没来得及说出什么，七号家庭的次女忽然大哭。从来没有人这样哭过，就像一棵松树在哭，或者一只甲鱼在哭，泣声与泪水几次升降，没有停歇的意思。从午后哭到黄昏，不少人在院门外或隔着窗户张望，又自然被阻住。最后，七号家庭的次女婿走进来，他冲一号家庭的男人深深鞠了一躬，抱着一个小女孩那样，抱起自己五十岁的妻子，拉开门走出去。

三月。管理长召集所有居民来到他的会议室，宣布将在石榴街区建起城市的机场，医院、学校都得搬迁，所有人员都需要搬走。居民可以去山竹街区，或者任何别的可以栖身的地方。还没有搬离的居民，尽快确定目的地，由他报给市政管理当局，需要解决的问题一并提出。管理长稍后补充，不要提不切实际的要求。

四月。最后一个病人被送上救护车拉走，至此，医院全员搬离。又用了一周时间，有用的物质全部搬离。

七月。一体学校结束当期课程，就此停用。学校邀请管理长出席简短休学仪式，管理长推荐了一号家庭的男人为全校师生讲几句。一号家庭的男人枯坐一夜，第二天黑着眼圈，邀请老师和学生，离开之前不妨到街区看看，与那辆老式货车改装的巨人、造纸厂机器改造的机械大蛇两个塑像说说话。接下来，一号家庭的男人的话越发破碎，他讲到芦苇、房屋、照片、石榴……最后讲到樱桃与垃圾，戛然而止。

八月。直到月末，学校计划搬走的物品才清理干净。月底最后一天，八号家庭在家里举行道别晚宴，邀请所有居民参加。八号家庭的女人告诉大家，他们将随学校搬回苹果街区，因为这些年教师名额的缩减，夫妇俩还需要再工作三四年退休。临离开前，一号家庭的四子送给八号家庭的女人一个相册，是当年十一号家庭的女人为她拍摄后洗出来留下的，每一张都是八号家庭的女人初见。一号家庭的四子说，十一号家庭的女人去世前叮嘱他，等八号家庭的女人再次离开石榴街区时，送给她。

十月。整整一个月，暂居五号家庭的男人请一号家庭的男人带着他，重新走了一遍石榴街区的每一个角落。同时，他请一号家庭的四子跟在一旁，随心所欲地拍照、摄像。他们在医院、学校这些如今空荡荡的建筑里，火电厂的旧址上，待的时间特别长。仍旧持续运来的垃圾堆旁，更是待了一周半。暂居五号家庭的男人不怎么提问，一号家庭的男人说话就听着，沉默就随着。结束这一圈时，暂居五号家庭的男人给一号家庭的四子留下一个地址，说有满意的照片和影像可以寄过去。第二天一大早，暂居五号家庭的男人离开石榴街区。

第四十四年

一月。钻孔机、挖掘机、推土机一应赶到，带着司机与工人，一周时间，推倒医院，将砖石、浇筑体等所有地面物推进芦苇荡——过去半年填进芦苇荡的全是这样的建筑垃圾，且间中还拉来沙子、泥土，压路机反复碾压其上，往日模样全然消失。医院拆除后，人和机器又迅疾离去，留下更见孤零的学校。

三月。六号家庭小女的次子在枇杷街区开设的咖啡面包速食店生意极好，他请二号家庭的女儿前去帮忙。二号家庭的女儿与丈夫商量后，决定索性搬去枇杷街区，这样也更便利还在读书的孩子们。二号家庭的男人、女人选择留在石榴街区，二号家庭的男人说，他想再陪一号家庭的男人守在这里，能待多久是多久。二号家庭的女人说，留在这里，她想念一号家庭的女人时，就能走过去聊上几句。于是，二号家庭的女儿带着孩子们搬走，二号家庭的女婿偶尔开车回到石榴街区看一眼。

五月。二号家庭的女人从一号家庭的女人的墓地回来，告诉丈夫与一号家庭的男人，今年的石榴树动作特别慢，除了那一棵巨大的石榴树外，还没有一棵长有新芽。两个男人挨个把石榴树摸了一遍，知道其他的都死了，他们站在那棵大石榴树下，抬头望上去，它的枝叶比记忆中稀疏不少，但好歹绿着。窝状的小屋还在，还是以往的样子，似乎有谁在日常地维护着它。

八月。管理长搬来一口大钟，选来选去，最后选定学校的钟楼。那里的挂钟已经拆除，空间却合适。管理长在一号家庭的四子、二号家庭的女婿协助下，吊上大钟，旁边悬好钟锤。大钟吊上的那一刻起，管理长所剩无几的工作内容里增添了重要的一项，每一个小时持续撞钟五分钟，晚上二十二点至早上六点歇息。管理长说，这是市政管理当局安排的新任务，为将军祈福。二号家庭的女婿向其他人纠正道，不是市政管理当局安排，是市民自发组织，组织者希望全市所有的街区都能够加入，以便祈福心声汇聚。
二号家庭的女婿又说，撞钟之外，还有个什么号，不知道
怎么吹。轮到管理长纠正二号家庭的女婿，是"为将军上
尊号，不需要石榴街区的人操心"。

　　九月。一天下午，离十八点还差二十二分钟，管理长
与一号家庭的男人正在二号家庭闲聊。忽然，管理长站起
身，右手拢在右耳，问其他人听到钟声没有。得到否定回
答后，他还是匆匆离去。不一会儿，从学校传来持续的钟
声。在钟声的间歇，一号家庭的男人与其他人先后听出，
整座城市各处的钟声正潮汐般涌来。钟声一直持续到晚上
二十二点，石榴街区留下的居民轮流接替管理长，总算坚
持下来。当天深夜，二号家庭的女婿带回消息：下午的钟
声由将军昏迷而起，现在手术成功，将军已醒来。

　　十月。一号家庭的长子回到石榴街区，一脸忧戚，坚
决要求接一号家庭的男人去与他们同住。一号家庭的男人
盯着长子，直看得他不自在起来，问将军的手术是否他操
刀。一号家庭的长子沉默良久，没有回答父亲的问题，只
是说，可惜他这次没能参加为将军议尊号。随即，他又说，
幸好这次错过为将军议尊号。

第四十五年

　　一月。新年第一天午后，一号家庭的男人和二号家庭

的男人、女人来到居住区巨人塑像脚下。一号家庭的男人掏出香烟，递过去，二号家庭的男人摆摆手，二号家庭的女人接过来。一个用打火机，一个用火柴，各自点燃后，一个猛吸一口，一个轻嘬一下。二号家庭的男人看看他俩，皱纹舒展，亮出一层光滑的笑容。一号家庭的男人抬起头，看着铁锈蚀掉大半张脸的巨人，金黄色的披风早已脱落大半油漆，有一根栅条裂成了几缕细木。"多少年了……"二号家庭的女人说，似在疑问，似在感叹。另两人没有回答，一号家庭的男人又猛吸一口，二号家庭的男人则上前摸摸机械大蛇的额头，手指顺滑进蛇嘴，弹一下倒垂的利牙。这两处锃亮，显然经常被如此对待，蜕皮一般挣脱了时间的浸泡。

　　一辆小车从街道那头开过来，停在路旁，一号家庭的长子从车窗探出头。一号家庭的男人挥一下右手，车往他的院子开去。一号家庭的男人再掏出烟，二号家庭的女人没接。"来一根我的。"她从兜里掏出烟来，抖出一根，一号家庭的男人接过，他摁亮火机，先给二号家庭的女人点燃。两个人这次都吸得缓慢，二号家庭的男人看向远处，芦苇荡早已填平，四周一片平坦，还没有拆除的学校像被遗弃的山丘。烟刚抽完，一号家庭长子的车开了回来，再次停下。一号家庭的长子拉开车门，双脚放下，身子挪出，二号家庭的男人冲他摆摆手，拉着二号家庭的女人，往他们房屋的方向走去。一号家庭的男人走向愣在原地的长子，临上车时，他望向走远的二号家庭夫妇，只见二号家庭的男人揽过二号家庭的女人，嘴唇在她耳畔头发上贴了一下。

二月。二号家庭的女婿用了两天时间，第一天接走二号家庭的男人、女人，第二天拉走一些细小物品。

六月。两辆小车一前一后停在雕塑脚下，先后下来六个人。四号家庭的长女站在后一辆车左后车门旁，望一望远方，扭头看着巨人。随后，她上前，在机械大蛇的额头上摸一下，两根手指滑到它的上牙，用力捏了捏。一个须发半白的男人走上来，抬腿迈上基座，右手握一下巨人的左手。巨人左手拇指随着这一握，落在他手里，他一抖手，手指落在地上。四号家庭的长女上前，捡起拇指，比在自己的左手拇指旁。"留心这边地形，有数吗？这次设计你主持。"男人从基座上下来。"有数得不能再有。"四号家庭的长女又捏一下机械大蛇的上牙，"这将是一座取形于石榴的机场。"

十一月。六号家庭的男人夜里睡下，第二天早上再没醒来。殡仪馆来车拉走六号家庭男人的当天，六号家庭的小女与丈夫捧着六号家庭男人的骨灰回到石榴街区，她坚持就在房屋里与父亲道别，并且只邀请家人。于是，小女的长子、长媳，次子、次媳，三女和她的男朋友，只在石榴街区出现过一次的六号家庭男人的两个儿子和另一个女儿，带着他们的伴侣、子辈、孙辈近二十人赶过来。道别仪式之后没几天，六号家庭小女的次子将六号家庭的女人与十二号家庭的男人、女人统统接去枇杷街区。

第四十六年

　　两只乌鸦从视线之外飞来，落在干枯的枝条上。一只抬抬右爪，哇哇哇，接连三声。另一只不搭腔，低头梳理羽毛。第一只转动脑袋，四外一片枯灰，绿色远在远方的背后，是汹涌的排山倒海的绿。它此刻并不渴念绿，那是它们费了时间与力气，飞离的旋涡。况且，一会儿就得再卷进去。它忽然停止转动，定定地歪着脖子，枯灰中有一点暗红，它感觉到其中深藏的润意。另一只感觉到这一只的感觉，它的喙从羽毛中拔出，空中几次虚啄，找准了暗红的所在。它蹬开枝头，飞过去。是一个皱缩成石头般紧致、灰暗的果子，但它相信伙伴的感觉，因为它的心脏已经在呼应石头内部的火焰。于是它实在地啄上一口，和敲击石头一样，只不过多出略空的声响。另一只也飞来，它没有绕着啄，而是落于果子上方的枝条，曲着脖子出击。接连三下，回以三声。来不及协作，果子摆脱枝头，向下坠落。两只乌鸦受惊般掠起，随即被风卷动一样，向绿的旋涡飞去。

　　啪。果子落在地上的枯枝叶上，一声松散的空响。一只手伸过去，捡起它，并举到眼前细看，随后那双眼向上，捕捉到了两只乌鸦飞出视线的残影。不必端详再三，就能认出这双眼的主人，是一号家庭四子十一岁的儿子。这时，传来一声轻唤，男孩应一声。往前跑上几十米，来到一块墓地旁边。墓地旁站着一号家庭的四媳，她正望着俯下身，共同用手捧出骨灰罐的一号家庭的男人与四子。男孩走上前，把果子塞进一号家庭的四媳右手里，她看了几眼，拿到鼻子前面闻闻，说"石榴"，说完递回去。一号家庭的四子的儿子正盯着他父亲的双手，那双手抱住骨灰罐，仿佛不是以往抱他的那双手。一号家庭的男人的手抚在骨灰罐上。"不必这么着急的——"一号家庭的四子说，"听说机场多半不修了，这一带也不会动。"

　　"当年我们决定骨灰留在这里，想着等我死了埋在一起……那样早晚会被人翻动，打扰。先把她请出来，将来你们和我的混合到一起，抛撒在……"一号家庭的男人顿下，思索好久似的，"抛撒在尊者的树下吧。""你们——"一号家庭的四媳等儿子接过干瘪的石榴后，说完，"很浪漫。""什么浪漫，不过是反复折腾你们。不过，最后的任性，你们也只好顺从啦。"一号家庭的男人说完，示意他的四子收拾地上。"那一会儿先去尊者那边看看，请他有个准备——"一号家庭的四子意识到不妥，赶紧住口忙活。一号家庭的男人不当回事："现在不去啦，收拾好了就回去。我们到来的那一天，尊者就做好了准备。"

第四十七年

三月。月光下，一个瘦弱的身影出现，手里拎着一个可以说是包也可以说是袋子的东西。身影在巨人塑像下站立片刻，巨人的左手已经齐肘脱落，连带着手掌的小臂正落在左脚外侧，失去拇指的手掌冲上。那身影把这些看过，却没有上前触碰，张望一圈周围幢幢的房影后，向左前侧走去，那以前属于十一号家庭的女人，后来由一号家庭的四子居住，院门紧闭，但院墙一侧倾圮了大半。那身影直接从院墙垮掉的地方跨进去，走到房屋门前，推和拉，都没有应声而开。身影随即在拎着的东西里一通翻找，又在门锁上一阵捣鼓，门终于被推开。跨进去的身影先给出几声共鸣的咳嗽，却没退出来，碰翻碰掉东西的杂沓声后，房屋内部被一团微弱的火光撑开。光的旁边，看得到那身影站在了客厅沙发旁，并且可以轻易辨认出是个男人。男人伸手在落满灰尘的沙发上摸一把，却紧跟着躺了下去，有些缩手缩脚。躺得片刻，复又起来，一口吹灭脚下地板上的烛火。等他睡到第二天接近午时起来，先各个房间转过，发现还有一些不知道放了多久快要被虫子啃啮一空的面粉时，总算生火给自己弄了点吃的。吃完出门，男人看见了在院门外张望的两三个人，随后看见在别的房屋里待着的四五个人，他明白这是和自己一样的浮萍。浮萍不需要纳入任何编号系统，即便他们临时占据了咱们目光所在的地方。

　　八月。人影来来去去，不管是单独占据一座房屋，还是挤在一处，他们都具备挖掘宝藏的能量，能从近乎荒废里找出一些果腹的东西，并且不需要清扫灰尘，能够随地躺下歇息。房屋漏与破，他们最多是拆补、遮挡，没有谁维护。理直气壮享用前面的人留下的破败，再心安理得地留给后面的人多一分的破败。这之中，必然有例外，那就是十五号家庭的女人。她八十五岁了，自打肺癌中痊愈，她就获得了不受时间影响的特权一般。独自生活在十五号家庭的房屋里，整天按照固定的节奏，进出、饮食、休息，在街上走走，在往日邻居家门口站站。她不主动和人说话，不拒绝任何人搭话。开始，漂过来的人面对她的存在心有羞怯，是闯进别人世界的冒昧感。后来习惯了，把她当成这个地方的一部分，并且是维系其存在的不能打扰的部分。因此，没谁闯进她的房屋，动她的物品。连不时来看望十五号家庭的女人，为她送上物资，同时拍摄、记录街区片段与瞬间的一号家庭的四子，也被当成她的一部分。偶尔经过这里，停下车来，看一眼十五号家庭的女人，问候两句、聊上一会儿的二号家庭的女婿，则被当成吹过浮萍的微风。

　　十月。一辆出租车驶入居住区，经过十五号家庭的院门时慢了一些，随后恢复正常速度，一直往前开到那片石榴林，最终在那一棵巨大的石榴树旁停下。后车门推开，二号家庭的男人与女人从两侧下来。两个人都已头发斑白，二号家庭的男人更是秃顶明显。"说这棵也死了吧，你还不信。"二号家庭的男人说。驾驶门打开，二号家庭的女婿下来，掏出烟，递给二号家庭的女人，她摆摆手，他抽出一根自己点上。"你不也是听说？"二号家庭的女人仰起脖子，"想着从这棵树上得些石榴，做成酱呢，别的石榴做出来味道都赶不上。"二号家庭的女婿咧嘴一笑，要说点什么，又闭上嘴。二号家庭的男人则仰头看着那个小屋，"以前怎么没觉得离地这么高？"

第四十八年

　　雾从海上升起，或者从别的地方落下，所及之处，尽数没过去，不再显现。濡湿中隐约回旋细微的声响，提示着水汽正卷过具体之物，摩擦出不属于人的升降。界限早已退回，线条与面积，尘埃与石头，腐烂与蓬勃，区分融入不可区分。时间消隐，仅以漫溢暗示，唯有混沌能够阻止无边际的涨缩。但没有什么真正消失，手臂伸出，树枝横挂，都只是在等待，等待蓬松的潮汐落下去，再落下去。

　　阳光终究出来，沿着树顶往下，烘干多余的水分，比多余更多的那些，就坠落下来，在地上的枯叶上滴滴答答。越过某个关键性的瞬间，世界如同渔网，一个抖动，甩掉纵横线上的水，甩掉互相衔接的水共同营造的，影影绰绰的幻象。于是，看得一清二楚，仍旧是石榴街区。在那棵巨大的石榴树下，站着三男一女，是不再年轻的一号家庭的长子、次子、三女与四子。他们沉默且僵直，直到被阳光或者灯光化冻，直到无声的指令递到，才开始进入表演。

一号家庭的长子与三女放下各自怀抱里的骨灰罐，两个青色的罐子一样大小，肩并肩。一号家庭的次子与四子弯下腰，由近及远，再由远及近，捡拾来枯枝败叶，堆在树脚。如此之多，以至于长子与三女加入，仍旧要几个来回，才把周围的都拢过来。随后，一号家庭的次子掏出烟，散过去，一号家庭的长子、四子接过，三女先摆摆手，等四子接过后，又伸手过去，抽出一支。一号家庭的长子拿出打火机，给三个人点上后，又点上自己的。各自抽了一两口，先后蹲下，用烟头或者火机，烧着脚下的树叶。不一会儿，烟升腾而起，接着火焰开始跳动。

火焰很快舔舐到树干。数人合围的石榴树早不耐烦似的，纵容着怂恿着火往上去，往内入，没有铺张开火势，却实实在在地扩张了热量。一号家庭的四个子女往回退退，骨灰罐重新抱在长子与三女的怀里，次子与四子揭开两个盖子，四只手先后伸进去，抓出一把灰色的灰，扬在火上。火焰往下压了压，便任凭灰色的灰透过自己，落在赤红的树枝与树叶上，落进火的心脏。只是一瞬间，那灰褪去灰色，成了一粒粒赤红，融于火的深处，等待冷却为烬的后续。骨灰不断被扬过去，火焰不停歇地往上蹿，爬过那根巨大的横枝，舔着那窝状小屋，并一口咬进去。四个抛撒骨灰的人停下动作，仰起头望着，等待里面的骸骨跌落。

却是一阵异样的声音，如石头滚动，如地底运行，又如同雏鸟啄壳。不给四个人多想，火中小屋如加速开放的花，木棍、木板、纸板等构件绽开，一只巨大的鸟从里面弹出，白色的翅膀若垂天白云。接着，是又一只。两只巨鸟绕着树盘旋两周，又特意在呆立着的四个人头顶盘旋一圈。他们认出是两只信天翁时，后面那只发出一串叠声的频密的鸣叫。四个人都认为自己听清了，那说的是"人在事上发芽"。或者是"人在世上发芽"。或者，是"人在时上发芽"。要再听，两只信天翁一拍翅膀，滑翔出了视野。

代后记

人要在哪里发芽？

人要在哪里发芽？

李宏伟 × 黄德海对谈

黄德海：小说的名字叫《信天翁要发芽》，我数了一下，整个小说中，"信天翁"总共出现了三次，都集中在第四场（即"垫场 劳作表演"）。一是"第十四年"，"许多世纪之前，这里是一片汪洋，神经过时，被两只信天翁吸引，不小心掉下一团鼻涕。"另外两个都在结尾，"他们认出是两只信天翁时，后面那只发出一串叠声的频密的鸣叫，四个人都认为自己听清了，那说的是'人在事上发芽'。或者是'人在世上发芽'。或者，是'人在时上发芽'。要再听，两只信天翁一拍翅膀，滑翔出了视野。"我很喜欢信天翁鸣叫出来的话，你是怎么想起把信天翁和发芽这两个情景截搭起来的？叫这个名字还有什么特别的寓意？

李宏伟：《信天翁要发芽》这个名字是"后置"的。在创作之先、之中乃至于完成之后一段时间，都不是这个名字。但之前的名字与小说内容的某一部分过于纠缠，始终难以让人满意。直到某一天，"信天翁要发芽"这个意象忽然出现，让我生出"就是它了"的感觉。这个意象最初更具体，是"沼泽里，信天翁要发芽"，最终加以简化，也符合意象的生成法则。因为小说的垫场部分发生在一片由沼泽兴建起的街区，而沼泽必然与雾气、陷落、死亡等关联，因此这个名字是含着死亡气息在内的。自然，发芽本身的强烈生长之意，是死亡也阻挡不了的。或者说，"信天翁要发芽"并非结束与静态，更昭示着必然的蓬勃的生长。此外，这个名字还关联着两首／句诗，一是波德莱尔的《信天翁》，一是艾略特的《荒原》。前者关乎整首诗营造出的意象：落在甲板上的空中王者，只能成为被戏弄的对象；后者主要关乎"去年你种在你花园里的尸首／它发芽了吗？"这一句。

　　信天翁的鸣叫，四个人听出了三重意思，与各自的性情、经历有关，但三句话没有实质性的差别，不过是"人生在世"而已。在人生的不同时刻、阶段，感受与应对有差异，但"劳作"贯穿始终。有劳作，才可能生发其余。因为劳作，一颗种子才可能发芽抽穗，奠定人这一有限存在的根基。

　　黄德海：对绝大部人来说，劳作既是生存的动力，也是生命的意义。我甚至觉得，这个作品始终氤氲着劳作的背景。小说分四个部分："第一场　情势表演""第二场　立身表演""第三场　辩解表演""垫场　劳作表演"。每一场的写作方式都不相同，第一场像是大戏开启的序幕，点到为止，含义丰富。第二场像是正戏开场，讨论的人群和想象的丛林生物各自表演。第三场看起来是个饱经沧桑者的独白，展示了历史景致里深邃的一面。第四场（垫场）则类似于一本俯瞰人世的日记，只记下某些重大的事件，却能从中看到人世的沧桑和安稳。这个结构小说的方式是怎么想出来的？四场之间的安排有什么特别的意思吗？

　　李宏伟：如四部分题目所示，动念这个小说的关键词是"表演"。表演大概是人类社会最核心的极少数关键词之一，它如同一种勾连人与人、人与群体的货币，其中包含的真与假、真假之间的信息传递等，非常值得探究。我想尝试以小说沿着表演往里走，看看究竟能够抵达何处。小说目前的结构，基本上是一场一场表演推动出来的。比如第一场，是在一个双方都在场的情况下，设想每一个动作、台词都可能会被捕捉会得到回应的前提下推进的，因此"演"的情形尤其明显；到了第二场、第三场，观众与观众席越来越隐退，演员越来越沉浸，真实的东西，失控的意识，浮现得越来越多。最后来到"劳作表演"，几乎不再为具体的人而表演，就是那样单纯的劳作不息，如同为神或更高的存在表演。这里特别要说到，按照原初的构想，是延续的一二三四，四场表演依序下来。依序的好处是自成结构，但在这个小说里，这个结构不能无限制顺延，仿佛有形的表演仍在自行地无限地增加，它可以在读者的意识里继续，但要在文本上收住。"劳作表演"达成了这一要求，但直到"第四场"改为"垫场"，小说结构的时空才真正严丝合缝起来。

黄德海：人生本身差不多就是一场直播，当经历的往事有灯光围绕的时候，表演的痕迹就浓，似乎处处严肃，事事认真，却也有着表演自带的夸张成分。随着灯光离开聚焦的舞台，光线几乎均匀照在每一处生活的场景，虽然每个人仍然在直播，表演的痕迹却越来越少，劳作和时日浮现出来，某种生存的真相在其中呼之欲出。这个垫场部分，你当初是怎么想到的，又是怎么确定的选择标准？毕竟，这一场的情景，不外乎房屋落成，秋收冬藏，生老病死。

李宏伟：人不能只靠表演活着。最伟大的演员，都必须要有不考虑观众的时刻，才可能不因为一直绷着而断裂。这些不考虑观众的时刻就是你说的，那些意识不到或者忘了还在直播的时刻。每个小说都有自身的召唤性，《信天翁要发芽》给予我的召唤性要比以往的写作更强烈。随着前面三场表演的推进，它几乎是要求我，必须要有松弛有疏远，这座城市的整个世界才能活过来，才能运转。于是，我尝试想象，在更长的时间里，长到生老病死不辞的境地，一切又会如何。在那样的境地，究竟有什么亘古、绵长的东西会渗透出来显明起来？为此，写"垫场"时，我要求自己，不要进入他们的意识，不要试图去干涉、左右他们的情感与判断，就做一个纯粹的观察者、记录者。当然，这么说也似乎有推脱在，毕竟，它是小说，不是纪录片。一切仍旧需要作者来落笔，但我尽可能做到：让一切的节奏合乎我这个阶段对生命与人生的理解，让它的节奏是我日常的呼吸。

黄德海：在小说里，具体到细节，就是呼吸。拉远点看，就是一生，包括出生和死亡两端。你前面提到信天翁的最初意象，其中隐含着死亡和生长的悖论，却也在意象中合成为某种一言难尽的复杂表述。虽然我不太相信作品是人某种具体日常的反射，但每个意象和作品都有其特殊的起因，都牵扯着写作者自己切身的经历或反思。写这个小说的起因是什么？是什么切身的经历或思考让你用这样一个小说来呈现？

李宏伟：任何思考、念头都会有触发，只不过，呈现出来时的变化因人因时因过程而异。有时候，变化如此之大，会让人想不起当初的触发。这个小说的诸多触发里，目前仍旧能够想起的，大约一是对列奥·施特劳斯的阅读，尤其在马基雅维利这个点上，即政治或群体中的德性问题，特别是这个问题与表演融合到一起，所产生的那种悖论与趣味：各相关方都在表演，且知道彼此在表演，但经过试探、摸索，在表演中仍旧有真实的东西拿了出来，予以交换、确证。另一个触发，是二〇一九年中至二〇二一年初，有一年半的时间，我由北京前往拉萨工作，再回到北京。随空间变化，体会到的人与人距离的差异，特别是彼此相处的分寸调整。以及进一步，由这种分寸调整感受到的，北京与拉萨，人在群体中置身方式的差异。这些因素综合到一起，促使我对一直在关注的"表演问题"想得更多，由此出发找到现在这种形式，写出这个小说。但有必要说明，前述这些触发与小说最终的内容早就不在一个模子里，别说"索隐"，连追踪影子的影子，都比缘木求鱼更甚。

黄德海：有意思的是，在马基雅维利问题上，你有意加上了表演这一层。在群体中，表演大部分是无意的，即便像色诺芬的《希耶罗》，因为涉及深层的心事和个人处境，对话双方不得不有所表演，但那表演很大程度上是无意的，甚至可以用现在的话来说，是潜意识的不觉流露。《信天翁要发芽》这个小说，却把表演置于自然行为之上，放大了人的警惕、懦弱和不自觉，因此能够更明确地表达出人物的真实意图，也从而让作品有了明显的戏剧色彩。这个戏剧色彩，是否你有意而为？增加的这层表演和戏剧因素，是否让你对表达发现的悖论和趣味有了更深切的认识？另外，戏剧性场面的出现，是否让小说有了更自如的叙事空间？

李宏伟：对表演的要求更急迫，这是我体会到的时代语境。在社交媒体、监控镜头等的注视下，在一举一动随时可能会被捕捉、截取，然后丢进被审视的场域时，表演很难再像以往那么从容。这就要求，不能有太多的表演技巧，不能过于委婉、过多修饰，以免造成不可挽救的误会——这里其实隐藏着一个转折，表演技巧永不过时，但必须更新换代。做一个未必恰当的挪用：你感受到的戏剧色彩，大约就是《信天翁要发芽》的"技巧更新"。《情势表演》起初与末尾，将军都发出了"开始表演"的命令，按照文本的逻辑，整部小说都可以是都会是都必须是，他注视下的表演。因此，所有的言行举止，都必须当场得到检验，被认可或被否决。

黄德海：通过上面说的，我们似乎可以重新来理解一下这小说的四个部分。不妨就从第一场开始。这一场，大幕拉开，表演者粉墨登场，每个人都身披铠甲，在这部分得以亮相。我觉得这一场的写法很像是大赋，铺排、罗列，穷尽式地陈放众多的事物，像"从赞美开始""将军的话：唯有表演，唯有恐惧""被书写的，不被书写的"，列举几乎到了巨细靡遗的程度。与此同时，这部分呈现出很多独特的意象，比如"千层衣仪式""面包颂""弹簧孩子"，某种意义上，这部分的叙事动力似乎是意象本身。这种大赋式的写法和密集的意象，是否包含着你对某种（情势表演的）情势的特殊认知？是否只有这种层岚叠嶂和奇思妙想的方式，才能准确表达和遮挡某些重要的东西？

李宏伟：《情势表演》是四部分里，将军这一至高的乃至唯一的观众明确在场的，他施与的压力如此之大，目光所及，一切都变了形，似乎都在争先恐后地朝着他游动，以免一旦落后，遭遇不测。这个不测未必是现实的福祸，还可能是被神或如神的目光所忽视。游动必然是拥挤的，词语与意象来不及自省，纷纷奔赴踩踏事故的现场。另一方面，如题目所示，这一部分在小说中有着描绘轮廓、给定时空的意义，城市关节处，都要被光照到。只有一个提醒，这个光是将军的目光，近于神，但终究不是神。

另外，这部小说的写作，让我体会到以前未曾有的迷醉。或者说，异于以往写作的迷醉。形象或者意象本身，它的丰盈丰富，经风吹日晒而不干瘪朽烂，让我沉浸其中而不必时时要从自己体内站起。你提到的那些，包括后面出现的"物行"等，让我对独属于小说的饱满有了新的经验。对我本人来说，它们未必高于以前常在我小说里出现的思与辨，但确确实实在具体的时空点上，让我欣喜。不妨这么说：形象不言，因其不言，故能无不言。

　　黄德海：无处不在的"目光"（可以是某种信息的收集方式，也可以是监控镜头）注视下，社会对人的要求可能也需要变化。往松里讲，社会需要放松对每个人表演的要求，那些目光注视下的尴尬、狼狈甚至小小过错，应该被原谅。往紧里讲，目光获取的信息使用，需要更加严密的法律许可，隐私应该获得更大的保护，否则人就完全失去了安全感。但更可能的是，情势变成了你前面说的，"所有的言行举止，都必须当场得到检验，被认可或被否决"。从这个方向上说，这个小说虽然取自往日情景，但内在里有一种未来气息，甚至可以把四场中的"表演"，都看成未来某种情形下人的日常状态。我感兴趣的是，这种往日和未来交叉的情形，是否你有意的选择？在对"表演"的书写中，你心目中有没有某种差不多可以意识到的未来场景？

　　李宏伟：我不知道关于这个小说的"未来气息"咱们的体会是否一致。对我来说，它的未来感或许表述为"悬置""拟想"更合意。悬置既是映照层面的，比如，小说里交叉着发达与落后，监控似乎无所不在，但并没有出现那么挤占个体时间的电子产品与社交媒体；悬置还是实在层面的，大概是写作中偏重的虚构性，我喜欢让自己的小说与我具体的时空坐标关联，因而它们常常就发生在我生活的城市，北京。但《信天翁要发芽》没有，从开始写，我就没有想过它发生在哪里，发生在何时。甚至，整个小说没有一个人有名字——这一点是特意的，因为各地域取名字都有依循，我不想因人物的名字让读者走出那一步，去猜想它究竟是东方故事还是西方故事，或者是别的什么地方的故事。不用，它就是一个我现阶段能理解能传递的人类故事。关于我的写作与故事场景常用到的两个词"思想实验""平行时空"仍旧可以用于这个小说，但这一次我感觉，还不够。或者说，还有余数。这个余数是什么？我目前勉强能体会到的表述是：因为小说整体上的形象性，让人心潮难平。好比说，当你看到一双翅膀，它就必须飞起来。

黄德海："悬置"和"拟想"应该更符合这个小说本身的气质和形态，它甚至可以不属于任何一个我们的认知所在的时空，仿佛柏拉图对话中的"理型"，不存在于现实中，勉强用现实来对照，现实也不过是理型影子的影子。在这个意思上，或许可以说，这个小说拒绝任何一种跟现实的比附，作品类似于名字中的信天翁，它的翅膀要求飞翔，却并不指向任何具体的地方。说到这里，就要提到我在这个小说中发现的来自传统的元素。这个元素，我看起来像传统的笔记小说，怎么说呢，有些故事似是而非，有些说法无凭无据，有些人物一闪即逝，有些感觉陡然出现，

仿佛凭空而来又凭空而去。(这是不是卡尔维诺说的某种
"轻逸"?)但仔细推敲起来,这个感觉却并不完全准确,
因为即便有上面的情形,这些讲述看起来却完全是现代的。
不知道这个与传统有关的元素的现代处理方式,是不是有
意为之?这跟小说整体的"悬置"和"拟想"是否密切
相关?

李宏伟:从原则上来说,以写作类比于作战、搏斗等
非静态的并非单凭一方就能完成之事是没有问题的。当然,
"单凭一方就能完成之事"可能本身就如同"只有一面的
硬币"一样,只存在于头脑中。这个且不论,在这里想说
的是,至少我的写作,是见招拆招的过程,无法具有多么
强烈的控制力,出拳的同时想好接下来的招式。但经由提
醒之下的反观非常必要,比如当你说到"传统"时,第一
时间浮现在我脑子里的,是沼泽的生成。那团掉下之物的
生根,写的当下是有"息壤"这个意象在场的,但当明确
掉下之物是鼻涕时,又把"息壤"往远处推了一把。不知
道这么说是否准确:这种在场与推搡本身就是"悬置"与
"拟想"的完成。

黄德海:无论在怎样的"悬置"与"拟想"中,将军
目光所及,一切都变了形,"第二场 立身表演"或许可以
看成这个变形更为具体的一面。不管是为了"尊号"苦苦

挣扎的一群人，还是"密语"中的丛林野兽，还是那不曾
中断却一直在变化的"仪式"，都不过是这个变形的不同面
相。每一个人都被挤压得变了形，然后在更大的压力下被
迫进入野兽的扮演来召唤更大的可能，同时在仪式中体现
也发泄自己的压力。这样一个过程，我觉得是虚构的一种
压力释放空间和机制，伤害的同时也予以保护。你是怎么
看待这个空间和机制的？这是否跟你前面提到的群体德性
和自身感受有关？

李宏伟：《立身表演》里，在现有的表演之上，其实
另有一个表演：延宕与逼迫。"主题一：尊号"部分，卫队
长与城市精英们，进行着一场不能说心知肚明但至少也是
不为己甚的表演。所有人都认领了属于自己的角色，依据
角色给自己画出一条底线，并试图守住底线，包括卫队长
在内。因此，最后的尊号"空白""以没有尊号的方式奉上
最大的尊号"几乎在一开始就是注定的，但这并不意味着，
不需要通过投入的演出，就能直接抵达这个结果。因为，
他们的表演面临着最大的不确定性：将军是否能挺过这场
重病，他究竟是生是死？有一点是明确的，卫队长试图为
将军死亡做准备，以便接过权杖；权杖的主人变更后，并
不改变城市的运转，但变更总会带来具体个人的升降。因
此，这里的每个人都不敢不完全投入，又不敢投入过了头。
"主题二：密语"这一部分，则可以视为将军的逼迫性的在

场，尽管实际情况要更复杂。

黄德海：延宕与逼迫的另外一个可以想见的情形，就是这延宕与逼迫如何落实到一个人身上，恰好第三场就是一个人的独白。这场的题目是"辩解表演"，其实也可以同时看作塑造表演。独白者似乎在向市民诉说自己的无辜，同时也展示出，自己是被匪帮和将军塑造而成的，包括自愿和非自愿的部分。有意思的是，在这个作品里，作为个体的命运，只有将军和这个独白者得以丰富地拥有，两者似乎形成了某种镜像。更有意思的是，独白者所说的"原谅一个久居石头内部的人的决定，他向你们请求开口的机会"，我觉得是"悬置"和"拟想"的某种镜像。这种对应关系是有意还是无意的？在写作过程中，这种微妙的对应关系你是否特意设想过？

李宏伟："辩解表演"有一个明确的触发点，所谓"一说便俗"的问题。尤其是当它从倪瓒转移到周作人这里，关联之事之义的重大，让这句话的出口非常值得辨析。按照严格的逻辑，这句话比"说出"更俗，它隐藏着的万般委屈与矫揉造作比俗更俗，是一种语言上的又当又立。对于具体的个人，或许用不着也不能够这么苛责这么刻薄。但在小说中，我想尝试理解，当一个人意识到"一说便俗"时，他能做什么。到最后，发现只能沉默，一言不发地归于石头。好在，小说家能够借助手里的"特权"，让他说了又没开口，让他道尽曲折又不俗。但这里仍旧留了一点个人的分寸或者说疑虑，那就是，毕竟只能是"辩解"而非"辩护"。这种掺杂着作者意识在其中的开口与沉默、塑造与承受，让这个小说比前面两部更难说清道明。

对应在写作过程中是有意识的，但当时不是在将军与独白者之间，而是在将军与匪帮大统领之间。他们治理城市的理念，对命运的理解及应对，有一定的镜像关系，因此能在一定程度上理解彼此。也基于这理解，大统领会在那个关口，放将军离去。直到最后，我仍旧难以确定两个人中，谁更清醒一些。临别时，大统领告诉将军："你现在还理解不了我的矛盾与畏惧，我对你的祝福与诅咒是同一的：愿你永远理解不了。"——我同样好奇，将军最终，对此是如何理解的。

黄德海：我们讨论前面三场的时候，"悬置"和"拟想"的世界给了我们充分的刺激，也造成了某种紧张，仿佛时空被迫蜷曲了起来，人不得不用尽全力才挣扎着在那个时空里存活。但到了第四场也就是"垫场"部分，蜷曲的时空仿佛一下子打开了，草木和人群得以较为自在地生长与凋谢，虽然也有艰难和困顿，读起来却有种"春来草自青"的辽阔之感。比如你前面提到的"息壤"意象被鼻涕推远，谐谑和从容出现了，紧张感暂时缓解，这真有逸笔草草的感觉，应该也是写作中的幸福时刻。我很想知道，你写这部分的感受是怎样的？在这样年复一年的叙事中，你感到的是厌倦还是振奋？

　　李宏伟："垫场"现在的形态要特别向你致意，当时正在编《读书·读人·读物——金克木编年录》，它鼓励了我采用这么"孤绝"的方式。抽象一点说，当写作打开时，机缘会迎面而来，要感激这种机缘。这一部分的写作，是个"心无杂念"的过程，因为涉及到如此多的人的生命变化，出生、入学、迁徙、工作、婚姻、衰老、死亡等等，必须把目光落在他们身上，紧紧跟随，以免出了差错。最开始有点忙乱，因为不可能均匀地观照到每个人，随着写作的推进，坚实感开始在心头浮现。这种感受类似于人生经历，一年年一月月一天天的累积，都是事，甚至只是事。一件事一件事抽出来会觉得烦琐，当时间足够长，累积得足够多，变化自然显现。变化生出透露出的"并无变化"同样显现，且明白昭示，那些情势研判、立身思虑、辩解申诉，不过是特写镜头下的浪花，是一时一地的凸显，而大河早已奔腾向前。

　　写完"垫场"的初稿之后，我缓了一阵，梳理出详细的时间表，按照每个人的生命历程，予以微调，尽可能不让任何一个人被遗弃。改到后面，我确实在一些具体的节点上生出了强烈的感动之情。比如说，第四十三年里，七号家庭的次女前来与一号家庭的男人道别时，那一场号啕包含的委屈及委屈的释放，只在小说里寥寥数行文字被提及，但我一清二楚，因而对此有无限的同情，有独属于个人的隐秘的欣慰。这既是目睹命运在人身上的运转而生出的感动，也有作为一个作家，居然能照拂他人，能据此对命运有所理解而获得的感动。"厌倦""振奋"之别也还有一点不确定：如果没有前面三场，"垫场"是否能够如现在这样。这样看，"垫场"之"垫"真的具备了咱们最初想到它时的双意，既是铺垫又是托底。

黄德海：到最后，我们再来看这个小说的结构，急管繁弦的第一场，紧张激烈的第二场，隐忍昂扬的第三场，平缓舒展的"垫场"，各自形成了自己的节奏，合并在一起又仿佛一栋精心铸造的建筑物，地基够大够深，顶部够高够险，因而能在风雨中摇晃而不倾倒。或许，这就是小说的某种魅力所在。就以对这魅力的喜爱，来表达我的祝贺之情吧。

李宏伟：这喜爱是巨大的鼓励，它给予的力量超过了以往任何时刻。这个小说的写作本身，写作前后经历、见识的世事流荡，都让我对命运的玄机有了比以往更多的体会。这体会可能仍旧离触碰、揭开究极的面纱极为遥远，但多少让我能够比以往更心平气和。

图书在版编目（CIP）数据

信天翁要发芽 / 李宏伟著. -- 昆明：云南人民出版社，
2023.9
ISBN 978-7-222-22000-3

Ⅰ.①信... Ⅱ.①李... Ⅲ.①长篇小说－中国－当代
Ⅳ.①I247.5

中国国家版本馆CIP数据核字(2023)第142650号

责任编辑：金学丽
特约编辑：黄盼盼
责任校对：柳云龙
封面设计：詹雨树
内文制作：李丹华
责任印制：窦雪松

信天翁要发芽

李宏伟　著

出　版　云南出版集团　云南人民出版社
发　行　云南人民出版社
社　址　昆明市环城西路609号
邮　编　650034
网　址　www.ynpph.com.cn
E-mail　ynrms@sina.com
开　本　850mm×1092mm　1/32
印　张　10.875
字　数　200千
版　次　2023年9月第1版
　　　　2023年9月第1次印刷
印　刷　山东韵杰文化科技有限公司
书　号　ISBN 978-7-222-22000-3
定　价　68.00元